[韩]郑秀妍 著
刘杨 译

Bright
a novel

生来闪耀
不负星光

中国友谊出版公司

献给我的 Golden Stars

一起闪耀,永远闪耀

目录

第一章 ………………………………………………………… 1
第二章 ………………………………………………………… 15
第三章 ………………………………………………………… 31
第四章 ………………………………………………………… 47
第五章 ………………………………………………………… 59
第六章 ………………………………………………………… 71
第七章 ………………………………………………………… 85
第八章 ………………………………………………………… 99
第九章 ………………………………………………………… 117
第十章 ………………………………………………………… 131
第十一章 ……………………………………………………… 143
第十二章 ……………………………………………………… 151
第十三章 ……………………………………………………… 167
第十四章 ……………………………………………………… 179
第十五章 ……………………………………………………… 191
第十六章 ……………………………………………………… 207
第十七章 ……………………………………………………… 221

第十八章	235
第十九章	249
第二十章	263
第二十一章	273
第二十二章	283
第二十三章	295
第二十四章	309
第二十五章	319
第二十六章	333
第二十七章	347
第二十八章	359
第二十九章	375
尾　声	381
致　谢	385

第一章

我早就该想想未来了……
我如果幸运的话,
一定能拥有另一番天地的。

微笑。他们说。你现在的人生,可是千万女孩所梦寐以求的!更何况,你笑起来要美得多。来吧,现在。再柔软些,再甜美些。你并不想当冰雪女王,不是吗?

"瑞秋!看这里!"

"看这边,笑一笑!"

我香槟色的细高跟鞋还没沾地,所有的镜头就蜂拥而至对准了我。我悄悄理了理衣服——一条闪闪发光的心形领抹胸裹身长裙——踏上了红毯。美娜紧跟着我,后头的高级轿车里又下来七个女孩,像女王一般朝记者招手。粉丝大声喧哗着,见到我们发出尖叫,削尖了脑袋要从"狗仔人墙"中挤过来。

"拍张大合照吧。"摄影师喊道。

就像我们无数次排练过的一样,大家立刻站好,每个人本能地知道什么姿势最能展示美丽。高个子和矮个子都能找到属于自己的位置。作为整体,我们看起来非常和谐互补,一边摆造型,一边沐浴在闪光灯之中,等待摄影师拍下三百六十度无死角的照片。我们九个人聚齐时会散发神奇的团队力量。曾有人评价我们的合照——"这就是力量!"——确实,我有时会想起这句话。

不过，长期以来，与其他女孩朝夕相处时，我感受到的东西并不是力量。尽管如此，在过去的五年半里，太多事情发生了变化。

我和其他女孩慢悠悠地走着红毯，时不时停下来拍照——嘴唇上涂着亮晶晶的口红，手掐着腰，身穿玫瑰金晚礼服，像太阳般耀眼璀璨。抵达上海半岛酒店后，走进玻璃门时我扭过头冲镜头眨了眨眼——留给狗仔们最后一个灿烂的笑容。

我不再是以前的练习生女孩了——那个看到闪光灯后像一只因为撞到车灯而吓呆的小鹿一般的女孩。我不再害怕镜头。

我已驾轻就熟。

微笑。

第一次有粉丝告诉我，我改变了她的人生的时候，我哭得很厉害。

那时，我作为 Girls Forever 的成员才刚出道一年，整日忙着宣传单曲《为你甜蜜》。单曲发布当天浏览量就超过了 5000 万次。一星期之内，音乐视频里我们所戴的浅色渔夫帽和珍珠框太阳眼镜在大街小巷就销售一空。那位粉丝是个小女孩，可能只有 11 岁左右——正是我刚加入 DB 的年纪。她瘦瘦高高的，有点害羞，见到我满脸笑容，眼睛闪闪发光，正如身上那件印有我名字"RACHEL KIM"的 T 恤上镶嵌的水钻一样。

"谢谢你，瑞秋。"她轻声说，拿出自制海报让我签名。

"当然啦。"我笑笑，笨拙地拿出金色签名笔在海报上潦草写下我的名字——前面几个字母 RACHE 大写，最后一个 L 画一个圈圈，末尾加一颗星星——这后来成为我的标志性签名方式。

我把海报还给小女孩，一位穿着黄色背心的引座员让她往前走。女孩喊了句："等一下！"接着又想说些什么。引座员翻了个白眼，但还是让女孩把话说完。女孩吸了一口气，表情认真地看着我说："我和你一样，也刚从美国搬回首尔，真的很不容易……"女孩继续说道："但我看到你的表演后，知道你在做自己热爱的事，这让我感到好多了，没那么孤单了。也许，哪一天我也能像你一样，找到自己的舞台。谢谢你改变了我的人生。"女孩笑笑，感谢我给她签名。她盯着签名尖叫道："啊！你不知道这对我有多重要！"说完，女孩把海报搂进怀里离开了。我说了声"再见"，两行热泪簌簌而下，流过脸颊，喉咙哽咽。女孩可能不知道，她的话对我而言有多重要。是我要谢谢她。

五年半后的今天，我不会再在粉丝签名会上流泪了——我学会了克制，在任何情形之下都挂着微笑的面容。尽管如此，有时我真想掐一下自己，感受一下所谓的真实。我是怎么一步步走到今天的舞台上的？用"不容易"三个字形容练习生生涯太过于轻描淡写了。事实上，练习生的日子非常残酷，高强度的负荷练习甚至让我好几次怀疑是不是做了人生错误的决定。终于熬到出道，可那之后的压力更是翻倍。高强度的排练、无休止的表演、日复一日地早起——拍摄音乐视频时整整两天没有任何休息——以及与其他八个女孩的朝夕相处，所有这些让我疲倦不堪——老实讲，和队员一周七天、一天二十四小时待在一起是另一种折磨。

归根结底，这一切又是值得的。音乐真的有魔力，与热爱音乐的人产生共鸣也很神奇。成为韩国流行音乐偶像意味着我融入了某种高于自我的东西。

今晚的演唱会现场狂野而热烈。上海是我们亚洲跨国巡回演唱会的最后一站。好几个月以来，我们一直在路上，每隔几周就到一个新的城市表演。一切就像龙卷风一般——好几次我都想念家里的床了。可是，今晚一上舞台，我就明白了——我们回国后一定会非常想念今晚的演出。现在是一月——今年九月之前我们不会再举办巡回演唱会了——这意味着今晚是最后一场大型团体演出。兴奋的气息飘荡在空中，每个人都能感受得到。我们使出110%的热情全力以赴，而粉丝们则给出同样热烈的反馈。现在，是时候庆祝一下了。

　　我环视上海半岛酒店宴会厅一圈——啊，筹备人员很用心布置了场地——泪珠形水晶吊灯从天花板径直垂落，璀璨的灯光洒在侍者那闪着光泽的晚礼服上。侍者在人群之中快速穿梭，手持银色托盘，奉上一杯杯香槟酒。音乐节奏强劲，观众摇摆着身体，彼此融入。偌大的舞厅像是一个小型溜冰场。一杯又一杯的鸡尾酒从不间断，电光粉或荧光黄色的酒水在夜光盘中发出耀眼的光芒——就像我们新专辑的主打歌《闪耀》一样。在过去的夏天里，这首歌一经推出就霸占了各大流行音乐排行榜的榜首——它是真正的博普舞音乐。为了使今晚的派对有更加美轮美奂的效果，主办方还特意安装了投影仪来展示与主题相关的影像：夜光保龄球馆、萤火虫、上升的摩天轮与下方灯火璀璨的都市夜景，一如生日蛋糕上的蜡烛。这一切令人眼花缭乱，忘却凛冽的隆冬——此时，演唱会门外的温度是3℃。

　　我去拿香槟酒时，身后有个声音喊了我的名字："金瑞秋！"

　　我转身一看，是位清瘦结实的老人。他戴一副红色方框眼镜，笑容温暖地朝我走来并伸出手："我叫朴贤裴，SOAR影视娱乐公司节目制作副总裁。我刚才还在想，要和你见见面呢。"

SOAR 是韩国最大的传媒广播公司之一。以前我们也参演了几个 SOAR 的电视节目，不过公司一直替我们处理业务方面的事，所以我从来没有亲自见过 SOAR 公司的高层。"真高兴见到您。"我说着与他握了手。

"希望你不要介意。"他手伸到口袋里，腼腆地掏出一支笔，"我女儿是你的忠实粉丝，我不试试替她要个签名的话，她会杀了我的。你能给她签个名吗？她叫朴美英。"

"当然不介意，我很荣幸。"在过去几年里，我签名签了成千上万次（有没有上百万次？）。每次有新的签名请求时，我依旧很难拒绝。

我把名字写在鸡尾酒餐巾上。朴先生收下餐巾，折好放进胸前的口袋里。他轻轻拍了拍口袋，表示餐巾很安全，然后笑着说："我会誓死捍卫这张餐巾的。你知道吗，瑞秋，不光我女儿喜欢你，我和我太太也是你的粉丝呢。你的声音真是太美妙了。"

我报以感恩的微笑："真是太感谢您了，朴先生。"

"你的声音很适合广播，"朴先生的眉毛好奇地扬了扬，"你对主持感兴趣吗？SOAR 打算推出一档新的广播节目，一对一采访各行业的艺人们。你来当主持人吧，一定会很棒的。"

我精神为之一振。"太棒了，"我粲然一笑，"如果您和 DB 谈的话，我相信公司会安排的。"说这话时，我故意显得比真实的自己更加自信。DB 应该不会拒绝的吧？为什么要拒绝这样的大好机会呢？SOAR 的广播节目一直很火，如果我去当主持人，不光能做出一档很棒的关于艺术创作的深度访谈节目，还能顺便推广我

7

们 Girls Forever，岂不是一举两得？简直是双赢啊。

"非常好！"朴先生说，"保持联络！"

我们干杯之后，朴先生被一群迫不及待与他交谈的媒体人士带走了。我纠结了一会儿，到底是去吃甜品呢，还是去跳舞？这时，美娜大摇大摆地朝我走来，抓住我的一只手。

"我可找到你啦！"

美娜身上一定安装了雷达系统，每当别人被表扬、受到关注时，她的雷达都会响——我还没跟朴先生碰完杯，美娜就一溜烟跑到了我跟前。此时此刻的美娜闪烁着光彩，眼里流淌着韵律十足的动感，浑身充满魅力，是那种具有感染力、能够说服你跟随她的魅力。当她邀请我一起跳舞时，我毫不犹豫就同意了。"来吧，一起跳舞！"她说。我于是喝了一大口酒，把酒杯放回托盘上，跟着她走向舞池。美娜用胳膊兜着我，我不停地旋转。

美娜穿着光亮的阔腿裤，时髦又好看。灰褐色头发从脸部往上梳，弄出一个松松的、优雅的高盘发。我们一边跳舞一边说笑，我跟随她的舞步而摆动。不可否认，美娜非常有魅力，当她跳舞的时候，就是魅力的巅峰——她是那样从容雀跃。不久，舞池所有摄影机都对准了我们。

那一秒，我让自己相信摄影机捕捉到的东西是真实的——我和美娜之间存在着友谊——尽管我们以前一直是敌人。我想象着自己对她说，看看，我们都变成什么样了。还记得我们以前多么讨厌彼此吗？还记得吗，上次你在练习生宿舍给我下药，拍下我喝醉酒后在桌子上跳舞的视频。哈！是不是感觉那件事是上辈子的事情啦？

第一章
☆

不过，有些事情不会改变。一辈子也不会变。

围绕我、美娜和 DB 当红男偶像李杰森之间的所谓三角恋风波终于平息了下来。事实上，这段所谓的三角恋不过是 DB 的炒作罢了。趁我和美娜出道之前炮制出这样的绯闻，好让杰森从男团 NEXT BOYZ 单飞后继续保持高人气——我和美娜不过是宣传工具罢了。毕竟，还有什么比"两位新晋女团成员抢夺男偶像"这样的新闻更博人眼球的呢？这对杰森的演艺事业有大大的帮助。当然，美娜一直都知道这一切是炒作。但我毫不知情，直到后来我无法自拔地爱上了那个家伙。我和美娜之间的不和传闻很快被公司否认。DB 在我们出道后决定：炒作噱头已经足够，不需要再继续炮制不和传闻，于是让我和美娜上演和好如初的戏码。在一段所谓"泄露出来"的影像中，我和美娜又搂又抱，哭喊着说要做永远的朋友，不会再因为男人闹掰。在那以后，我和美娜再没有传过不和——而我也决定就那样算了。

在这样的时刻，我仍然还抱有幻想，以为我们之间的友情是有可能的。不是为了炒作，而是我们真正彼此喜欢。

"你可真是个时尚达人啊，敢穿那条裙子，真是胆大呀，"美娜的声音穿过音乐，冲我喊来，"看看你那可爱的大腿！"

是的。友谊破碎的时刻。

在弥漫着舞蹈和香槟的愉悦中，夜晚悄然离开。宴会厅里除了我熟悉的公司的人以外，还有些从未见过的面孔——而他们无一例外都很想见我。

"今晚的表演太棒啦！瑞秋！"

"你的歌声真是越来越美妙了。"

"太震撼了！你是天生的巨星，毫无疑问！"

几个小时过去。舞跳够了，和人群打交道也够了，我决定回去休息。比我更内向的女孩——像是永恩、智允和仙姬，早就脱身回酒店了。美娜、莉齐和恩地还留在舞池内高声尖叫着，笑着转圈圈。她们的裙摆就像闪亮的太阳伞一样从裙中央散开。安里和秀敏在甜品台抿着鸡尾酒，像往常那样争论些什么。她俩年纪相仿，同一时期进入公司当练习生，相处起来真是冰火两重天——一会儿好得很，一会儿闹得不可开交。老实说，她俩的关系就像天天吵架的老夫老妻一般——这其实蛮可爱的。

我满脑子都在想赶紧回酒店房间泡个按摩浴——虽然我很喜欢 Jimmy Choo 高跟鞋，但此时此刻我只想光着脚跳进浴缸里，好好泡个香薰浴。啊，是的。香薰浴加面膜。这就是这趟巡回演出的完美结局。

一走出舞厅，我就听见有人喊我的名字。一转身，我看见有个身影靠墙站着，脸上闪过霓虹灯的影子——是投影仪在播放我们的音乐视频。

"杰森？"我惊讶地问。

他的嘴唇邪魅一撇，挤出一个顽皮的笑容，把脑袋一歪："是不是太久不见，你都不认得我了？"我当然记得他，还有他那件光滑的白色西服，亮绿色和金色相间的运动鞋。我怎么可能忘了他呢？

那场我、杰森和美娜的三角恋乌龙事件让我大受挫折，而我和杰森也不欢而散。我无法再信任他。不过，时间慢慢过去，我们之间的关系渐渐又缓和了起来。有时候发个短信，有时候偷偷一起喝杯咖啡。后来,我们的关系得到了修补,对过去的事我也不想深究。或者说,至少我们彼此都努力过。我忙于演出和发布会,而他身为 DB 最当红的男艺人,根本连休息的时间都没有,更不要提约会了。最终,由于日程繁忙,我们之间的爱意无疾而终。还有一个原因,杰森并不知道,那就是——我有点担心美娜会把那段偷拍我和杰森在后台接吻的视频泄露给狗仔。一想到美娜的威胁,我和杰森在一起的时候也不能完全放松。

不过说真的,美娜并没有泄露那段视频。在和杰森约会的一年半时间里,我做不到完全放松警惕。但最终,我和杰森还是有了些机会,也努力着培养真正的关系,而不必考虑疯狂的狗仔。也许,美娜其实并没有想过要伤害我,至少不像我想象中的那样。

"我们上次见面还是六个月前一起参加'橙色音乐奖'颁奖典礼的时候吧?"杰森打了个响指问道。

"没错。"我回答道。这些日子以来,我们俩只有在大型演出或颁奖典礼上才能有些交集。六个月没见,我留意到杰森的头发长了,似乎都能扎一个小马尾辫了。他把头发干净利落地梳到后面,俨然一副完美的偶像形象:容光焕发、眼神发亮、笑意融融。"没想到能在上海见到你,"我对他说,"你看起来很帅。"

他笑了,"你也是。还有,你在开玩笑吗!我才不会错过这样盛大的派对呢。"刚说完,一位侍者正好经过,托盘里盛着粉色的香槟酒。杰森拿了两杯,递给我一杯:"要和你的老朋友叙叙旧吗?"

我站在原地,有点儿迟疑,但又觉得见到他真开心。我心里没有再抱什么浪漫幻想,但我仍然关心杰森,想知道他过得怎样。于是，我接过香槟酒，跟着走去了阳台。一月的冷风吹来，我们呼出的热气像一朵朵小云彩，不过旁边有暖气，并不冷。一丝凉意像是清爽的问候，让我从舞会的热浪中清醒过来。

"听说你们的巡演很成功，"杰森一边说一边依靠在阳台栏杆上，"那感觉一定很棒。"

"谢谢，"我笑了笑，"应该算是我们最棒的一场演出了。"如果别人听到这话，肯定以为我在吹牛，但我知道杰森能理解我。我呷了一口香槟酒，突然有点怀旧，"我们刚出道的时候，一切是那么新鲜、兴奋，不过大部分时间我都懵懵懂懂，不知道自己在干什么。训练是一回事，但真正上台表演又是另一回事，那么多的眼睛盯着你看……"

"是啊，很不一样，"杰森替我说完了那句话，"我记得的。"

我抬头看了看月亮，想起一开始杰森叫我"狼人女孩"的时光——可真令人怀念。老天，那时候我是多么喜欢他。这世界上还有什么比初恋更令人陶醉吗？

"我真替你开心，瑞秋。"杰森说完，捏了一下我的肩膀，"接下来你有什么打算吗？我看到你和 SOAR 公司高层在聊天，是不是有什么新节目要推出了？比如——金瑞秋的问答时间之类的？你想朝主持人方向发展吗？也是时候想想别的路子了，对吧。"

我笑了，告诉了他关于广播节目的机会。Girls Forever 现在还处于大热阶段，估计未来还能红个好几年。但大家都知道，艺人吃的是青春饭。如果不唱歌，我能做什么呢？一下子，这个问题难住了我。太难回答了。此时此刻，舞厅的音乐声震耳欲聋，穿过阳台大门飘到我们耳边。

"你怎么样？"我问，试着把话题转移方向，不要再聊关于我那无关紧要的生存危机，"你的事业还算顺利吗？"

杰森咧开嘴一笑，挺直了肩膀。"嗯，既然你问，那我就说了。金海英的下一部电影我就是男二号。"

我惊讶地吸了一口气："你是说真的吗？金海英的每一部电影都能让我流泪，她可是韩国最棒的编剧啊！太棒了！"

"谢谢啦。"杰森说，表情看上去很自豪，"世娜一直帮我准备角色，但我还是紧张。这可是我第一次出演这种大制作呢。"

"你没问题的，"我说，"世娜也会参演吗？"

杰森和元世娜一年前公开了恋情。世娜十几岁时就以演员的身份走红，咖位可一点也不比杰森小。他们的恋情一直受到粉丝的祝福，媒体还称他们是"韩国的金童玉女"。

很长时间以来，我都没有再喜欢过谁。我知道，作为偶像我不能谈恋爱，但还是很怀念这种感情。

"不。她已经接了另一部新戏了。"杰森回答道，打破了我的幻想，"对了，他们还在找这部戏的女主角，你有兴趣试试看吗？"说完，杰森扬起了眉毛，有点意味深长的暗示。

我笑了。"我回去想想看吧。我三年级的老师会给我写推荐信的。我告诉过你吗？以前上学的时候，学校有个关于食物的表演，我当时演了一片吐司面包。"

"什么？吐司面包？我不晓得。哎，瑞秋，我认为你完全可以胜任金海英的电影。"

我们都笑了。此时，另一种感情涌上我的心头——经历那一切之后，我和杰森并没有变成陌路，而是成了朋友。我很感恩。

我们俩的关系或许会以别的更糟糕的方式结束，但没有，我们还是以朋友的身份收场。

杰森似乎看穿了我的心思。他说："今晚能遇到你，真是太好了。"

"我也是。我要回去泡脚了，穿高跟鞋太痛苦。"

杰森大笑。"那我们来干一杯吧，作为今晚的结束，如何？你不是很擅长干杯①吗？"

我翻了个白眼，笑话他那土味十足的幽默，然后端起了香槟杯——"致下一位韩流万人迷。"

杰森笑了，也端起他的酒杯——"致我们俩，不管将来我们会变成什么样。"

我们碰了碰杯，一饮而尽。

在我赶回房间收拾行李的时候，就下定决心要好好思考未来。回首尔后一定要好好想想，我究竟想要什么，以及要做哪些改变。杰森说得没错，我早就该想想未来了。在公司的牵线之下，我如果幸运的话，一定能拥有另一番天地的。等到 Girls Forever 不再火的那一天，我已经早早准备好了。不过，此时此刻，去设想任何长久的东西都过于虚无缥缈。

---

① 英文里"干杯"与"吐司面包"是同一个词。——译者注

第二章

真希望
在做一个好的偶像和好的女儿之间
不矛盾啊。

美国中情局应该雇用我们的粉丝后援团，因为他们的追踪技能实在天下无敌。一出仁川机场的大门，就有大批粉丝守候在那里，呼喊着我们的名字。

粉丝后援团给自己起了个名字叫 +EVER（发音是"and ever"）。这源于一个谐音梗，意思是"永远加永远地支持我们"（我们的名字是 Girls Forever 嘛）。有时候，粉丝会跟我们买同一班飞机的机票，只为了能拉近距离。大部分粉丝很有礼貌，在飞机上看到我们也不会越界或做出什么不尊重的行为来，甚至也不会前来攀谈——只要能安静地与我们待在同一空间，他们就心满意足了。

实际上，当我从飞机座位上站起来伸展胳膊、放松一下的时候，就看见头等舱和经济舱之间半遮的帘子后有好几个 +EVER 女孩——她们应该就是粉丝没错。我对她们微笑，看到她们脸色为之一振，然后我又坐回座位上。

出了机场后，我们立刻被大批粉丝包围。保安试图维持秩序，给我们开道。粉丝们热情十足，拍了一张又一张照片，对着我们高呼不断。

"永远的 Girls Forever!"

"姐姐,我爱你!"

"瑞秋,你是时尚巨星!"

"永远的时尚达人!"

我保持微笑。我对今天的衣着十分满意:一件经典的妮尔·克莱默[①]修身运动夹克、一条毛边男友牛仔裤搭配高跟短靴。造型的画龙点睛之笔是我头上的那副圆形墨镜,还有披散到肩膀的自然卷秀发。

韩国偶像们都很重视机场照片。实际上,机场私服是专门的时尚领域。在 Instagram(照片墙)和 Pinterest(拼趣)上有很多探讨明星机场私服的内容。表演时我们会穿舞台服装,只有在机场,粉丝们才能看到我们的私服——这体现出偶像的私人品味。据我所知,我的私服一向被人称赞。团队的其他女孩们也不是穿得不好看,只是我会花更多的心思来搭配,也更加乐于打扮——我可是把机场当成T台来走秀的。

走出机场,有三辆面包车在等候我们。上了车以后,我扯了下自己的包——一个驼色的普拉达腋下包——然后皱了皱眉头。这个包是我们取得单曲排行榜榜首的成绩后,我奖励自己买的礼物(感觉都是上辈子的事了)。虽然我很喜欢这个包,但它是我今天造型的唯一一处败笔。我一直想买一个能随身携带的包,一个符合我审美品位的包,一个能一直用下去的包——可惜,我一直都没有找到这样的包。

利娅说,你挑包包的眼光可比找男朋友严苛多了。也许她说

[①] 作者虚构的人物与品牌名。——译者注

得没错。

面包车里，仙姬正在大声朗读她手里那本书——一本浮夸的古典浪漫小说，主人公是伯爵和洗衣女。虽然小说辞藻过于华丽，但我居然听了进去，而且听得津津有味。这一对命途多舛的恋人真不容易啊。纵使世人都在阻挠他们，但他们并没有屈服，这就是真爱的力量。啊，要是现实中也存在这种真爱就好了。

"当弗朗西斯科把她领进卧室时，萨沙颤抖着……"

"呃，仙姬。"永恩咕哝了一句。

透过后视镜，我看见司机钟硕的笑脸，我们交换了一个眼神，都没有出声。钟硕是我们六个经理的其中一员，他负责接送我们并安排我们的行程。和总经理（他似乎是认为我们一天有三十七个小时，而不是二十四个小时）不一样的地方是，钟硕总是赞成我们多休息，还时不时给我们讲关于大胆的澳大利亚牧羊人的故事，逗我们开心。当其他女孩犯傻的时候，我也能安心地和钟硕对视一笑，翻个白眼，充满默契。

几个小时后，车子停在了清潭洞的一处高级住宅区。此时，雪花已经纷纷飘落。

首尔的冬天充满了魔力，到处彰显着新鲜的兴奋。也许，这只是我自己的感受而已——我们全家搬回首尔的时候正好是年末的冬天。还记得刚搬回来的那天，妈妈的眼睛盯着硬纸板箱发愁，求爸爸赶紧带我和妹妹出门玩一整天，好让她有时间收拾家。她可不想一边收拾，一边被我们弄得晕头转向。爸爸于是带我们去了市中心的溜冰场。我还记得从溜冰场抬头看，能看到许许多多的高楼大厦——市政厅、大都会图书馆、广场酒店——从灰暗的天际线拔地而起,把我们包围起来,闪烁着耀眼的银白色光芒。那种感觉仿佛是置身于下雪的水晶球(妈妈最喜欢的收藏品之一)之中。一瞬间,我的紧张感全消失了,我不再为了搬家、换学校、练习生生涯而感到害怕。我感到很安全。

如今,当我想起"水晶球"这几个字,脑海里有了全新的想法。"水晶球"是我们 Girls Forever 别墅的昵称——这是个位于清潭洞中心地段的小世界。当然咯,真实的生活并不是那么诗情画意,但这个名字却被沿用了下来。当天气好的时候(比如今天),蓝天之下,我们别墅前的行人步道上覆盖一层薄薄的积雪,在阳光的照耀之下熠熠生辉——哦,这个名字还是很贴切的嘛。

"呃。我已经迫不及待想过春天了。"秀敏说,下车后她拉了拉帽兜,紧紧贴着脑袋,"我的脸都冻得没有知觉了。"

美娜输入门锁的密码,我们一个个跟了进去。

终于。到家了。甜蜜的家。

嗯,算是吧。

以前,"家"对我而言意味着一间公寓,那里有各种各样的温馨的小东西——贴在冰箱门上的蔬菜形磁铁、一整面贴满家庭照片的墙壁。妈妈盘腿坐在客厅地面上,一边叠洗好的衣服一边听新闻;清晨,爸爸在浴室里唱歌,准备着去拳击馆开启新的一天。妹妹穿着兔子拖鞋蹑手蹑脚地溜进我的房间,爬上床和我一起睡,或是整晚不睡觉和我聊天说笑。

如今,"家"变成了一栋别墅。客厅的落地窗俯瞰着汉江,当夜晚来临时,永东大桥闪烁的灯光投射在江面。厨房里有各种各样美味的零食和饮料——那是我们的经理提前准备好的,并随时添补。这个家十分豪华,毫无疑问,但在这里生活了五年半以后,我仍然没有产生"家"的感觉。也许,这一切是因为那栋别墅里只有两间厕所。没错,九个女孩共用两个厕所。真不知道这是谁设计的!一定是个男人。

刚下飞机,美娜、莉齐和恩地就以"石头剪刀布"的方式决定谁先洗澡。我直冲进厨房烧水,想煮一杯热可可喝。与此同时,仙姬和永恩开始泡茶。"等下!你们听说 N&G 的事了吗?"安里问道,"扑通"一声坐在厨房的凳子上。

我很喜欢 N&G 的成员,他们比我们早几年出道,和我们很熟——我们的关系就像是一个大家庭的哥哥妹妹,或者说是堂兄妹。"天哪,发生什么事了?"

安里一边刷手机一边大声读:"ROYALBLU 旗下艺人、前双人组合 N&G(南日和江敏)宣布今年夏天将加入新的男团。这将成为他们与 DB 解约后的首次登台表演。"

智允翻着白眼走进厨房,拿了盒抹茶慕斯味百奇饼干。"不是什么新闻啦,上周在台北的时候就听江敏哥说过啦。"

这消息对智允来说可能不新鲜,但我却头一回听说。南日和江敏去年一整年都没有什么消息——没有发新歌、没有上电视,也没有任何演出。我想,他们一定在私下里苦练唱功——我很期待夏天能看到他们。

N&G 和 DB 解约的事闹得沸沸扬扬。去年,他们起诉 DB 强迫他们签下长达十三年的合同。我们每个人都签了这种合同——当然,都是被迫的。难以置信的是,他们竟然打赢了官司,因此 DB 旗下所有艺人又重新签订了为期更短的合同。如今,合同一次只签七年。不过,剩下那所谓"自由选择"的三年也差不多等同于强迫,因此合约还是十年。等到第七年的时候,DB会召开新闻发布会,宣布所有人都"选择"续约——好像我们都愿意继续多做三年家人一样——而事实上,公司早早就定下来,不由我们分说。尽管如此,N&G 的努力仍值得敬佩——我一边往热可可里倒牛奶,一边在想他们的巨大贡献。

"瑞秋!"安里低头看着手机,大叫一声。我吓了一跳,差点把热可可洒在夹克上。"妮尔·克莱默的 Instagram 上有你耶!"

"妮尔·克莱默?"想到这个名字,我脑海中关于 N&G 的思绪就全消散了。自从在 *Elle* 杂志上第一次看到那两页关于她的"蔚蓝系列"设计作品以来,我就深深被她的才华折服。"你是说,妮尔·克莱默在 Instagram 上发了我的照片?"我问,瞬间安静下来,充满虔诚。

"是的!"安里说着把手机转过来给我们看——那是我早上出现在仁川机场的照片。

"太难以置信啦!"智允震惊地说,嘴巴叼着绿色的饼干条,像是在抽一根雪茄。

我眯起眼睛,仔细打量着手机上的字:"金瑞秋的随性风,身穿我设计的蓝色夹克,简约又时尚,适合旅行的装束。瑞秋,下次来巴黎参加我的春季时装秀如何?我可是在邀请你哟!"我的照片后被配上了这段文字。

我的天哪。我被妮尔·克莱默在照片中标记了!这一切不是梦吧?

"怎么回事啊?"美娜顶着一头湿湿的头发走出来,好奇我们

第二章 ☆

在吵些什么。

"瑞秋的照片火了！妮尔·克莱默还在 Instagram 上发了她的机场照耶！"仙姬说这话时的语气有点夸张，表情比我还要惊喜。

"她还邀请我去参加巴黎时装秀呢！"我补充说。

"哦，恭喜咯，"美娜平淡地说，"浴室空出来了。"

洗完澡，我看见美娜、莉齐恩地和仙姬瘫在沙发上看综艺节目。《一起露营吧！》是一档艺人参与的野外露营真人秀，多是短期旅行，路途中有很多令人捧腹的笑点，比如像是袜子不够穿之类的。

"瑞秋，一起来看吧！"仙姬说，"这里有美娜那集的回放。"

美娜抱怨："一定要看这集吗？我发誓，我现在想到那时候钓鱼当晚饭吃的事还会做噩梦呢。你知道那天我摸了多少只虫子吗？"

美娜说一想到那段节目就浑身发抖，于是去抢遥控器。不过莉齐把遥控器举高到头顶，不让美娜抢到。

莉齐安抚美娜说："你这个样子看起来多可爱啊。"一边说一边让画面停在一张美娜的丑照上——镜头里的美娜眼睛闭了一半，手打着蚊子，脸朝一边扭过去，一脸嫌弃。"快看你这个样子！做下张专辑的封面如何？"

"嗯，很好笑。"美娜发怒了，又去抢遥控器。恩地和仙姬笑得前仰后合。美娜转过身看着仙姬，怒目而视："喂！你对前辈就这么无礼吗？"

仙姬立马就不笑了。她双颊通红，没说一句话。这时候永恩进来了,穿着热裤和一件褪色了的印有"绿色和平组织"字样的T恤。"啊,美娜的样子和我上次简直一模一样。那次我妈逼着我去餐厅吃饭呢。"她一边说一边点头,镜头此时播到了美娜吃热狗的片段,"我妈逼着我在那儿坐了三个小时,吃了六碗红豆刨冰,这样顾客们就能看到我在那儿吃饭,我的血糖都差点飙到要昏迷了。"

偶像歌手的父母们有时会利用孩子的知名度挣钱。我们的粉丝们都知道,永恩妈妈开了家餐厅,因此粉丝团经常过去吃饭,希望能趁机偶遇永恩或其他人。

这时,我的手机响了。一看,哦,是家人。自从关闭飞行模式后,手机一直不停振动,家人群里消息不断。

妈妈:你在外面吃得饱不饱?这周回一次家吧,有时间的话。我给你买了柠檬姜茶,听说对嗓子好。

我笑了。妈妈不再是以前的妈妈了,那时候她还威胁我不让我继续当DB的练习生呢。我回了消息说放心吧,我吃得很好——上海的小笼包好吃极了——又答应她周末会回家。

但我知道,周末能回家的可能性其实很低。我的家人们都住在江对岸,靠近梨花女子大学的地方——妈妈现在在那儿工作。虽然我们刚下飞机,但我知道公司一定不会放过任何机会让我们马上开始工作。为此我感到愧疚和抱歉。真希望在做一个好的偶像和好的女儿之间不矛盾啊。

一想到公司的日程安排,我的脑子又不停开始转了。说不清和杰森的那段对话启发了我什么,但是我隐隐约约知道,我该做些什么。不过现阶段说什么都太过于模糊和不切实际。如果杰森

第二章 ☆

说得没错，那么我也许应该像他一样学着写歌词。如果 DB 支持杰森多栖发展，那么也会支持我的，不是吗。过去几年里我都没怎么试过写歌词，床头柜里那本蓝色的笔记本都要发霉了呢。

我进了卧室，关上门，珍惜这短暂的私人时间——我和智允同屋。打开床头柜抽屉，我取出了那本蓝色笔记本，一下子躺倒在床上。

以前写的都是什么呢？啊，都是些服装素描或子弹日记之类，也挺有意思。我翻到新的一页，等待灵感的降临。

我用细钢笔写下：

"当我在街角看见你，我的心就知道，你是我的真命天子。"

太俗套了。不行。

"你的嘴唇亲吻着我，太棒了，我想你的吻会如酒一样甜。"

不不不。这都是些什么呀。我皱着眉头只好停笔。这些歌词都不对劲。不是我想要的。并不光是老土的问题，而是——不对劲。我根本没有陷入恋爱中，怎么可能写得出来恋爱的心情呢。上帝，我已经太久没有体验过恋爱的心情了。

不行，我要重新找回我的魅力。我打开衣柜，开始收拾衣服，开始想这周的穿搭。我最爱的事情根本还是搭配衣服啊。

有人敲了敲门，原来是仙姬。她伸进来一个小脑袋，头发还是湿湿的。仙姬的一头超短发也开始长长了，在耳边自然地卷起来。几个月以前，仙姬的父母要求公司给她一个新的造型——超短发——以便与我们区分开，好让仙姬更有辨识度。我们也许事业上是国际明星，但是在父母眼里，我们不过是十一二岁的小女孩而已，需要他们插手打理事业呢。剪了短发的仙姬被我们叫作

"波鲁鲁"——就是那个著名的戴头盔的卡通小企鹅——她对此感到十分窘迫。仙姬直到今天还不停用手指拨动发根,我知道她仍然很介意我们这么叫她。不过我是觉得短发很适合她,因为她有张天使般可爱的面孔。

"我能进来吗?"仙姬问。

"当然,"我说,"不过别介意床上的衣服,我在收拾衣柜呢。"

仙姬穿着毛绒睡袍,看着我的床,走过去轻轻抚摸了一下我那件薄荷色碎花连衣裙——我打算明天穿的威登古着。"我真的很喜欢你在机场穿的那身,"仙姬的语气充满留恋,"怪不得妮尔·克莱默都会发你的图。我真希望我像你一样时尚啊。我的机场照从来都没有人夸奖过。"

说起这个,我又感到一阵兴奋。这个春天,我真的要去巴黎参加时装周了吗?太不可思议了。

"你瞎说什么呀,"我拍了拍床,叫仙姬坐在空处,"你不记得你在成田机场穿的那件连衣裙啦?每个人都夸你呢。"我知道仙姬需要一些鼓励,而每当这时,她都会来找我,"你知道那款巴宝莉衬衫连衣裙吧?我很想要那件,但是我觉得你穿才好看,我不合适。"

"你真的这么认为吗?"她问,看起来精神点儿了。

"当然咯。看看这个怎么样?"我在衣柜里搜了半天,找出一双白色系带踝靴,"这双靴子和那条裙子很配。你要喜欢可以借去穿。"

"真的吗?"仙姬尖叫,"我要幸福死了!谢谢你!"她收下了靴子,抱紧了我。

第二章

仙姬在很多方面和利娅很像。虽然她俩个性截然不同，但她们年纪相仿——仙姬年长两岁。很多时候，我对待仙姬会自动自觉代入姐姐的角色。

我不光把仙姬当亲妹妹，实际上，不管好坏，团队所有成员在某种意义上都是我的亲人。我们会吵架斗嘴，但是我们一直生活在一起，对于彼此的隐私细节比任何外人都熟悉。我知道永恩能背下电影《魔法奇缘》中的所有台词，还知道秀敏最喜欢吃乐天奶油蛋糕——每当她抽筋发作，就只有这个能解救她。我和这些女孩相处的时间比和家人相处的时间多得多。虽然我和她们的关系并不如和利娅来得亲密，但每当有人需要我，我一定会挺身而出。

"真的，你最好了，瑞秋。"仙姬还没说完就把靴子穿上了——老实说这靴子和她的睡袍并不搭。

"没事啦，谁叫我们是姐妹呢！"我笑了笑。

第二天，我们在 DB 健身房集中，进行例行体能训练。关于参加时装周的事，我在脑海中删除了两次——只要想到要向卢先生开口，我就有点儿犯怵。教练让我们自由活动以后，我径直去了 DB 董事会办公室。那里每周三都召开高层会议，卢先生和其他高层都会出席。我在门外等候着，平复紧张的呼吸。除了两小时的有氧训练外，向卢先生开口也让我浑身不自在。

"别怕。他一定会同意的。"仙姬鼓励地说。

听到她的话，我吓了一跳。原来，其他八名女孩都一起来了。她们就站在我身后，在走廊里守着，想知道高层会怎么说。除了美娜在《一起露营吧！》里的演出外，我们其他的女孩都没有单独参加过活动。我知道，仙姬一定是站在我这边，但其他女孩就不好说了。有些人希望我得到高层的许可——这样她们就有机会做自己的事；有些人则不希望——原因么，就是嫉妒。门开了，DB高层们一个个走了出来。我们一一鞠躬，不过高层们还沉浸在刚才的讨论中，一点儿没注意到我们。

沈小姐是高层之一，我听见她说"……会是个很棒的机会。"

"唔，得到 Vogue 的青睐可不容易……"

我停顿下来。他们是在说 Vogue 杂志吗？我真的超想知道他们在谈论些什么，但现在轮到我了。会议室的人都走光了，只剩下卢先生端坐在红木桌前，摊开一本光滑的皮质文件夹在浏览什么资料，而韩先生时不时伸着头，在纸上做着记录。

我顺了一下马尾，检查下是不是有体味，敲了敲门。"不好意思，卢先生。"我说，这时候卢先生抬起头来看我。"瑞秋，"他惊讶地说，"怎么大家都来了？"他显然注意到我身后的一群女孩。

"我想问，您有没有时间，我有个小请求……"

"当然咯，进来吧，大家都进来。"卢先生扶了扶眼镜，和韩先生交换了一个眼神，"正好，我也要找大家来谈谈正事。"

正事？什么事？和刚刚我听到的高层嘟哝的那些话有关的事吗？我们是不是要和 Vogue 杂志合作啦？

我们都进了屋，向卢先生和韩先生分别鞠躬，排成一排围绕着桌子站好。可好长时间，没有人开口。我不知道是不是应该开口，还是等卢先生问了再说。不久，卢先生开了口："瑞秋，说说看吧，你要讨论什么事？"

我说了关于妮尔·克莱默邀请我参加巴黎时装周的前因后果，

给卢先生看了 Instagram 照片。我简明地说,这是至高的荣幸,我一定会在不耽误团队行程的前提之下做好这件事。

我双手合十,等待回复。等了好久,卢先生没有作声。我的心开始颤抖起来。我观察他的表情——眉头似乎变得更加紧锁。

"你真是个幸运儿,瑞秋,"他终于开口了,"看样子你要去巴黎咯,"卢先生笑得有点僵硬,"经理会给你安排的。"

一直屏住呼吸的我,此刻吐了一大口气。"谢谢!卢先生!我真的不知道……"

"现在——"卢先生打断了我。我赶紧把剩下的话吞了进去,不再作声。我想,这事就这样决定了。"我有个好消息要宣布,"卢先生身子前倾说,"每个人都受到邀请出演《1、2、3赢!》。"

哦。原来不是 Vogue 杂志。

我以前也看过几集《1、2、3赢!》这档真人秀。明星和艺人们在节目里做各种各样的游戏——要么超级紧张,要么超级尴尬,要么又紧张又尴尬——例如一次吃掉两大包泡面,然后穿上充气恐龙服参加五千米长跑比赛。好看是蛮好看的,但我并不太想亲自出演。

"下个月在新加坡开机,是目的地专辑,有两集。"韩先生补充道。

女孩们立刻炸开了锅,我也有点兴奋起来。新加坡?哇,那就不一样了,我爱新加坡。

"对手是其他三个女团,其中之一是公司刚推出的 SayGO。"卢先生继续说道。

我更开心了。SayGO 可是利娅所在的女团呀。我出道后不久，利娅也进公司当练习生。几年下来，她也出道了——正是SayGO。如果利娅也要参加节目，那么我一定去。放马过来吧，所有的综艺比赛！

卢先生说完就让我们回去。大家一边走出会议室，一边开始讨论新加坡有名的辣螃蟹餐厅和滨海湾金沙酒店楼顶的无边泳池。我没有立刻走，我想知道更多。

"卢先生。"我清了清嗓子。卢先生从桌子上抬头看我，很惊讶我还没走。"我听林先生说 *Vogue* 杂志是不是对我们有兴趣⋯⋯"

卢先生摇了摇头，有色镜片后面的眼睛立刻眯成了一条缝："没有。"他没好气地说，简单粗暴。说完又低下头看文件了。"没有任何合作的事。"

"哦，可是我刚听说——"

"瑞秋，你已经要去巴黎了。我建议你不要得寸进尺，把宣传的机会留给我吧。"卢先生语气冷酷而不悦。他对韩先生点了点头，韩先生站起来，朝我走来。那一瞬间，我看见他的眼神里写着一丝同情，不过顷刻间他就"啪"一声关上了会议室的门。

第三章

或许我们之间存在着小摩擦,但是一旦参与集体竞赛,我们总是能携手前行、共同进退。

"你知道这些沙子都是人工的、进口的吗？"永恩从太阳镜中瞥了瞥眼前纯净的沙滩，开口说道。

"你怎么知道的？"秀敏问。

"在来的飞机上读到的啊。"

秀敏轻轻叹息："也不错啊，人工沙滩。"

飞机一落地新加坡，我们所有人就被送去圣淘沙——新加坡南部的一个小岛。虽然还是二月初，但新加坡炎热如夏天——这里一年四季都是如此。我祈祷镜头里的自己一定要看上去皮肤湿润细腻，而不是被热浪弄得汗流浃背的狼狈样。

摄影组在准备中，我抬头看了看沙滩，蓝绿色的海水，远方的星星点点是一艘艘货船。沙滩的另一头，有几组人在玩沙滩排球，把球抛来抛去就像玩具。然后，我的目光锁定在了让人惊喜的一幕——

"姐姐！"

利娅和她的SayGO团员们正在不远处的一棵椰子树下乘凉。我叫上所有人一起过去打招呼，见到利娅就赶紧给她一个大大的拥抱。

"嗨！大家好！"利娅说，轻快地鞠躬，友好地朝每个人打招呼。

"裙子不错嘛。"我说，用臀部碰了碰利娅，换来她一个调皮的白眼。她那条霓虹色雏菊图案短裙是去年夏天从我的衣柜里拿去的，此时她上身搭配了一件简洁的黄色超短T恤。

大多数女孩们都跟利娅打了招呼，然后又和其他参赛队员们寒暄起来，相互熟悉。只有美娜和莉齐眼睛盯着利娅，嘴唇紧闭着，不太高兴。我把利娅拽到一边，问了她关于来程飞机的事。这时，莉齐咕哝道："你瞧她给我们鞠躬的样子，那也算鞠躬吗？"——声音大到足以让每个人都听见。

"就是啊，"美娜接话，"她可比仙姬还小一岁呢。她真不懂尊重前辈。"

每次利娅来，都会发生这种事情。原因很简单，就是有些女孩嫉妒利娅顺利加入了DB公司并且很快出道。她们不少人也想让自己的妹妹来当练习生。莉齐的妹妹只比她小一岁，这几年一直想加入DB，不过不知道什么原因，就是没能如愿。

利娅笑了笑，看着我，翻了个白眼。意思是，你瞧，她们的话根本没有伤害我。

"你记得要搽防晒霜哦！"我提醒她。

"相信我吧，上次我们全家去了釜山海云台之后啊，我再也不会忘记搽防晒霜了！"利娅做了个鬼脸。

"红得像只龙虾。"我们俩不约而同地用妈妈的口吻说道。

"前几天晚上，我们还谈到那次旅行呢。"利娅说，"妈妈晚上买了鱼饼当晚饭，好吃是好吃，但是根本比不上釜山的鱼饼。我好怀念那次在海云台吃的鱼饼啊。"

　　利娅出道时，我要求她一定要在家里和爸妈一起住，而不是立刻就搬去集体宿舍。她比我刚出道的时候年纪还小，我希望她能再多做几年小孩——生病的时候有人照顾，不安难过的时候有人陪着聊聊。现在，听着利娅说起家庭生活的温馨，想到家庭旅行的快乐和那些美味的食物，一阵突如其来的复杂感情向我袭来——怀旧、嫉妒、愧疚。巡演回来后我一次也没有回过家。正如我所预料的那样，回来以后我们的行程被排得满满的——欢迎晚会、声乐和体能恢复训练课程。才刚回首尔，行李还没有收拾，就立刻又启程来了新加坡。

　　当然，爸妈一直都表示理解。但是，我能感到他们的失望。爸爸上一次给我的留言——"没问题，女儿，希望很快能见到你。"——后头只有两个表情包，要知道以往他能用上十几个呢。

　　"好啦，我要和团员们会合了。可不能让她们以为我在和敌人交朋友。"

　　我笑了。利娅冲我眨了眨眼睛，离开了我的视线。

　　那是 TeenValentine——我看见她们了——八人女团，三年前出道。我的目光又转移到一张面孔上，那面孔很是眼熟——增田明里！我的呼吸提到了嗓子眼。

　　没错，就是她。增田明里。我在 DB 当练习生时最好的朋友。不过，后来她签了别的公司，我再也没有见过她。

　　好吧。也不是一次都没有。上次在东京参加 RARA 音乐颁奖典礼时，我在现场远远看见了她——我们共同出席的活动很多，但一直以来都没有机会单独聊聊。这次不一样了，这次我们近在咫尺。

　　她看起来和以前不一样。不过，我不会认错人的，就是她——增田明里——没有错。她那优雅的脚步——属于芭蕾舞者的脚步——我以前能在一英里以外就辨认出来。她看向我时那种惊讶的眼神也印证了我的猜测：就是她没有错。她那种惊讶的眼神我太熟悉了——以前，我们还在当练习生时，每次我跟她讲鬼故事，或者说朱美娜坏话时她都会流露出那样的眼神。

　　"女孩们！集合啦！"主持人是杨先生——著名的真人秀主持人兼喜剧演员，从我儿时起就非常红——我和爸爸的偶像。他就像是国民叔叔。所有人集合后，杨先生宣布了比赛规则、具体的步骤以及得分方式。说实话，我只有一半的脑子在听他讲。我真正关心的是，如果和明里见面，我会怎么开口呢？"嗨！明里，真对不起，我这个朋友太糟糕了。真对不起我没有跟你联系过，你走了我就没有再找你。再次见到你，我真高兴！"我能这么说吗？

　　这些话只是在我脑海中想一想，就够吓人的了。我好希望能弥补与她之间的裂痕，告诉她我很抱歉没有好好做一个朋友该做的事。不过时光逝去，我不晓得如何开口才最合适。

　　"大家都准备好了吗？"主持人大声问，将我的思绪从明里身上挪开。现在要关注的是比赛。

　　"当然！"女孩们齐声高呼。

　　"等的就是这句！"主持人热情大笑，"那么，就让我们一、二、三，赢！"

　　虽然对新加坡的兴趣明显大于比赛本身，但身处比赛中的我们，好胜心完全被激发。我感到一股浓郁的胜负欲在蔓延。

每次我与利娅击掌，祝贺对方的胜利、相互鼓励时，美娜就不满地抱怨我说："不要再给对手打气了，可以吗？"我虽然很想赢，但这并不代表我希望妹妹输，也不代表我没有资格鼓励她，不是吗？主持人杨先生为我们的姐妹情谊发笑，一直喊着"加油！金氏姐妹！你们俩干脆组团算了！"。当然咯，镜头也没有放过我们俩。每次我和利娅一有互动，镜头就拉了过来。我和妹妹已经好久没有相处过了，我知道我看起来一定是雀跃兴奋。每当我与利娅在接力赛中相遇，或是眼神碰到彼此时，我总忍不住散发出姐姐的爱意。到了"吃榴莲比赛"环节，大家都尽力忍耐榴莲那股独特的臭味。主持人解释说，由于榴莲气味太冲，很多人受不了，所以新加坡的地铁（叫作MTR）是禁止携带榴莲的。我看见利娅转过身去，做了个想吐的表情，于是没能忍住笑意，用手捂住脸笑了起来。我知道，镜头一定不会放过我的。

镜头也给了美娜充分的特写。她那股争强好胜的心气儿，一点没有落下。所有人都以为她是为了节目效果而故意这样做，但我知道，这就是她的本性。她是不服输的人，任何事情都要赢，即使是微不足道的小事。这就是所谓的基因吧。在"鸡蛋与汤匙"环节，安里落后了——她可是穿着十厘米高跟帆布鞋在跑——这令美娜十分不爽。她冲安里喊："把鞋子给我脱掉！朱氏从来不会输给任何人！"突然一下子脸红了，又改了自己的口吻说："啊，我是说，Girls Forever从来不会输给任何人！安里，快把鞋子脱了，光脚跑！"

比赛进入沙滩排球的环节，士气真是前所未有的高涨。虽然我们可能不比前面那些人打得好,但是作为一个队伍,我们像一台加满油的机器一样——加足了马力。我把球传给美娜,她一个漂亮的转手就把球传给智允。智允扣杀过网——"啪!"一声脆响。球在安里、秀敏和永恩之间传送,从未掉落。也许我们的技术并不像专业运动员一样,但我们配合很好,可以说是天衣无缝。举例说来,这就像我们拍红毯合照时一样。我们虽然高矮不一,但每个人都知道该如何站到属于自己的位置,相互配合——作为一个整体,我们和谐统一、相辅相成——就像我们那无懈可击的舞蹈队形一样。别的队伍根本不是我们的对手。或许我们之间存在着小摩擦,但是一旦参与集体竞赛,我们总是能携手前行、共同进退——尽管这只是一场蠢兮兮的真人秀比赛而已。

最终,在累了一整天后,比分终于揭晓——我们赢了。星形五彩纸屑飘满颁奖现场,派对音乐震耳欲聋。主持人递给我们一个大大的奖杯——上面写着一个大大的"一"字。虽然整场比赛有点蠢蠢的,但赢得比赛的感觉却不赖——和我们初次赢得RARA音乐年度最佳团体奖的感受十分相似。忙完了所有的拍摄工作后,我们决定在嘉佩乐酒店的套房里开庆功宴。套房有露天私人按摩泳池,能俯瞰美丽的大海。经理告诉我们,接下来没有什么活动了。晚上我们会回到新加坡市内,再度过一个告别之夜,明天一大早就返回首尔。

我看见TeenValentine的成员们正在往车里装行李——看样子是要去机场了。她们的心情不太好,一脸沮丧。我看到明里了——那一瞬间我内心充满了愧疚和难过。一整天我忙得不可开交——在不同的拍摄场地之间赶场,拍摄结束后工作人员又大喊指令,真让人应接不暇,疲于应对——我没有时间和明里说上话,更不要提道歉的事了。看着她们的面包车离开酒店停车场,我知道没有机会道歉了,至少今天没有了。

"我觉得我能一辈子坐在这里。"恩地叹了口气,往泳池里沉了下去。浴缸周围是茂密的绿荫,石墙中央还有一个小型瀑布。这里真像是天堂的一角。

"我也是,"秀敏充满了欣喜,"呃,让我永远待在这儿吧。我不想回去,也不想明天一大早搭飞机。首尔太冷了。"她做了个夸张的表情,"真希望有一天科技发达到可以心灵传送,根本不需要坐什么飞机。"

"你那么讨厌坐飞机,那你还做什么环球背包客啊?"安里调侃道。

"都说了啊,心灵传送。"秀敏尖锐地回答。

莉齐从玻璃杯上摘了一片菠萝塞进嘴里,挑眉看着秀敏问:"你什么时候想当背包客环游世界了?"

"一直以来都想啊,"秀敏答她,"从小时候起就在我的人生清单上啊。"

说实话,我从来没想过秀敏是会环游世界当背包客的那类人——因为她总是很讨厌坐飞机。不过,既然她这么说了,我能想象得出她只带一个背囊、只身一人环游世界的样子。"我能想象你环游世界的样子。"我说。

"我的人生清单是在百老汇或者伦敦西区登台表演。"安里说完，一脸惆怅。

"真的啊?"永恩从瀑布底下钻出来,水流还在按摩着她的肩膀,"但你跟粉丝不是这么说的耶,你说,除了做偶像,你没有其他的愿望。"

安里耸了耸肩:"那是因为我不想让粉丝失望啊。我真正的志愿是音乐剧。能演音乐剧实在是太梦幻了。"

虽然这也出乎我的意料,但我同样能想象安里出演音乐剧的样子。她总是我们几个里表情最丰富、夸张的那一个,演音乐剧再合适不过了。

"我的梦想啊,就是回老家开一所舞蹈学校。"智允开口了。她来自大邱,被 DB 选为练习生后,就搬来首尔和姑姑一起住。智允的父母还在老家生活,我一直都隐隐约约感觉到,她真的很想多回家陪陪爸妈。离她上一次回家似乎也有好一阵子了。

"我要早早结婚,生一大堆孩子。"恩地说。

"多少算多啊?"秀敏问,"三个,还是七个?"

恩地耸了一下肩膀,答:"越多越好。我是家里的独生女,自己一个人长大实在是太孤单了。我一直想,要是有一大家子人一起长大、一起玩耍就好了。我一定会让我的孩子有兄弟姐妹的。"

"作为五兄妹的中间那位,我给你一个忠告吧:孩子可真不是越多越好。"永恩插嘴,恩地笑了出来。

我在水池里朝后仰了仰,喝了口酒。说真的,每个人都对自己的未来有如此清晰的规划,我还有点嫉妒呢。除了偶像歌手以外,我能做什么呢?我不知道。大脑一片空白——正如我那本蓝色笔记本一样,空空如也。每当我想写点儿歌词,总是一个字也写不出来。

美娜问我："写歌词怎么样，你不是一直在写？"

我身子往前一倾，由于太猛，差点把手中的百香果玛格丽特酒洒到水池里。真是见鬼了，我们对彼此也太了解了。这感觉就像是我们能读懂彼此的内心。美娜此时坐在我的正对面，我朝她的方向看过去，发现她戴着一副超大墨镜，只有脚趾头放进了水中。

"写歌词？"恩地问道。

"是啊。她最近一直在写歌呢，用那本蓝色的笔记本。"

我看着美娜——这简直不可置信。我没有跟任何人提起过这件事。

"拜托，没有什么能够逃脱我的眼睛。"美娜像是知道我在想什么似的回答道。她窃窃发笑的样子很快又柔软了下来，陷入了深思："你知道吗，其实哦，我也蛮羡慕你的，你总是很有精神也很独立。"

等一下。这是我认识的那个朱美娜吗？她在赞美我？我朝她眨了眨眼睛，脑子还不能完全消化这一切，"谢谢你啊。"我最后还是回答了她。

"巴黎……个人专辑……你真的很敢去追求自己想要的一切。"

这时候，我看到其他女孩都偷偷交换了眼神。作为女团的一员——尤其是像 Girls Forever 这种超人气女团——出个人专辑的念头可是一枚炸弹。虽然也有人给电影原声碟唱过单曲，但没有人出过个人专辑——至少在单飞之前，绝对没有。单飞之后才有所谓的个人专辑——而单飞，就像是抽掉了积木中很大的一块,让剩下来的团体摇摇欲坠。

"我没有要出个人专辑,没有这个打算。"我盯着美娜看,看到她的墨镜上反射出我的影子。我要说清楚,我是诚实的,而她也不要想无事生非。"歌词只是写来玩的,图个开心而已。就像永恩做烘焙一样。"我一个字一个字地回答她。虽然,这么说也不全对,因为对我而言写歌并不算太愉快,怎么说,就比去看牙医稍微好点儿吧。我在乎的是保持写作的习惯。

"唔,永恩,我们回去后你给我们弄点好吃的吧?嗯?"智允说,"我可想死你的巧克力牛角面包了。"

"事实上,我想有一天我会出国留学,学设计。"我轻轻说,连自己也吓了一跳,"我希望推出属于自己的品牌。"

说真的,这种想法是从何而来,我并不清楚。好像大家也没有再继续听下去,而是开始争论到底永恩的巧克力面包好吃,还是香草味奶油甜甜圈更棒。尽管没有人在意,我还是大声说出了自己的梦想,这可是头一回。也许,这并不奇怪。每当我打开那本蓝色的笔记本写歌词的时候,我总是会更留心以前画过的服装草图。我一直都喜欢素描,只不过为了成为偶像,画画的爱好渐渐荒废了。但是,一想到能与 *Vogue* 杂志合作,或是飞去巴黎,我的心就开始雀跃。或许——时尚就是我的人生志业。但是,仅仅因为我的机场造型受到粉丝追捧或是某位知名设计师在 Instagram 上发了我的照片,这并不意味着我真正能从事时尚行业。

"你会成功的,瑞秋。"仙姬说,鼓励着朝我微笑。

"我觉得你完全能够胜任,比如说去伦敦读个相关专业什么

第三章

的。"智允说。

我的心涌起一股暖意。所以她们都看好我——认为我能行。真的吗？

"公司会同意吗？"美娜突然话锋一转，把手里那杯草莓莫吉托的吸管转了又转，"去学时尚专业？然后设计属于你自己的品牌？公司可能不同意吧，因为这会占用太多日程。"

叹气。美娜真是个扫兴大王。又来了。"我们只不过在探讨未来而已。你的人生清单是什么啊？"

"我的人生清单？我没有人生清单。"美娜眨了眨眼睛。

莉齐说："哎？你不是说有朝一日要进军好莱坞吗？"

美娜立刻回嘴说："喂！那可是我们俩之间的悄悄话！再说了，这也不是非做不可的事。不过是觉得好玩，想试试看吧。"

"对不起，没想到那是悄悄话。我该保密的。"莉齐委屈地咬了咬嘴唇，"我觉得你一定行，也值得去争取机会。"

"我也觉得美娜很合适。"我说。这话并不违心。虽然我从未听美娜提起过进军好莱坞的梦想，但如果她想，也不是天方夜谭。她有这种潜力，也有野心。

安里此时也加入了我们："我也觉得。"

美娜的嘴角朝上撇出一个微笑。"我也是这么期待的，"说完，又有点沮丧，"可是我爸爸不会同意的。绝对不会。他希望我永远待在韩国，不要出去，这样他就可以一直看着我，管着我。"说这话时，美娜的口气明显失望，但她没有允许任何人同情她而说些什么，就赶紧打了句圆场。她把墨镜扶了扶，又露出那种狡黠的神情来："没事儿，我再想点别的更靠谱的事好了。"

43

"哦,是吗,比如呢?"恩地问。

"比如说,占领全球。"

"啊,老土。"莉齐翻了个白眼。

美娜用脚沾了水往莉齐身上泼;莉齐又叫又躲,回泼给美娜。不一会儿,所有人开始打闹嬉戏,一边保护手里的饮料,一边防止被水溅到身上——泼水声、尖叫声不绝于耳。我也跟着大笑,但美娜的话留在了我的心头。

虽然我和大家说的是"探讨未来",但这个未来并不遥远——至少我是这么希望的。如果我跟公司提出要开辟时尚方面的副业,公司会支持我吗?

晚上,我们终于从圣淘沙回到了市区。办好酒店入住后,我已经疲倦不堪。真是漫长的一天啊!要是能早点睡觉就好了,再叫点儿消夜吃,敷完面膜吃点心。对了,面膜的话,是选珍珠滋润型还是芦荟舒缓型比较好呢?就在这时,利娅突然出现在房间门口。她浑身是劲儿,好像从来不会累一样。

"我们偷偷出去玩吧!"她手里拿着一副墨镜,对我说道。

"你也戴上你的,一起去!"

"偷偷出去玩?"我忍不住笑了。没错,公司要求很严格,有时候会禁止偶像晚上外出。但是现在只不过下午四点,我们都是成年人了耶。我们想出去就去好了,根本不需要伪装或是逃跑出去啊。利娅真是好笑,还想出来这一招。"你就算戴了墨镜也会被认出来啦。毕竟78%的脸都露出来了呢。"

"求你了,姐姐,去吧!"利娅把墨镜往下拉,露出小狗一般可爱的无辜眼,"这个机会可太难得啦。你和我,两个人在新加坡耶，自由时间——连保安也下班了。再说，新加坡的狗仔队不是非法的嘛，没事的，放心！"

没错，新加坡确实有一套严格的防偷拍法律——狗仔队偷拍明星是违法的。那么，今晚我们就可以彻底放飞自我咯！想到这里……我又有点纠结，因为本来已经想好要舒舒服服穿着毛茸茸的大睡袍好好躺平……

"就几个小时嘛；逛完了就直接回酒店啦，我还要早点回来呢。我们今晚要一起排练的。"利娅说这话时一蹦一跳的，"回首尔后立刻就有演出了，可是艺彬说我们都没怎么练过……"

我想了想——究竟我和利娅有多久没有好好相处了？今天意外遇到了她，虽然我高兴得很，但是——穿着奇奇怪怪的衣服做游戏，在圣淘沙岛上跑来跑去——我们相处的时间很短暂，质量也不高。现在利娅的事业也有了起色，以后我们俩相处的时间只会越来越少，两个人都有空的情况不会太多。当然，我们也可以选择在房间里待着敷敷面膜什么的，但是既然来了新加坡，不去逛街说不过去。这里可是购物天堂。

"好啦，好啦。"我说，拿起猫眼太阳镜戴上，"只玩几个小时哦。"

"嗯！几个小时而已！"利娅答道。她用胳膊挽着我，指着大门说："出发吧！"

第四章

来的正是刚刚地铁上的那个可爱的家伙。

新加坡乌节路是一片高档购物街区，这里商贾云集，多是些国际奢侈品牌。百货店霓虹灯闪烁，造型以未来主义为主，酷炫极了。来到这里，就像来到了我梦寐以求的天堂。

诗家董是新加坡历史最悠久的百货商店。那之后，我们来到爱雍·乌节——一个八层高的巨大地标性商业中心。我们一进去就迷了路——这里可真是琳琅满目，让人眩晕。我和利娅一会儿试试墨镜，一会儿试试衣服、鞋子、丝巾，穿梭在赛琳、香奈儿和爱马仕店里。

商店的 LED 霓虹灯墙发出耀眼的光芒，紫色光打在利娅的脸上。她笑靥如花，与我说着笑着。我们刚走出迪奥店，想去普拉达那里逛逛。"是不是觉得跟我出来太对了？""是啊！"想想我差点就放弃了，而是在酒店里吃点心，真是够傻的。

"来吧，走！"

一整晚我们笑着、说着、闹着，从一家店铺进入另一家，灯光闪耀，笑声不断——大概拍了一百万张自拍。利娅说得没错，这里一个狗仔队都没有，没有人躲在角落里偷拍。在外面玩得越久，我越自在。

逛到当晚的第十家（抑或是第一百家？谁帮我数数？）店时，我的眼睛突然盯上了皮包墙上的一个包。准确地说，是巴黎世家知更鸟蛋蓝色山羊皮背包，肩带上有缝合的细节。我走过去，像被磁铁吸引了一般，感到血脉偾张。

皮很软，闻起来很香——像杏仁冰激凌和栀子花的味道。大小也很合适：放得下一本书、手机、化妆包和一个小风扇——这些都是我的生活必需品。包虽然很结实，但又非常轻便。我试着背了一下，肩带滑过我的肩膀——正好合适，舒服自在。以前我就在杂志上读过这款包的介绍，但看到实物还是头一回。几乎是一瞬间，我就知道，那天的机场造型我缺的就是这样一个包。

没错，就是它，我命中注定的包。

"姐姐！我喜欢！太美了！"利娅从后面跳了出来，冲我说，"这就是你的包啊，上面写着你的名字呢。"

"是吧？"我轻轻吐出这两个字，好像走进了一间教堂似的，噤若寒蝉。要是说购物商店是教堂也未必不可——我在这里的感受可以媲美灵魂洗礼。我翻了翻价格，吓了一跳……灵魂洗礼的价格，还真是不便宜呢。

"你要买吗？"利娅问。

"我……"我犹豫了一下。

不买的话，会睡不着吧……

不买的话，会一辈子后悔吧……

再也遇不到这么心仪的包了……

"我再想想看……"趁脑子还剩下 5% 的理智，我勉强回答。

第四章

☆

理智劝阻了我,让我清醒一点儿。从小,妈妈就培养了我良好的储蓄概念——买单件物品的花费不要超过一个月的收入。尽管我是个购物狂,内心还是有个声音在不断提醒着自己。我把包放了回去。还是不买了。要么我那钢铁般的意志和自我克制力会占上风,要么明天一大早返回买下它——不管如何,都不算输吧。

走出购物中心,站在乌节路边,我感到一阵眩晕——类似于下午看完电影后走出电影院的感觉。不过,和从电影院里出来的感觉不一样,此时此刻我进入了一片漆黑之中。方才购物中心里的那些绚丽色彩一下子全熄灭——远处的天空点缀着粉色与紫色的条纹,太阳西斜——真让人大吃一惊。利娅看了看时间,"我们是不是该回去了?我再不回去排练,那些女孩该杀了我。"

真不敢相信,三个小时过去了。"是啊,是该走了,回去吧。"我说,口气中流露出遗憾与不舍。在城市中漫无目地看看逛逛,真是太棒了。时间过得太快,只可惜一下子就到了晚上。

"要么,我先回去,你自己再转转吧。"利娅咧嘴笑着说,"我看出来了,你还没逛够呢,脸上的皱纹写满了不情愿。"

"呃,我脸上可没有皱纹!"我逗笑着,打了利娅一下。我的目光沿着乌节路朝远处看,心中充满不舍。"你自己回去能行吗?"

"当然啦。走回酒店也就十分钟而已啦。"利娅亲了我一口,说,"我不在了,你自己可要悠着点儿啊,嗯?"

我笑了,和利娅飞吻告别,又朝她挥了挥手。哇哦。上次我一个人去逛街是什么时候了?我也去过世界不少地方了,可那都是为了工作。每次身边不是团员就是保安,要么就是在一两位公司高层的陪同之下。自己一个人在异国真是刺激。

正想着这些,我的手机响了。来了一条信息——

你现在在新加坡吗?

我吓了一跳,转过身去看是不是有认识的人。可是,这信息只出现在我和赵氏姐妹的聊天群里,应该没有别人了。赵氏姐妹是我从中学以来最好的朋友,她们出现在新加坡也不是不可能。她们俩——赵朱玄和赵慧利——过着豪华的生活,搭飞机四处飞来飞去的。朱玄去各地参加美容时尚活动(她现在是 YouTube 全职博主)。慧利也到处飞,参加环保会议或设计项目(她现在是茉莉·霍利化妆品公司的工程师——这个公司是她自己家创办的)。

我们三个靠群聊维持友情——忙碌的日程意味着我们根本没有太多见面的机会。聊天内容也是五花八门,大大小小的话题都有。比如,慧利上次终于在 7-11 便利店里找到烤土豆味的奇巧巧克力,或是朱玄的 YouTube 频道订阅量超过了五百万,她和交往很久的男朋友大镐订婚,等等。上学的时候我们每天见面,有时候一边吃着芭斯罗缤雪糕一边在彼此的家里过夜。如今,我们之间只剩下群聊了。虽然群聊没有办法取代交往,但我也很满足了。

慧利:我在网上看到消息说 Girls Forever 去新加坡拍《1、2、3 赢!》了?

啊。原来如此。

我:是的!我超爱新加坡!都拍完了,我现在来了乌节路玩玩,时间花掉了,钱也快花光了哈哈哈。一石二鸟呢。

朱玄:太棒了!!给我空运点辣螃蟹。

慧利:笑死。我也要。我好想你耶。你在新加坡要待多久?

我俩最好的朋友也在那儿,你们可以见个面。

朱玄:是的!你记得艾利克斯(Alex)吗?去见见吧。你俩一定合得来。不开玩笑的哦。

艾利克斯这个名字并不是完全没听过,虽然也记不清了。哦对,没错,是那个艾利克斯。就是朱玄大学一年级时的那个室友。就是她没错。那是我刚出道的那年,年尾的时候我难得有几天假,于是去斯坦福大学看慧利和朱玄。我在那里住了两天,过了四十八小时加州大学生活——下午在院子里,晚上在兄弟会。如果我没记错的话,艾利克斯就是那个成天裹着一身扭扭乐垫子的女孩,像是穿着古罗马托加长袍参加 ABC① 派对。她玩翻转杯游戏也很厉害。

我于是打了这样的字:

"当然了,我记得。但我明天一大早就要回去了,不知道时间来不来得及。"

聊天停顿了一下。我能想象,此时此刻慧利和朱玄的脑袋正靠在一起,两人开始商量着下句该说什么。

慧利:太晚啦。都安排好了。艾利克斯二十分钟内就到啦!滨海湾花园知道吧,离乌节路不远,那里有个很可爱的店叫"花瓣",里面有个咖啡馆。

我心想,二十分钟?可我的自由活动时间……虽然我很喜欢赵氏姐妹,也真心愿意和她们的好朋友碰个面,但这可是我难得的自由活动时间啊。

---

① 指"除了衣服以外什么都可以"(Anything But Clothes)。——译者注

朱玄：哎呀，瑞秋，就看在我的分上，去吧。你不是说想多交些圈外朋友吗？艾利克斯人真的很不错，认识认识对你有好处，没有别的意思。爱你宝贝！

她没说错。现在我唯一的圈外朋友就只剩她们了。见见艾利克斯也不是什么坏事……

不管是面对利娅还是赵氏姐妹，我就是这样好说话，真没办法。

我：好啦好啦。去去去。你们真是多余，不过我还是爱你们。告诉艾利克斯我二十分钟内就到。

见面的地点并不算十分远，但我不可能叫车载我过去。地铁站就在马路对面——我决定坐地铁去。在韩国时，每次出门公司会安排好司机，所以有好久我都没有自己搭乘公共交通了。想起九岁时自己一个人坐地铁的回忆，也真是有点好笑呢。那时的我，小小的个头躲在入闸口下面，自信满满能单独完成这趟旅程——从西四车站进城去找在自然历史博物馆工作的妈妈——坐八个站去见博物馆里的大蓝鲸，并在博物馆里待一个下午。那时的我对途经的八个站名如数家珍，一个站一个站地数着，直到来到妈妈的工作地点。你可以的，瑞秋。你在成为偶像歌手之前，可是个纽约客啊！坐个地铁算什么呢。

幸运的是，新加坡的地铁就像这座城市的其他基础设施一样干净、明亮、友好。我在售票机里买完票，下了电梯。嗯。一切正常。等车来就好。此时此刻，一辆列车正好停靠在站台！我赶紧从电梯上跑下去，小心翼翼，可不能摔跤——毕竟我还穿着坡

第四章

☆

跟帆布凉鞋呢。如果是在纽约，急忙之中有乘客伸出手去挡门，好让列车不要走。可新加坡的列车与站台之间有两道门——屏蔽门挡住了乘客，一旦列车开出就不能再进人了。神奇的是，我竟然在车门关闭之前成功地挤了进去。我叹了一口气，放松了下来。成功！差一点就没赶上车呢。我往前迈了一步，想去找个座位，怎知突然发现我被什么东西拽住了。回头一看——我晕，我那个老旧的普拉达腋下包被车门夹住了！我努力拽了拽，但包被夹得紧紧的。列车要出发了，我绝望地拽着包，躲避来自周围人怪异的眼神。在新加坡地铁上连喝一小口水都是禁止的，因此在公共场合举止端庄十分重要。可此时此刻，我竟然大出洋相。如果是在曼哈顿地铁上，即使是上来一个墨西哥马里亚奇乐队开始表演，也不会有人多看一眼。

"不好意思，你需要帮忙吗？"一个高个子男人问。他从座位上站了起来，朝我倾了倾身子。他梳着干净利落的头发，穿着牛仔裤和浅蓝色纽扣领衬衫，看起来似乎比我年长几岁，有着温暖的棕色眼睛和灿烂的笑容。我搞不清楚那笑容究竟是在嘲笑我还是冲我打招呼。

"不，不，我很好，谢谢。"我说。尽管内心非常慌乱，但我故作镇静，假装一切尽在掌握之中。天哪，我内心祈祷着，真希望不要发生什么窘事——例如，卫生棉条飞出来砸到那个男人的眼睛上——诸如此类。

"你确定吗？"那男人又问，似乎被逗笑了。

"很确定，谢谢！完全没有问题。"

男人回座位坐下了。我又用最大的力气拽了拽那只包——

奇迹出现了！门真的开了，包被我拽了出来。但是那一瞬间的冲力太猛，我一个趔趄，往后跌倒——竟然坐在了那个男人的大腿上！

"上帝啊，真对不起。"我说，赶紧从他的大腿上弹起来，似乎我的臀部被火烧了一样。我的脸瞬间惨红，内心十分崩溃，千思万绪涌了出来：坐到人家大腿上该怎么道歉呢？哎真是的，早知道就不该坐地铁了！还有，那个男人穿着双爱马仕拖鞋，可是为什么不穿袜子呢？以及，为什么我甚至会认为那样穿——还蛮性感的？

这太诡异了。我可是能穿着六英寸细跟高跟鞋跳舞的人，再难的舞步也难不倒我——甩着头发跳双倍节奏的曳步舞，有人能做到吗？——可今天我竟然没控制好重心，在地铁上摔倒了？还坐在了一个露出好看脚踝的陌生男人大腿上？我是怎么回事啊？今天一定是没吃好饭。或者——我一定是太久没看到可爱的家伙了。

那个男人笑了笑，露出左脸上的酒窝："别担心。实际上，你还帮了我一个忙呢。"

"什么？"我问，浑身的尴尬暂时被好奇心掩盖。

"对啊，我妈总是说，完美的女孩不会从天而降——降落在我大腿上。"他冲我粲然一笑，像是在逗我，"我现在可以跟她说，妈妈你可说错了。"

我的脸颊又是一阵发烫。不过不是因为尴尬，而是因为害羞。他是在跟我调情吗？还是我想多了，太久没有谈恋爱所以过于饥渴？

第四章

☆

我挤出一丝笑容，撒开腿尴尬地跑到最远处的车厢找了个位置坐下来。我摸了摸脸，还真是烫呢。

坐了一个站，我下车换乘另一条线；又一站后终于到了我的终点站：海湾舫站。这时，我的脸不怎么红了；刚才那一幕却深深烙在了我的心上：我朝那个男人的大腿上飞去的样子像极了使用特技的彼得·潘。我低下头，看了看在刚刚车厢闹剧中可怜的、被反复捶打的驼色皮包——包带都有点脱落了。天哪。我进入了一级红色"包荒"预警。这可不是什么好迹象。掏出手机看了看时间，离约定的时间还有五分钟。艾利克斯应该不是那种介意迟到的人——如果我没记错的话，她是个非常自由散漫、无拘无束的女孩——用朱玄模仿加州女孩的口吻来形容，是个"不紧不慢的"女孩。我的前面还有两排海滨大楼，从这里已经能看到大海了——闪烁着粼粼波光，灯光之下仿佛一颗深色宝石。远处，新加坡著名的"超级树"引人注目——细长的树枝伸向天空，树干中央亮起柔柔的紫色灯光——如同《爱丽丝梦游仙境》般奇妙，而我作为女主角，和巨大耀眼的建筑物比起来渺小无比。

终于，我找到了约会的地点——名叫"花瓣"的一家小店。走进去，我发现这里很是漂亮——屋顶全由玻璃打造，各种各样的植物装饰着窗户，延伸到内阳台。我走到二楼咖啡厅，扫了一眼，看看艾利克斯是否已经到了。我想，自己也许能认出她来——希望她不要还是穿着那件扭扭乐托加袍。但看了一圈，只看见一对小情侣在吃杏仁牛角包，还有一个女孩在拍自己往华夫饼上倒巧克力的动态图。

我点了一杯意式浓缩咖啡，坐在靠窗户的位置给朱玄和慧利发信息,告诉她们我已经到了。

我:找了个靠窗的位置!

"吱"一声——门开了。我抬起头,以为是艾利克斯到了。

我的心脏差点没跳到嗓子眼里。

来的不是艾利克斯。

来的正是刚刚地铁上的那个可爱的家伙。

不是开玩笑的吧。我拿起菜单遮住脸,赶紧给赵氏姐妹发信息。

我:她到了没啊?我想换个地方。

慧利:她?噢哈哈,不啦,艾利克斯是——

"瑞秋?"

我吓呆了,慢慢放下菜单。那个可爱的家伙就站在我旁边,手里拿着一杯咖啡。他咧开嘴一笑,左脸颊的酒窝又出现了。他朝我伸出手来。

"嗨。我是艾利克斯。"

第五章

我作为偶像是不能谈恋爱的。
这一点我必须牢记,
不管我想不想。

艾利克西丝（Alexis）。没错。这才是朱宏室友的名字。想到这里，我暗自后悔，不过为时已晚。至于眼前这个可爱的家伙（他叫艾利克斯，我又在心里纠正了一次自己），我一点儿也不记得曾在斯坦福见过他了——如果我们见过，我一定不会忘的。我望着他，惊讶地一句话也说不出来。他站着冲我微笑——又是那该死的酒窝——手在空中尴尬地摇摆着，举棋不定。又过了一秒钟，他的笑容逐渐僵硬。

"嗨，嗨，坐吧！"我说，恢复了正常的礼貌。我又赶紧站起来跟他握了握手，指了指我对面的座位，在这过程中还撞翻了一个餐巾架。"不好意思，"我的脸因为窘迫而变红，"刚刚地铁上的事，真是不好意思。现在，也是。"上帝啊，瑞秋。可停止胡言乱语吧。"相信我，我平时不是这个样子的……"我喝了口咖啡，恨不得把脸埋进杯子里。

他大笑，举起一只手揉了揉那梳理整齐的乌发。"说真的，不要介意。我们就当作刚认识，假装地铁上的事没发生，不好吗？可以吗？"

我深吸一口气。好的。没问题。就当一切没有发生过。我能接受。"好的，没问题。"

"好。嗨，我叫艾利克斯·权。很高兴在这里见到你，而不是在行驶的地铁上。"

"我叫金瑞秋。"我微笑着回答。刚刚我内心还在想着自己是多么尴尬，可此刻，我满脑子想的竟然是眼前这个可爱的家伙是多么体贴、讨人喜欢。我究竟是怎么了。"我也很高兴认识你。"

"瑞秋，我们现在既然是第一次见面，那我要告诉你一件好玩的事，一件刚刚发生在地铁上的事。"他幽默地笑着说。

两杯意式浓缩咖啡和半份巧克力熔岩蛋糕。吃完这些，我了解到原来艾利克斯和我一样是韩裔美国人——都在纽约长大。如今，他居住在香港。他在斯坦福大学主修商科，和赵氏姐妹认识的时候已经在念硕士了。他喜欢吃刀削面、讨厌石榴味烧酒。他是家中长子，有两个弟弟，对猫过敏——常常服用抗过敏药去看望奶奶——奶奶家中有三只猫。这三只猫分别以奶奶最喜欢的20世纪50年代男歌手命名：埃尔维斯、胖子多米诺、小里奇。

我和艾利克斯的聊天出乎意料地顺畅。他很有魅力、有趣又知情达理，我不敢相信我们才刚刚认识而已——好像是已经认识好几年的朋友了。赵氏姐妹说得没错，我们俩一拍即合。

"你还记得泡泡日吗？"艾利克斯问。难以置信的是，我和艾利克斯的缘分竟然早就开始了：我们俩不光都在纽约长大，还上过同一个小学（在我搬回韩国之前）——西村41公立小学。

"当然！"我说，情不自禁拍了拍手，"那是我学校回忆里最棒的一天。"

第五章

☆

"比每年的中央公园动物园考察日还棒吗？"艾利克斯扬起了眉毛。

"当然喽，棒多了！"我大笑，"我是说，我很喜欢海豹啦，不要误会。但你要承认泡泡日可是更高一个级别呢。"

每年考试周之前，学校都会举办泡泡日教学生使用电子答题卡。老师会发泡泡糖给我们（这在平日里是禁止的）；休息时间里，当地的消防队也会赶来学校，用橡皮管在篮球场上弄出一个巨大的肥皂泡泡让我们玩耍。我和我最好的朋友伊内兹喜欢在下巴上抹满肥皂水，学着圣诞老人的口吻一遍又一遍说"吼吼吼"，笑得前仰后合。

我和艾利克斯聊得正开心，没注意到刚刚角落里那对吃杏仁牛角包的情侣这时朝我们走了过来。

"不好意思，打扰了，"女孩试探着笑了笑，"请问你是金瑞秋吗？真不好意思，我其实不想打扰的，但是你可以跟我合影一张吗？"

女孩充满期待地抱着手机看着我。"我并不想打扰"这句话我听了太多次，每次人们都这么说，可每次他们都这么做。

"哦！"我有些猝不及防，不过很快就意识到眼前的情形，笑了笑，又很快瞄了艾利克斯一眼。此刻的他正扬起眉毛，一脸疑惑。"当然，我很荣幸。"

好吧。也许我不只是对利娅和赵氏姐妹心软。

女孩激动地把手机递给男友，我和她一起拍了照片。我感到艾利克斯那充满疑惑的眼光朝我们看过来，于是心想，哦，好像在过去的一小时里，我都没有告诉过他自己是做什么的。他真的不知道吗?

女孩道谢并离开后,我冲着艾利克斯难为情地一笑。

"这么问好像有点像个老爷爷,但是……你是名人吗?还是什么?"他大笑。

"如果我说我是名人,会不会很自大?"

艾利克斯又笑了一声。

"嗯,我是会被认出来。我是一个叫 Girls Forever 女团的成员,我们,呃,怎么说呢,在韩国流行乐坛算是有名。"

"喔喔,原来你就是赵氏姐妹所说的'那位朋友'啊!"艾利克斯一脸恍然大悟的样子,打了个响指,"她们以前提过你,可是我竟然没有对上号,这太不可思议。对不起。"他一脸窘迫,"除了念书和工作,我几乎都不怎么关注流行文化了,更何况是韩国流行音乐。认真地说,我看过的上部电影还是《玩具总动员》呢。"

"呃,也不是很久以前吧。《玩具总动员4》不是刚出吗?"

"不是4,是3。"

"啊,好吧,这么说来,你还真是个老年人耶。"

上次去看《玩具总动员》是某天放学后我和明里、赵氏姐妹一起。电影演到焚化炉那段,我们三个都哭红了眼。好像那时候我只有十二岁。

"我没那么惨啦。"艾利克斯反驳道,捋了捋衬衫,好像上面的皱纹是他的自尊心。我因此看到了他的手臂肌肉——透过蓝色纽扣领衬衫依稀可见。

我们都笑了。我也放松了下来。

"没事啦。"我答。我是真心这么觉得。认识圈外人是让人

第五章

☆

开心的事。已经很久没有像这样认识新朋友了，自然而然，一见如故。

艾利克斯看了看手机时间。"我和一些朋友约好了在附近的酒吧见面，你想一起来吗？"他问，"他们也很棒，我保证，不是像我一样的老爷爷。"

"如果你是老爷爷的话，那你一定是我见过最性感的老爷爷。"我心想，不过及时阻止了差点脱口而出的自己。

当下的一秒，我几乎是想说"好"。跟艾利克斯（这个可爱的家伙/性感的脚踝/火辣的老爷爷）聊天很快乐——跟他在一起，时光飞逝。但刚刚那个女孩让我产生了警惕心。如果有任何人目击到我和男性单独见面的话，也许会惹来大麻烦。捅娄子的方法也很简单，只要将一张照片上传到社交媒体……我不能太贪心了。

"我很乐意，但是我不能。"我咬着嘴唇说。

"啊。"他点了点头，"这是你们公司的什么魔法吗？如果午夜之前不回去就会变成南瓜之类的？"

我大笑，摇了摇头。不过，这句话也离事实不远。"不是南瓜啦。我穿橙色超丑的。而是……"

我要怎么跟流行音乐圈外的人解释这些呢？"我们的业界规定……比较复杂。我们被公司要求保持邻家女孩的形象，纯洁完美，对约会什么的没有兴趣、一窍不通。我们只能对粉丝忠诚，不能把爱分给别人。不要误会，我们确实是爱着粉丝的。非常爱。只不过，事情有点棘手。我们不想让粉丝失望——一旦粉丝失望了，我们就没有人支持了。失望的人越来越多的话，票就卖不出去了，媒体也开始编造绯闻……总之，就是很……复杂。如果被看到单独和男生见面,可能会带来大麻烦。"

艾利克斯的眉毛皱了起来,一脸疑惑。"可是,我们并不是单独见面呀,"他说着指了指咖啡厅周围的人,"更何况,这是你的私人生活。如果你要约会的话,公司不会支持你吗?就像是,比如说,在咖啡馆和以前上学时认识的朋友碰个面之类?"

支持。好吧。我摇了摇头。我想起了 Electric Flower 的姜吉娜——她交男朋友以后立刻被踢了出去。也许这是个极端的例子,但我不想知道公司还有别的什么惩罚艺人的办法。实际上,如果你得到公司的喜爱,就会得到力捧——我就是这少数幸运儿之一——得到各种机会,充满挑战,但前途光明。能得到 DB 公司多年来的栽培,我清楚自己有多幸运。但是,公司毕竟是公司。我不能让公司失望,我不想让任何人失望。

在我解释这些的时候,艾利克斯慢慢点了点头,眼睛里的光芒渐渐暗淡。"喔,好吧。我真的不了解。"

"是啊,"我感恩地说,"也许我真该回去了。这是最明智的做法。"

他又扬起眉毛,温柔地笑了笑,酒窝若隐若现。"好吧。金瑞秋。让我们用泡泡日的方式来解决这个难题。"

我不晓得他在说什么,但我还是笑了。

"听好了,问题如下。仔细回答——用你的二号铅笔完全遮住泡泡。A,跟我来酒吧见见朋友,唱一首 B*Dazzled 的歌,用你美妙的歌喉让我们无地自容……"我脸红了起来,有点尴尬,也有点高兴——他竟然记住了我小时候喜欢唱的歌曲的名字——正是刚刚聊天中我告诉他的许许多多关于我的琐事之一。

第五章

☆

"B，回酒店去，忘掉这个晚上，告诉朱玄和慧利你和艾利克斯被邪恶的地铁门挡住了，没有见面。或者 C，出于责任心，回酒店去，但是要了艾利克斯的电话号码并且保证一会儿给他发短信。"

我的心颤了一下。"我选 C。"

"选得好。"他咧开嘴笑了。

艾利克斯坚持要送我回酒店，我们一起坐地铁回到了乌节路。上地铁的时候，艾利克斯夸张搞笑地故意撑大门让我进去，以确保我的包没有被夹着。这让我捧腹大笑，似乎从来没有笑得这么厉害过。他那憨憨傻傻的样子让我回想起来自己的样子，似乎也没有那么丢人。在地铁上我们靠着坐，我心里不断在重放着"坐到他大腿上"的小剧场。座位很窄，于是我们的双腿紧紧挨着，我的一部分灵魂渴望抓住他的手，但没有这么做——这实在荒谬。等我们出了地铁，走到大街上时，逛街的人群已经消散了许多。大部分商家已经打烊，霓虹灯与商标发出微弱的光，背后是漆黑的夜空。我深吸一口气，让自己沉浸在对新加坡的爱意里。我们经过巴黎世家店铺时，我停下来朝橱窗看了看。灯光暗淡，距离遥远，但那个包还是如此美丽。

"怎么啦？"看到我停下来，艾利克斯问道。

"那是我梦寐以求的包。"我叹了口气，指了指橱窗。

他眯起眼睛朝橱窗看去。"蓝色那个吗？有什么特别之处吗？"

有什么特别的？你在开玩笑吗？我朝他转过去，一脸震惊。

"这可是巴黎世家哎。艾利克斯。"

他盯着我看了一会儿,"我知道啊,可还是想问问为什么?"

他的眼神像一个挑战。我突然意识到,他可是穿爱马仕懒汉鞋的人,不会因为牌子的名字就被唬住。

我吸了一口气,好像做好上课的准备一样:"好吧,你看到了吗?那个包的制作工艺绝对一流。皮呢比别的牌子都轻薄得多,但是非常耐用。这在时尚界可是革命性的工艺。这个牌子的包又柔软又强韧。你看到缝制的工艺了吗?可都是手工完成的呢。"说完我又深吸了一口气。没想到,自己竟然生这么大的气。时尚不仅仅是关于好看,更是一种美的艺术,背后有深刻的内涵和故事——就像这款皮包一样。

艾利克斯沉默了,盯着那只包看了很久,陷入了深思,"好吧。"

"这下你明白了吧?"我问。

"我说'好吧'的意思是,说起时尚来,你很像电影里的时尚女魔头呢。"

啊。《时尚女魔头》确实是我最爱的美国电影之一。

"好吧,从2000年开始就没有看过电影的这位先生。"我说,翻了个白眼,伸手去打他的胳膊。艾利克斯一下子抓住了我的手。

"嘿,我是认真的,"他看着我,棕色的大眼睛十分温柔,"你充满热情的样子真的很酷。那个叫……巴黎世家,对吗?"我点头,不敢说话,心跳得厉害。"又柔软又强韧……你这么一说,这个形容还真是符合完美女孩的定义,啊不是啦,我是说皮包,皮包。啊,我现在懂了。"

艾利克斯又咧嘴笑了，我开玩笑打了他一下，不过这次和与利娅打闹的感觉不一样。和妹妹打闹时想收手，不过和艾利克斯打闹我却不想停。"要是能一直这样抚摸着他和他闹下去，夜晚不要来临就好了"——这样的想法在我心中蔓延。

几乎是一瞬间，艾利克斯停下来盯着我看。我的呼吸变得轻柔又急切，停留在嗓子眼里。

然后，一切又戛然而止。

艾利克斯几乎全程送我回到酒店，在离酒店两个街区的地方我让他停下来，不希望被人看见，误会我们刚约会回来。不过……说是约会也不为过吧？至少我把今晚当成约会了。一次非常非常棒的约会。

"所以，是要说晚安了吗？"艾利克斯问。

我看见他脸上的酒窝，突然，很想亲亲他。

于是赶紧往回站了一步。不管我再怎么沉醉于陷入爱情的感觉，也不管艾利克斯多么棒，我作为偶像是不能谈恋爱的。这一点我必须牢记，不管我想不想。

"是的，"我说，"再见了，艾利克斯。"

"晚安，瑞秋。"

我转过身，感到他的眼睛依旧停留在我的背影上，直到我走入酒店的滑动玻璃门。一阵空调的冷风吹来，我感到一阵后悔——我们那短暂的快乐时光已经结束了。不过，很快我又振作了起来。我们是道别了，但我不是选了 C 选项了吗。我伸手从包里摸出手机——他的电话号码记得好好的。以朋友的身份给他发短信，就像我和赵氏姐妹之间那样，应该没有问题吧？纯粹是朋友而已。他不过是圈外的新朋友。人人都说我应该多认识些圈外人啊。至于我对他那裸露脚踝的奇怪迷恋，时不时想摸摸他的脸的冲动，还有那令人不安的想和他依偎在一起看《玩具总动员》的幻想……算了吧。这些都是错觉。突然，手机振动了。我拿起后，心几乎要从嗓子眼里跳了出来。

　　艾利克斯：没什么事，就想问问你是不是安全进屋了。谢谢今晚，我很开心。不知道哪一次算我们的正式初次见面呢？是小学、地铁、还是咖啡厅？不管如何，都很高兴能认识你。金瑞秋。

　　我咧开嘴笑了，笑容很傻，直到电梯到了房间的那一层，我还是咧着嘴。我知道，我有麻烦了。

第六章——

公司一直在背后策划一切，艺人不过是扯线公仔罢了。

第二天一大早，我就收到通知——飞机延误了。原因似乎是机组人员超时工作之类的。要是平时，发生了这种事我会焦躁不安，想赶紧回家而不是在酒店无所事事多待好几个钟头。但是今天，我却心安理得地躺在酒店床上，盯着手机上艾利克斯的名字看，感觉还想再多躺一会儿。脑海里回放着昨晚的画面——艾利克斯的笑脸，他的幽默感逗得我哈哈大笑，我们聊天时的默契，在街上想亲他的那股冲动——甜蜜的感觉朝我袭来。就在这时，"嘀"一声——一条未读信息——手机快要砸到我的脸上——上帝啊，是艾利克斯。这是不是什么魔法，我一想他，他就来了。

艾利克斯：你猜我昨晚做什么了？

我：你不会去翻小学毕业大合照了吧？我还想着让我妈妈替我找找看呢。

艾利克斯：啊我没有这么做。不过你倒提醒了我，这个主意太棒了。现在我就要去找找看小学时代的瑞秋了。我昨晚做了一件同样好玩的事。我看了《玩具总动员4》。

我：哈哈。

我：有什么感想吗？老爷爷？

艾利克斯：那个叉子（还是勺子）人物蛮有趣的。但3更感人，我都哭了。不确定过去十年里错过了多少内容，老实讲。

我笑了，没来得及回复，就听见一阵急切的敲门声，惊得我立刻从床上坐起来。敲门声越来越急迫，我赶快下了床喊："就来！"

打开门，原来是仙姬。她上气不接下气，似乎是一路跑来我的房间。"瑞秋，你看新闻了吗？"

"新闻？"

仙姬递过手机给我看："又是个爆炸性的，是《揭露》杂志。"

几乎是立刻，我的胃一阵翻江倒海。《揭露》是韩国最有名的小报之一。被他们盯上就从来没有什么好事。

"昨晚安里、秀敏和智允晚上出去吃饭被粉丝偷拍了，"仙姬一边说一边把手机递给我让我自己看，"粉丝把照片发到网上，狗仔们就扑过来了。她们身边还有三个陌生男人，《揭露》说是地下男友。"

仙姬紧张地咬着下嘴唇，我滑着手机往下读。没错，照片里安里、秀敏、智允和三个陌生男人坐在小摊上吃东西。男人的脸都看不太清，不过女孩的脸可是一清二楚。她们有说有笑，吃吃喝喝。照片看上去很像三对约会中的情侣，不过也许只是普通朋友见面，一起吃吃饭而已。光看照片很难讲。

"这有损团队形象，美娜会疯掉的。"仙姬说。

"算了别提她了。高层呢，什么反应？"我问。

"安里、秀敏和智允现在和韩先生在会议室呢。"大厅里传来声音，仙姬扭过头去看了看，"大概已经开完会了。走，一起去看看吧，看看结果如何。"

我伸出头，看见安里、秀敏和智允从大堂走过。安里和秀敏还在吵架（关于她俩和韩先生说话时谁被谁打断了），智允面色苍白，比上次被炒年糕呛着的样子还要苍白。她看起来大受打击。我预感不妙。这可不好办。

我和仙姬还没开口，智允摇了摇头。"待会儿再说。"她小声说，声音比平时更沙哑了些。"去我房间。所有人都到齐了。"

我们跟着去了智允的房间。莉齐、恩地、永恩也都来了，盘着腿坐在地板上，美娜则在窗边踱步。一见到我们，美娜就气势汹汹叉着胳膊问："所以呢？就因为你们三个，我们还要吃多少屎？"

安里说，"冷静点，没有事。"一边说一边举起手。"韩先生说了，高层决定否认恋情——我们和那三个男生之间没有任何恋爱关系。这事不难处理，因为照片也没有拍到什么实质性证据。没有接吻，什么都没有。"

美娜松了松胳膊，呼出一口气："好吧。我们的名声没有受损咯？"

"暂时还没有，"秀敏插嘴说，"韩先生说绝对不能再被《揭露》拍到了。如果再被拍到就难了。"

"那些男生，是谁啊？"莉齐问。

安里和秀敏顿了顿，看了一眼智允。智允平日里总是滔滔不绝，今天这么安静很是出乎意料。她是那种不会憋着的人，看到什么不顺眼总是要评价几句。不过此刻的她，看起来失了魂。

"智允？"永恩轻轻问。

智允叹了口气。"其实也不完全是造谣。其中一个是我男朋友，另外两个是他的表弟。"

我震惊地眨了眨眼睛。智允？男朋友？她怎么可能瞒着我偷偷交了男朋友？我们俩可是室友哎！但是，如果换作我交了男朋友，我会告诉别人吗？我可说不准。

我努力用平静的口吻问道，"你们俩交往多久了？"

"我们俩一直是异地恋，已经一年了。他是老家的一个朋友，两家是世交。去年圣诞节我回大邱，我们俩就慢慢发展，然后就在一起了。他有个表弟住在新加坡，所以昨晚就和大家见了个面，只不过现在……"说着说着，智允扭过头去，快速眨了眨眼。"我们俩看来是要分手了。"

"分手？"仙姬瞪大眼睛——有点儿喜感。我知道她是出于关心和好意，不过她坐在座位边上全神贯注听智允讲恋爱经历的样子，有点儿可笑。好像她听到的不是真实的、自己队友的伤心事，而是从浪漫小说里读来的什么爱情悲剧一样。

"没有别的选择了。"智允说，不看我们任何一个人。我感觉她都要哭了。智允平日里总是直勾勾盯着我们看，可今天她眼神空洞只看着地面。这让我心碎。"如果再被拍到，我的事业就完蛋了。"这话就是我昨天对艾利克斯所说的那句。作为女团偶像，谈恋爱从来不简单——会惹来一身麻烦。虽然这不公平，但我们都没有办法改变事实。

这时，我的内心涌起一丝不安。昨天那个跟我合影的粉丝呢？艾利克斯如果也入镜了怎么办？八卦杂志会像对待智允和她男友一样找上门来的。艾利克斯并不是我的男友，不过狗仔们可不管这些。我们俩还是单独见面，比群体活动更难说清楚了。不可能。如果艾利克斯入镜了，我会看见的。我会记得的。我的脑海里不禁反复想着这件事。昨晚和他聊天太投入了，都没有留意他有没有入镜。

我理了理思路，走到房间另一头去抱了抱智允。一开始她还有点僵硬，后来就慢慢陷入我的怀抱里，下巴搭在我的肩膀上。"我也很遗憾，"我说，"这不公平，但是至少公司还是在保护你的。"

不像对待姜吉娜那样。这句话大家都心知肚明，也不用我多说。

智允趴在我肩膀上点了点头。"嗯，你说得没错。谢谢你，瑞秋。"她用衣角擦了擦眼泪。"哦，对了，你早上刷牙了吗？你嘴巴好臭。"我用手捂住嘴闻了闻，笑了。真是太好了，那个往日的智允又回来了。

大家都准备回屋收拾行李去机场。美娜突然在走廊里停下脚步，转过来看着我。

"对了，你昨晚去哪里了？瑞秋？"

我愣了一秒钟，从智允身边走开。"啊？什么意思啊？"

"智允、安里、秀敏三个人昨天晚上一起出去玩；我们剩下几个人都在酒店洗浴中心。但你不见了。"美娜盯着我看，眼神犀利。

我对她挑衅的语气很是不满："我和利娅去逛街了。然后和一个朋友去喝了杯咖啡。"

我没有撒谎。没有人需要知道更多细节，比如那位朋友是名帅哥，我们俩从昨晚开始一直在发短信。

美娜眯了眯眼睛，其他人看上去漠不关心。

"你没有隐瞒什么吗，瑞秋？"美娜问。"也许你也去见了什么男人吧，像智允一样。"

什么鬼？美娜是看见了什么吗？还是她只是特别会激怒我而已？

"天，美娜，你怎么总是疑神疑鬼的？"我的心已经开始怦怦跳，但我故作镇定。听到这句话，美娜深深叹了一口气，两只胳膊交叉在胸前。"总得有人来监视每个人啊。如果有一个人搞砸了，那么整个团队都会遭殃。如果我遭殃了，我爸爸……"话没说完，美娜停顿了下来，"总之，我就是想确定你昨晚没有偷偷去见什么男人。"

我还没能开口。"就算有，瑞秋不会不告诉我们的。"仙姬说道，脸涨得红红的，"她也不会去冒这个险。她这么聪明的人。是不是，瑞秋？"

我挤出一丝笑容。"是。"

仙姬没有对美娜示弱，而是替我出头，我很开心、也很感激。但是她的话却有点儿刺伤了我。这让我警惕自己和艾利克斯继续发展下去是危险的。以前我总说，自己没有谈恋爱是因为圈子太窄遇不到合适的人，这话没有错。可是现在，有这样一位完美的男人"跳到我的大腿上"（用艾利克斯的话来说），我不约会的原因只有一个——危险系数太高。我虽然很想冒险，但我不会这么做。"忘了他吧。"我开始挑选去机场穿的衣服，一边收拾行李一边不停对自己念叨。

第六章

在回程航班上,我告诉自己不要去想艾利克斯晚上会看什么电影;不要去想他不知道我是明星的事——那种感觉棒极了——飞机降落后,我们一出机场就被狗仔队和拍照的粉丝包围。

实际上,我用了一晚、两晚、三晚……来忘掉他,告诉自己下次见面遥遥无期,不要再期待。

总而言之,我很快就成为"忘掉艾利克斯"这门艺术的专家。由于过分投入,在回来一周以后,我参加舞蹈排练时甚至还差点摔断小腿。

尽管还有四个月的准备时间,我们已经在为下一场演出紧锣密鼓地排练了。下场演出是好几个女团的集体表演——每个女团单独表演一场,几个女团一起表演一场,凑成整个演出——届时将有电视转播。这场演出不比今年秋天的洛杉矶演唱会来得更重要,但教练要求严格,力求达到完美。今晚的排练堪称噩梦。每个人都无精打采,舞步只慢了半拍,排舞老师就对着我们大吼大叫。

我试着只去想舞步:两步、甩头、转圈圈……转肩、拍手!但我的心思全在艾利克斯身上。有时也想想巴黎时装周的事。啊,三月初的巴黎,天气还没有热起来,可以穿厚毛衣和可爱的围巾坐在露天咖啡馆。接下来的半个月,韩国还是冷得要死,我们的训练依旧从每日凌晨的早起开始,结束于疲倦的深夜。

"再来一次,大家!从上面来!"舞蹈老师喊着。我们都累坏了,喘着气抱怨连连,但又走回舞蹈开头的队列。如果不想整晚留在这里训练的话,还是要加把劲了。我把唱歌跳舞之外的所有琐事都抛诸脑后。

最后，一次又一次无懈可击的彩排之后，舞蹈老师终于宣布解散。我浑身湿透了，可还没来得及换衣服，就被通知去韩先生办公室一趟。我走出大厅，有点疑惑，一边走一边把碎发扎成一个丸子头。这么晚了，韩先生要见我干吗？他不可能因为我第二段舞步没跟上而喊我去训话吧。

我敲敲门。"进来吧。"——是他的声音。

一进去，我就看到妹妹利娅也到了。我们交换了个眼神，利娅耸了耸肩，表示她也不知道开会的用意。哦不。我的胃有点疼。是不是昨晚我俩溜出去在新加坡玩了一个晚上被发现了？是不是韩先生知道艾利克斯的事了——我和朋友出去约会了，而那个朋友恰好是个异性？已经过去一周了，但公司总是神出鬼没。也许过去的一周，公司高层在盘算着该如何处置我呢。想到这里，我已经在暗自想托词了——就说我以为艾利克斯是个女生（这个名字男女通用啊毕竟）。不过幸运的是，韩先生没有生气。他看起来很激动。"太好了，你们俩都到齐了，坐吧，坐。"韩先生指着利娅身边的灰色旋转椅说。我坐下后整理了一下丸子头，双手交叉放在大腿上。

"有个好消息说给你们听！"韩先生的身子从玻璃桌上往前倾了倾，"你们上次在《1、2、3赢！》的表现很受欢迎。播出当晚，你们俩的名字'金氏姐妹组合'还上热搜了。"

我朝利娅笑了笑，想起节目主持人说的话——你们姐妹俩干脆组团吧。

"公司想问问你们，愿不愿意出演一档姐妹真人秀。现在还没有具体的细节，目标是制作一档经典电视真人秀节目，主角是你们俩，内容是你们姐妹的日常生活。怎么样？"

我的嘴惊讶地裂开了。太出乎意料了。

我和利娅？一起参加电视真人秀？唔，太棒了！

利娅尖叫了起来——她也很兴奋——"您是说真的吗？上帝啊，是真的吗？太棒了！"说完利娅又坐回椅子上，为自己的情绪失控而不好意思。利娅在我身边时是如此自信，有时候我都忘了她在高层面前会紧张——毕竟她刚出道没多久而已。

"这真是个绝佳的机会啊，"我赶紧帮利娅打圆场，"真感谢您替我们着想。"

韩先生继续说："卢先生一直想给你们出一张二人专辑——一张姐妹专辑，现在时机正好合适。电视真人秀能让专辑更受关注。你们觉得如何呢？"

我的感觉要怎么形容呢？有时当你哭的时候，如果有人一直挠你痒痒的话，你会忍不住放声大哭，不受控制——因为心里所有的情绪都汇聚在了一起——这就是我此时此刻的感受。

利娅和我交换了个眼神，我们都兴奋地尖叫起来。

韩先生笑了："所以你们是同意咯？"

"是的！"利娅说。

"当然咯。"我加了一句，双腿交叉——我可是在认真谈业务，不能失态啊——如果因为太兴奋而在椅子上蹦来蹦去就糟了。

"很好。有什么进展我会第一时间跟你们说的。"韩先生说，"卢先生要是知道了也会很高兴的。"

"谢谢您，韩先生。"我和利娅齐声说道，鞠躬准备离开。

就在这时，我有些犹豫，不知是否该趁机问韩先生些事——从新加坡回国后我就一直想问问他的，但一直没有机会。也许现在就是合适的时机，况且，跟韩先生开口要比和卢先生开口容易得多——他是这样随和友善。

"韩先生，我想问问上次《揭露》杂志的事怎么样了？"我开口问道，"事情是不是过去了？"韩先生坐在椅子上朝后仰了一下，回答说："哦，是的，谢天谢地。现在媒体都去关心李杰森的新电影《当我爱你时》去了，你应该知道吧。"

我并不知道。我要么忙着训练（腿都要断了），要么满脑子都在阻止自己去想艾利克斯。我扬起眉毛问，"杰森的新电影？我不知道已经开拍了。"

"还没开始制作呢，不过已经宣布宋权宇加入主演名单了。"

听到韩先生的回答，利娅睁大了眼睛："哇，杰森要和宋权宇演对手戏了吗？我好喜欢他那部《明日之舞》——基本上他所有的电影我都喜欢。他实在太了不起了。怪不得已经引起热议了。"

"是啊，"韩先生答，"绯闻说他和杰森正与女一号发生三角恋呢——两个人都在拼命夺取她的芳心呢。不过，这件事你不要传出去——我听说女主角还没有确定呢。"

啊。当然。这就是八卦杂志最热衷的垃圾内容。我相信杰森也一定愿意参与炒作，好让电影大卖。不过，我仍然很感谢他。多亏了他和宋权宇，现在观众已经不怎么关心我们 Girls Forever 的绯闻了。谁知道呢？看韩先生微微一笑的样子，我猜这也许又是 DB 自导自演的一场戏而已，为了转移目光，好让观众忘了我们的事。公司一直在背后策划一切，艺人不过是扯线公仔罢了。如果这次的事也一样，那我倒还蛮高兴的。

晚上回家的一路，我高兴极了，脚下像踩着棉花糖和香槟泡泡——有人支持鼓励的感觉真好。刚进门，我看见大家都聚在客厅看电影——那是我们每月一次的电影之夜。

"瑞秋，你来得正好，来一起看吧。"仙姬说，拍了拍身边的座位。

"很快就来！"我答道，"让我，嗯，换件衣服，很快——"

我进了卧室，不过没有立刻换衣服，而是倒在了床上。这时，手机振动起来（我已经把手机调到了静音模式，毕竟不是单独一个人住）——

艾利克斯：我想买件新衣服……现在流行什么款式？连体裤吗？

我：哦，是啊。现在大家都穿连体裤，男性也穿，到处都是。你穿连体裤去上班吧，一定会显得很专业。

艾利克斯：真的？我老板一定会喜欢的。买什么花纹好呢？佩斯利旋涡纹？

我：算了，我不开玩笑了，真受不了。你需要上上穿搭课！

艾利克斯：下次我们在新加坡见面时，你可要教教我啊。

我：下次，下次，说得像真的一样。

艾利克斯：哦，当然喽。

我：保留不同意见。

艾利克斯：有什么不同意的？就为了这个我们也要见见，你告诉我为什么我们不能再见面。我想，有些事短信说不清。

我：你真是太坏了。你以前是不是学校辩论队的？

艾利克斯：事实上，没有错。这可是书呆子的地盘。不要轻易下判断哦。

我：我从来不会。我从来不评判任何人。

艾利克斯：除了穿连体裤的男人。

我：你真的开始慢慢了解我了。

突然，我意识到自己抱着手机笑得太猛，脸颊都笑疼了。幸运的是，智允在外面和大家一起看电影，没有看到我这个样子。不然，她一定要我告诉她我在笑什么，和谁在聊天，为什么笑得像《狮子王》里面那只鬣狗。近来她刚分手，对于这些事异常敏感。

上次的《揭露》事件之后，我故意克制着没有给艾利克斯发短信。不过，现在事情既然已经过去，媒体也不关注我们了，那我是不是又可以开始跟他聊天了？毕竟我们只是聊一聊而已。聊聊关于……我们不该说什么！这点很重要。我依旧要小心……我赶紧打开 Instagram 看有没有人标注了我。上周智允的恋情被曝光那天我就检查了一次。你永远不知道事实能被编造出多少故事出来。我吸了一口气，往下滑动，浏览一个个与我有关的梗或者粉丝写的东西——这是我第无数次这么做了——直到滑到那张在花瓣咖啡厅的合影。艾利克斯没有入镜。谢天谢地。他很安全。我们很安全。啊，不对，说"我们"不对。没有"我们"。我要比以前更小心，不能让"我们"出现。

第七章──

来猜猜看吧,选个答案。

平时，我的一天是这样开始的：闹铃一响就跳下床，穿上妈妈去年圣诞节送我的那双桃子印花拖鞋，立刻冲向厕所，祈祷没有人跟我抢马桶，然后拿出化妆包开始护肤——喷点化妆水，搽点眼霜，后头还有一堆——最后以搽防晒霜结束整套护肤流程。直到这一切结束，我才拿起手机看昨晚是不是有人留言，再想想早饭该吃些什么。

可现在呢？按下闹铃许久我还赖在床上不动，一边刷手机一边咧嘴笑个不停——真像那只卡通鬣狗。

艾利克斯：唔……好吧。你最喜欢什么蔬菜？如果世界末日来临你只能选择一种蔬菜，你会选哪一个？我给你三秒钟回答——

艾利克斯：一

艾利克斯：二

艾利克斯：三

我：白菜

艾利克斯：黄瓜

我：不！呃。好吧。艾利克斯，虽然一切都挺好，但我们以后还是不要再说话了。

艾利克斯：黄瓜多好啊。新鲜、美味，还能做面膜呢。更何况，白菜有什么好啊？

我：白菜＝泡菜。按你说的，如果世界末日来临，只能选一种蔬菜的话，你不选白菜。那么意思是，你这辈子都吃不上泡菜咯？！

艾利克斯：……

艾利克斯：好吧。行，你赢了。不过我要提醒你啊，黄瓜也能做泡菜啊，而且黄瓜泡菜还是我的最爱呢。

我：哈哈哈。我想吐了。算了，还是聊聊黄瓜面膜吧。

艾利克斯：我对面膜也是多少了解一些的。毕竟，我也有张脸啊。

我：啊，原来如此，以前并没有注意到呢。哈哈哈。很好。敢于打扮的男人现在很少了，不错。

艾利克斯：你不如说我又柔软又强韧。

我：（亲吻的表情）

天。这话是不是太暧昧了？过去的两周里我们俩几乎每天聊天，常常在我一个人待在屋里的时候。我试着把语气控制在友好范围内，不要太暧昧，不要有明显调情的意味。好吧，可以有一点暧昧，比如"嘿，我觉得你很可爱很有趣，我很想跟你聊天"这种，而不是"嘿，不如我们俩亲热一两个小时吧"。

我小心翼翼，不让自己陷入恋情之中，尤其看了智允的先例之后。

我：那句话很明显是对包说的好不好。那个包到今天还出现在我的梦里呢。

第七章

艾利克斯：当然。我把你的爱意还给包。

我放松地叹了口气（"这可不是什么被迷住了的叹气。"我告诉自己。不过，此时有人看见我的话，这么想也不是天方夜谭）。我和艾利克斯的聊天都是这种语气，虽然有点儿暧昧，但要否认的话也轻而易举。有时候我俩聊着聊着也会说些严肃的话题。上次，他说自己的奶奶跌倒了——就是有三只猫的奶奶——伤势严重，还住院了。我也跟他讲了自己对爸爸工作过于劳累的担心。我虽然只想以朋友的身份跟他交流，但交心的时刻来临我又倍感亲切，似乎我们俩真正在了解彼此，而不只是停留在表面。虽然我们的对话有些只是无脑的调笑，但我开始越来越想要了解他。我想知道关于他的一切，他对重要事情的看法——比如荣誉与家庭，以及他的小癖好和习惯——比如他洗澡的时候听不听音乐（他说自己每天早上都听新闻！就像一个正儿八经的成年人，或者说是书呆子那样）。

我躺在床上笑着看我俩的聊天记录。他的文字与本人说话的语气几乎一模一样。看到他打的字就像在听他说话一般，我几乎都能看到他左脸上的那个酒窝。啊。想到这里，我的胃翻滚了一下。

我一下子从床上坐了起来。等一下。这种心情可以写成歌词。从新加坡回来后，我的时间要么花在跟艾利克斯聊天上，要么花在想着巴黎时装周这件事上，几乎都没有再写过歌词。不过，既然我和利娅要出二人专辑了，我必须努把力了。上次那首歌词就很适合姐妹唱——甜美真挚，如果配上伴奏一定很好听。

我打开床头柜的抽屉，想拿出那本浅蓝色封皮的笔记本。刚一打开，我手指就僵住了。什么人把笔记本的大部分都撕掉了，留下来几页破破烂烂的纸张。我写的歌词呢？没了。我画的素描手稿呢？没了。我慌忙翻到最后，发现仅存的几页纸被黏住了。我赶紧把纸撕开，发现上面有些紫色的指甲油碎屑，字迹完全模糊。

究竟是谁干的？我气得耳朵尖儿开始泛红。抱起笔记本，我冲到客厅，看见大家都瘫坐在各处，一边聊天一边刷手机。

"各位，这是谁干的？"我把笔记本举高，问道。

所有人都抬起头看了看。

"那是啥？你的日记吗？"恩地问，然后又低头看手机。

"是我的笔记本，"我说，"我用来画画写歌词的。"

"不是挺好的吗？"莉齐说。

自从听说我和利娅要出演真人秀之后，莉齐就一直用这种阴阳怪气的嘲讽语气跟我说话。我知道为什么。她一直也想和自己的妹妹有这样的机会。但尽管她不服气，也不应该找我出气——这完全是公司的决定。

"真的吗？"我打开笔记本，把被撕掉的部分和指甲油印给所有人看。"你觉得这叫好啊？"说完，我扬起了眉毛看着她。莉齐耸了耸肩，又继续刷手机了。我打算认真再问一次，究竟是谁毁了我的笔记本，以及为什么要这么做。就在这时，我一下子看到了坐在沙发一角的智允——她蜷缩着，穿一件最破旧的汗衫，头发油腻还打结，正在吃一盘脆皮锅巴。我的目光并没有停留在脆皮锅巴上，而是她拿着锅巴的手指上——紫色指甲油！路铂廷丁香之梦紫色指甲油，和我笔记本里的碎渣一模一样……

第七章

智允？为什么？我想说什么，但没说出口。可能只是意外吧。她可能只是涂指甲油的时候想找张纸垫在下面，然后就拿了我的笔记本……可能是指甲油瓶子打翻了，所以她把弄脏的纸都撕掉了？

"嘿，智允。"我轻声问了问。智允拿起那盘锅巴就往卧室走去。

"抱歉啊，各位，"她呛了一口，"我今晚不舒服，不想看电影了。"说完就把卧室门"啪"地关上了。

剩下的人相互看了看，迷茫而意外。

"别担心，我去问问。"我轻轻敲了门后进了卧室。

智允躺在床上，蜷缩着，面朝墙壁。她肩膀在发颤，好像是哭了。我坐在她身后，把手伸到她头上轻轻揉了揉——我伤心或不舒服的时候，妈妈总会这么做——疼痛的感觉能让人从头皮到后背都舒服点。

"我知道你分手会很伤心，智允，但你是我们里头最坚强的一个。我相信你能挺过去的。"我说。智允深深叹了口气，哭声渐渐变小。她转过身来朝向我看，眼神似乎有点愧疚。"没事，笔记本的事就算了，"我立刻说，"我知道你不是故意的。"

智允的眼睛没有看我。她哽咽了一下，又看回我。"对不起，瑞秋。"她虚弱地说。那一瞬间，我感到智允有话没有说完。不过她立刻把眼神看向别处，"我想睡了。"她又翻过去朝墙睡。

我坐在那给她揉后背，感觉像过了好几个小时。等她开始轻轻打鼾，我悄悄地走回客厅。我睡不着——心里很乱，各种思绪嗡嗡嗡作响。不过，我并不是唯一一个失眠的人。美娜穿着睡衣坐在沙发上，手里捧着一杯热可可。

"你怎么还不睡啊？"我问，朝她对面坐下，搂着一个枕头。

马克杯冒着热气，美娜头也不抬地说，"我一直都晚睡啊。"

"夜猫子？"

"失眠。"

哦。在一起住了这么久，我竟然从没留意到美娜睡得不好。回头想想，确实她总是最后一个睡。可能睡得不好是她脾气这么坏的原因吧。我想说些什么，美娜扬起眉毛看着我。

"你呢？我以为瑞秋公主要睡美人觉呢。"

听到这个称呼，我翻了个白眼。"我心里也有事。"

"不会还在想笔记本的事吧？"

"是又怎么样？"我反抗。

"我以为你就是写着玩的呢，"美娜的手朝空中挥舞了一下，似乎是漫不经心地说，"你看上去也不太像认真在写歌词的样子，你自己说的啊。不过是创作欲的发泄而已。"

我皱起眉头："可我不是要和利娅出新专辑嘛。有一首歌正合适，不过现在没了。"我叹了口气，"我希望这次能好好做。"

美娜仔细地打量我。她看到我下沉的肩膀和不断玩弄枕头上流苏的双手，突然说，"你紧张了。"她说这话的语气并不是询问，而像是对事实直截了当的陈述。

"也许吧。"

"为什么？"

为什么呢。我想了想，"因为这……很私人。你懂吗？日常生活的所有细节都被拍下来。和妹妹出二人专辑。我不是不感恩，实际上我很期待，也很感谢公司……不过，把私生活表演给所有人看？没有你们几个的配合而是自己去录歌？虽然我也想好好表现，让公司骄傲，我知道自己的表演会影响利娅，不过……"

　　我的声音变弱了。天哪，我刚刚是对朱美娜掏心窝子了吗？我在想什么啊。"还有……就是这样吧。"我赶紧说完，等待她那一贯的挑刺。不过，令我意外的是，美娜并没有攻击我，而是耸了耸肩膀，喝了一口热可可。"我懂。完成他人的期待，不简单的。"

　　我眨了眨眼睛。她是在……同情我吗？

　　"不让别人的期待落空，你只能更努力。"

　　"你这是经验之谈吗？"我小心问。所有人都知道美娜的父亲对她要求严苛——对她而言，父亲的话就像圣旨和法律一般。

　　美娜的脸上闪过一丝难以描述的表情。

　　她起了防御之心。也许，又或者，她只是太困了。"我很聪明的，要么信我的，要么不信。"

　　我想起在新加坡的那个夜晚，我们坐在水池里探讨着人生清单。美娜说起进军好莱坞时一脸兴奋，可是提起父亲，她却黯然失色。"他不会允许的。"

　　"你真的可以试试演戏。"我假装以漫不经心的语气说。美娜刚刚安慰了我，我也想安慰她。我虽然对镜头有点犯怵，可美娜并不是。她是天生的演员。"你会成为很好的演员的，你有那种劲儿，你的脸又很上镜。"

　　她狡黠地笑了。"呦，怎么对我这么好啊？"

　　"并不是只有你聪明。要么信，要么不信。"我反击。

她摇了摇头，露出一丝真心的笑容。"我还是去睡觉吧。"

我点头，"好吧。我要……坐在这里，想想那首歌好了。"

"不是你写的吗。自己写的歌词不会忘的。"

"你以为啊。"我叹气道。

美娜把杯子放在咖啡台上，双臂交叉环抱在胸前。她点点头，盯着我看，目光挑衅。"试试吧。你觉得你可以。"

"什么？大声唱出来吗？"

她目光坚定。

我绞尽脑汁去想自己到底写了些什么："日落之后，灯光暗淡，不要害怕夜晚与影子的降临……"我唱了出来，"我们在……我们在……"

下一句是什么来着？我的声音又降了下去。记不得了。

"在黑暗中将更加闪亮，"美娜突然开口唱了起来。

"啊？"

"在黑暗中将更加闪亮——这句很合适，接着你的上句。"

我盯着美娜看了一会，有点惊讶——那句歌词真是太合适了。她说得没错。虽然和我原来的那句不同，但这句更好。我点了点头，"好。啊，是啊，这句不错。"

"这句可以每段都唱一遍，总共唱三遍，加和声。"美娜起了劲儿。不过突然间，她意识到了什么，脸又沉了下去，装作镇定，耸了耸肩，"如果你觉得不错的话，可以试试。毕竟是你的歌，你做主。"

"我觉得很不错。我们俩一起唱唱看吧。"

第一遍我先唱："我们在黑暗中将更加闪亮……"唱第二遍时

第
七
章

美娜加了进来，给我配了个和声："黑暗中更加闪亮。"第三遍我们俩又同时唱："黑暗中更加闪亮。"

我们配合起来天衣无缝，整个客厅回荡着我们的歌声。真该死。我们很合适。不，不仅仅是合适，而是天作之合。我们俩盯着对方看了一会儿，美娜平日里总是盯着我看，她的眼神我一下就明白了——她的想法和我一模一样。

"好啦，"美娜突然从沙发上跳下来，打断了这一温情时刻，"你不要太担心了。新专辑现在至少有一首不错的歌曲了。"

"是吧。"我答。尽管美娜装作毫不在意，但她的笑容背叛了她。"我也觉得蛮不错。"我给了她一个大大的笑脸。

几天后。

"你们听说 Butterscotch 组合慧美的事了吗？"坐在第一排的莉齐转过身，兴奋地讲起她刚听来的八卦（她总能从各方打听来各种八卦）。结束了一天的音乐视频拍摄工作，我们正坐在回程的车上。仙姬和永恩太累，在我左右两边睡得死死的；其他人则兴致勃勃听莉齐讲八卦。突然，车子遇到障碍物猛然一颠，仙姬的脑袋滚到我的肩膀上。我把她的一束乱发别在耳朵后。

"有个粉丝给慧美送了什么你们知道吗？可有意思了。"莉齐的眉毛摇来摇去，看她的样子我就知道"有意思"指的是"可怕的要命"。

"穿过的内裤。"安里立刻回答。

"安里！"秀敏叫起来，"你好恶心。"

"怎么啦？你不记得 CandYYou 的吉妮收到过一条穿过的内

裤吗？"

"可那都是传闻啊，没有证实。"我说。可以说 99% 的粉丝都是正常的，只不过，时不时你还是会听到狂热的粉丝做出些骇人听闻的事。

"是情侣戒指吗？"恩地问。

"避孕套。"美娜猜道。

"都不是，"莉齐说，"他送了一幅肖像画，画的是她，只不过是用嚼过的口香糖做的。"

所有人都尖叫起来。

"怎么会有人那么疯，干这种事啊？"智允说。

恩地撇了撇脸，说，"这事更诡异的地方是，那个包裹是怎么到她手里的啊？公司没有筛选过吗？送到偶像手里之前，肯定是有人检查过的啊。"

"今天经理会把粉丝的礼物和信都带来，"美娜说，"要是有人收到口香糖画，我建议啊，不如就抠一块下来吃掉吧。"

所有人再次尖叫起来。

把昏昏欲睡的仙姬和永恩哄下车后，我们终于到家了。一进门，就看见一大堆粉丝来信堆在客厅地板上——那是 DB 公司派经理送过来的。那堆东西看起来很正常：信、卡片、粉丝做的艺术品、钥匙扣和珠宝一类的小玩意，还有给永恩的几束花——她上个月刚过完生日。大部分礼物是给团队的，但我们也会收到个人礼物。虽然大家都默不作声，但我发现每个人都在悄悄观察谁收到的礼物更多。仙姬收到的礼物最少，因此她垂头丧气的。不过，她并没有抱怨，而是和大家一起拆信、拆礼物，异口同声地说些什么。粉丝来信很有趣，礼物也很可爱。突然，莉齐指着单独被放在一边的超大包裹问——

"那个是谁的？"

美娜看了一眼标签，"瑞秋。"

所有人都转过头来看着我。奇怪了，这么大的包裹按理说是收不到的——公司会过滤掉，替我查看——可眼前这个庞然大物究竟从哪里冒出来的呢？也许是疏忽吧，就像慧美收到那个口香糖画一样。我倒吸了一口凉气。每个人都盯着包裹看，我知道大家和我想的一样。

"也许是同一个人呢。"恩地说。

"不会也送给你一幅口香糖肖像画吧？"智允说。

"可能是体毛？"秀敏说。

"哪部分？"安里问。

"安里！"我叫道。"好了好了，我拆咯。"我深深吸一口气，做好心理准备，拆开了包裹。

我的老天。

包裹还没拆完，我的手就开始发抖——标志性的白色盒子上有十个黑色字母，以 B 打头[①]——我知道了。

打开盒子的一瞬间，我屏住了呼吸。

是手提包。

我想要的那个包。

蓝色的巴黎世家。

---

① 品牌"巴黎世家"的英文单词首字母就是 B。——译者注

"什么啊？什么？"美娜让我赶紧回答。

我慢慢拽着包，小心翼翼把它从包裹里取出来。尽管还在箱子里，皮革的香味扑面而来。

老天。比我想象得还美。

"哇！瑞秋，"仙姬瞪大眼睛，"真漂亮啊。"

"竟然有粉丝会送你这个，"安里惊讶极了，"你太幸运了。"

"幸运"这个词根本不足以形容这一切。不过，我不敢表现出来，只能装作同样意外和震惊。盒子里还有一张白色卡片，上面写着"柔软与强韧的完美结合，送给同样的女人"。

哦。我的老天爷。

"很适合带去巴黎。"永恩说。

"嗯。"我敷衍着，把卡片收好。我必须跟艾利克斯说一声。"我把包拿进屋子里了啊。"

我夹着包、拖着脚回屋的时候，发现大家都朝我投来嫉妒的眼光。关上门，我立刻拿起手机。

我：包？谢谢你！真的吗？

艾利克斯：不谢。我不能不送，必须送。

我：为什么啊？

艾利克斯：来猜猜看吧，选个答案。A，和你的衣服很搭

艾利克斯：B，你的旧包有安全隐患

艾利克斯：C，我真的真的很开心认识你

艾利克斯：D，以上所有

第八章——

我发现自己写出来的并不是歌词而是画出一张张设计草图。

究竟该不该背巴黎世家的皮包去巴黎呢?这事我想了好几天。老实讲,它实在太美了,我怕一不小心把它弄坏。要是在机场过安检时被粗暴对待可不行。另外,收到这样昂贵的礼物,我心里也有点不安——尤其是艾利克斯送的。可是,离开它我又舍不得。

飞去巴黎的那个早晨,我把包拿了出来看了又看,最后决定带上它。我背上包,对着镜子照了又照。

"我要不要给你俩腾出点二人空间啊?"智允刷着牙进屋,开始嘲讽我。前一晚看到失恋而伤心的她,我决定对笔记本的事不再深究。我们毕竟还是朋友。谁分手了都不会好过,我应该更友善些。一天天过去,智允恢复了往日的模样,走出失恋的阴影——现在又开始挤对我了——为此我感到高兴。

"哈哈。你可看到了,我们俩亲密得很呢。"说完,我咬了咬嘴唇,后悔不该提"亲密"两个字。

智允没把这话当回事。这就是我们生活的真实情况。所有人都习惯了。

智允刷牙时我最后一次检查了房间——把羽绒被弄平、抖了抖枕头（度假回来后发现床铺乱糟糟的，有什么比这更让人揪心的吗？），然后又看了眼包里。嗯。转换插头、充电器都带齐了。我打算再打开行李箱看一眼——可不能漏下任何一件我精心搭配好的衣服。智允一下子跳过来阻止了我。

"哦，不不不不不。别看了。上星期你大概检查了47次行李。"说完，智允把行李箱拉链拉上："有什么就穿什么吧，你一样会光彩照人。"

"小心刷牙呛到！不要把口水弄在我的东西上！"

智允走后，我又想了想。嗯。老实说我是不介意再检查第48次（毕竟是妮尔·克莱默的巴黎时装秀，衣服必须穿对）。不过我瞄了眼时间——再不出发就来不及了。我在大厅单只手抱了智允一下，冲出去上了车。巴黎在等我！

十五岁那年，我还是DB的练习生。那时的我对首尔时装周充满了期待。南河允是我最喜欢的本土设计师，不过她的秀场几乎不对外开放——那一年除外。可想而知，为了一张门票我几乎快要卖肾了。我恳求妈妈很久（甚至还做了PPT给她解释必须去的理由）。神奇的是，她居然同意了。那天虽然只站在后排，我拍了无数张照片，用光了手机容量。那是我去过最棒的一场秀。

准确说来，在今天以前，那确实是"最棒的一场"。

南河允在我心中有无法取代的位置，但作为嘉宾观看妮尔·克莱默巴黎时装秀完全是另一个级别的体验。我一走入卡鲁塞尔卢浮宫，成群的狗仔队就朝我涌来，拍个不停。卡鲁塞尔卢浮宫的中庭被布置成T型台，上方悬挂着著名的倒三角金字塔。

第八章

☆

金字塔熠熠生辉,引人瞩目。经理钟硕带我在前排找到写有我名字的座位——"预留:金瑞秋"。不——是——吧!我坐下后把名牌摘下来,放进包里留作纪念。

气氛变得热闹起来,灯光暗下去,走秀开始。我完全挪不开眼睛。不管是音乐还是动感十足的灯光都美轮美奂。每一个细节都精心设置,展示不同的情绪、讲述不同的故事。我最欣赏的一点是整场秀的时间安排——非常紧凑。我们每一场演出也是同样精心策划、经过无数次彩排才能把时间准确掐到每一秒上。至于服装。啊对了,服装。每件都独一无二。花瓣造型的丝绸裙、剪裁精妙的动物印花套装(搭配修身运动夹克和烟管裤)……整场秀下来,不同的造型之间相得益彰,将妮尔·克莱默的个人风格体现得淋漓尽致——纤细优雅又玩世不恭。妮尔给每个模特都戴上亮晶晶的发饰,上面写着"该死"或"随便"的字眼——带来轻松顽皮的氛围。

我完全被迷住了。

走秀结束后,妮尔找到我。她亲吻我的两颊说:"亲爱的,见到你真是太好了。你比照片更美丽。"

"我特别爱那条搭配披风套装的拉链项链,"我说,"它的质感很棒,走工业风,但又很女性化。"

她露出灿烂的笑容。虽然是在室内,但妮尔·克莱默依然戴着深色太阳镜。"那条项链是娅玛拉出场前我临时决定的,很高兴你喜欢它。"

我发现自己一个劲在点头。于是,我告诫自己放松下来,不要这么诡异。一直点头可能会吓到对方。

我忍着不再点头:"今晚真是有感染力。"

这时,妮尔的助理出现了。他说了些关于庆功派对的悄悄话。

"啊,好吧,我要出去了,派对见,瑞秋?"

派对开始之前,我赶回酒店换衣服。回去的一路,妮尔的话不断在我脑海里盘旋(她说,很高兴"我"能喜欢这场秀!我!金瑞秋!)。行头要派上用场了——一身酷炫时髦的、与妮尔品味一致的装扮。太棒了,我已经想好要穿哪件了——衣柜里挂着的那件刚熨好的妮尔·克莱默男士西装外套。这件衣服是在首尔一时兴起买来的,一直没有场合穿。今天穿它正好,把它当成一条迷你裙来穿,搭配黑丝袜和高跟鞋。穿好衣服,我按了按哑光大红色口红,后退两步,朝着镜子里的自己反复打量。完美。除了……

我侧身照了照镜子,发现领子开得太低了,没法穿正常的文胸。西服很大,真空上阵的话显得太松垮,一不小心就会走光。该死,又忘了带胸贴。我打给钟硕,叫他准备些胸贴。虽然有点尴尬,但经理都习惯了——以前还有比这更尴尬的事呢。

五分钟后,我套上运动衫去开门,看到门口站着一位服务生。他拿来一卷透明胶布。

"哦,"我说,"我要的是防走光胸贴。这是双面的吗?"

服务生一脸茫然看着我,明显没听懂我说什么。不知道是语言障碍,还是他根本没听说过这样东西。服务生撕下一截胶布,往回缠绕几下,把胶布卷成双面圆环。

"不不,不是这个意思。我要的是双面防走光贴,穿衣服时用的，就是贴在……"说着，我指着胸部比画了一下。服务生盯着我。我回盯他。

"哦哦。"他脸红了。尴尬。哦，太尴尬了。

他清了清嗓子："好的，小姐。我去，嗯，找找看。"

几分钟后，又来了一名服务生（很明显换了一个人）。她敲开门递给我一个廉价的隐形文胸——说是刚从楼下的便利店里买来。

"只能找到这个了，"她问，"可以吗？"

虽然不是很理想，但没有时间耽误在换衣服上了。再晚就要错过派对了。

好吧。正如法国人爱说的那句："这就是生活。"

派对在巴黎第六区的拉佩鲁兹餐厅举行。这是一家历史悠久的餐厅。从酒店走过去也就是几个街区的距离。参加派对的人群衣着考究，像是从时尚杂志里走出来一样。他们喝着鸡尾酒，笑声不断。背后传来震耳欲聋的合成流行音乐。

整场派对美轮美奂，没有比这更棒的。我感到欣慰的是，那个蹩脚的文胸没有给我惹什么麻烦。好几个人夸赞我的衣着品味，说西服外套当迷你裙穿好看。是呀，它前卫不俗套，剪裁典雅又低调，不会用力过猛。

妮尔被一大群簇拥者包围了。我四处打量，看能不能见到赵氏姐妹。她们说过可能会来。朱玄肯定能搞到今晚的邀请券——即使是教皇的邀请券也不在话下。

这时，一个声音问："不好意思，金瑞秋？"

一位身穿亮白色西装外套的女士朝我走来，笑意盈盈。"我认出你了。我是 Elle 杂志的编辑，也是你们 Girls Forever 的粉丝。"说着，她伸出手。"我想跟你聊聊关于专访的事。"

天哪。Elle 杂志。"真高兴见到您，"我跟她握了握手，"荣幸至极。"

她笑了笑，开始聊关于日程安排和文章构思的事。我仔细听着，突然感觉什么东西从身上滑了下去。我吓傻了，突然醒悟这是左胸的文胸掉下来了，正在往下滑。不。不不不不不。我脑海中开始描绘文胸从衣服里"扑通"一声砸到地板上的画面。要是掉在这位 Elle 编辑面前，我可就糗大了。我努力挂着微笑，夹紧双臂，决不能让文胸继续往下掉。

那位编辑继续往下讲，一边讲一边从上到下打量我的胸部。她神情有点茫然——可能不明白我为何突然要给她展示乳沟。

太窘了。我把胳膊放低，用一只手撑着胃部，表情痛苦。真不知道我是在干什么。难道是为了抓住那只文胸吗？我的样子滑稽极了——一扭一摆，身体前弓，全神贯注不让文胸掉下去。

虽然我努力装作无事发生，但已完全听不进去这位编辑在说些什么。我挥舞双手的样子，应该和充气钢管人差不多吧。文胸此时已经滑到肚脐眼上。不行。我必须立刻离开。

"太棒了！"我赶紧打断对方的话。

"会给你打电话的！"

说完，我冲进女厕所，躲进其中一个隔间整理衣服，把文胸穿好。终于松了口气。哎。差点就出事了。

可是……我突然意识到，自己忘了问那位编辑要电话号码，

第八章 ☆

也没有问她叫什么名字。我把脑袋埋进手里,默默叹息。天。我刚才表现得像个变态。那可是 *Elle* 杂志的专访。我搞糟了。

从女厕所出来时,一位男士朝我走来,一脸怪笑。他看起来四十五岁左右,梳短马尾,戴蓝色金属框眼镜,穿简单的法兰绒上衣和普通的黑色牛仔裤。尽管衣着朴素,他在时尚界大佬中却是一副从容不迫的样子。我吃了一惊。刚才出糗的文胸事件,他不会在全程围观吧?

他走近我,从口袋里掏出什么东西说:"这个给你。我爱人是后台的服装师,让我养成了随身携带这个的习惯……"说完朝我伸出手,递来让我惊为天人的东西——一小卷双面胸贴!他扬起眉毛说:"你从来都不晓得会遇到什么事,或许某天能帮某人解决些……呃……棘手的事情。"我接过胸贴,激动地朝他道谢。这位戴眼镜的男人是我的救世主。我赶紧冲回厕所。

整理好衣服,我从厕所里走出来,发现那位男士还没有走。我冲他腼腆笑笑,又感谢了他一遍。

我把胸贴还给他:"真心的,帮我大忙了。请替我谢谢您爱人。"

"要是我爱人知道自己帮助了韩国著名流行歌手的话,会超级开心的。"说完他伸出手:"我叫麦克斯韦尔·里-哈里斯。我是 *Vogue* 杂志的摄影师。如果我没认错,你是 Girls Forever 的成员吧。"

"噢,嗨!"我与他握手。当然咯。摄影师。啊,我早该想到的。时尚界顶端的人衣着总是极简,态度平易近人。"见到您真高兴。"

他打量着我的西服,"我喜欢这件,"流露出赞许的眼神,"去年春季的妮尔·克莱默男士系列，没错吧？"我点头，内心一阵狂喜。得到时尚界如此重量级人物的认可，这太刺激了。"太惊艳了。你自己的系列呢，你也喜欢这类设计吗？"

我眨了眨眼睛。我的系列？"不好意思，您的意思是？我没有自己的系列。"

他皱了皱眉："没有吗？每个人都叫你'时尚达人'，我以为这是你自己的品牌系列呢。"

我摇了摇头，笑着说："哦，不，那只是粉丝给我起的昵称而已。粉丝太好了。"

"听我说，姑娘，不要这么害羞。你要自信。"他佯装着翻了个白眼。"你就是时尚达人，你的粉丝没说错。"

我们都笑了。我内心吹起了快乐的泡泡。

"上次你拒绝 *Vogue*，实在是很遗憾啊。我是指定摄影师，本以为能和你合作呢。如果能合作的话一定很棒。"说完，麦克斯韦尔惆怅地叹了声气。"本来我计划给你拍一张宣传照，以韦斯·安德森为灵感。你穿丝绸和皮革裙子，手里拿着猎鹰。话说回来，那位驯鹰师很棒的。"

等一下。什么？现在轮到我皱眉头了。

我从来没有拒绝过 *Vogue* 啊。我根本没有收到任何邀请。莫不是……我想起上次无意间听高层讨论与 *Vogue* 合作的事，回忆如潮水……DB 问都没有问过我，就替我回绝了吗？我想起卢先生的回答。他说的是"团队没有跟 *Vogue* 合作的机会"，而不是"你没有跟 *Vogue* 合作的机会"。这不是文字游戏嘛。按字面意思，他没有骗我。可是 *Vogue* 根本就没有邀请团队啊，他们邀请的人

第八章

是我啊。为什么卢先生要隐瞒呢？为什么当我质问他时，他要撒谎呢？想到这里我一阵迷茫，充满困惑、失望、愤怒。没来得及把这一切想明白，我看到角落里有张熟悉的面孔。我的思绪立刻集中到一个人身上。那是——我的神啊。是她没错。

"那边那位，是卡莉·马特森吗？"我脱口而出。我的眼睛不会在骗我吧。

马克斯韦尔看着我，像是被我逗乐了。"是啊。你是她的粉丝吗？"

说我是卡莉·马特森的粉丝，这可太低估她在我心中的位置了。我崇拜她。卡莉是流行歌手出身，是前 B*Dazzled 乐队的成员。B*Dazzled 是我小时候最爱的美国少女偶像团体，没有之一。乐队解散后卡莉进军时尚界，大获成功。谁不记得她在音乐视频大奖上那经典的三组造型呢？每换一组造型她就把头发剪短一点——从及腰长发剪成波波头，最后剪成超短发。还有她在大都会艺术博物馆慈善晚宴上那一身孔雀羽毛造型，实在令人印象深刻。

我对马克斯韦尔说："好多年来，我晚上睡觉都要穿 B*Dazzled 演唱会的 T 恤呢。"

"大家都是如此啊。"他笑着说。

卡莉一手打造了属于自己的时尚品牌。后来，她和瑞典著名的奥运会滑雪运动员奥利弗·马特森结婚。真不敢相信，此时此刻，卡莉就在我面前。我们在同一屋檐下，呼吸着同样的空气。她穿一件时髦的绿色连体衣，头发挽在脑后，梳成优雅的低马尾。耳环是卡地亚黑豹系列。

"她本人更美耶。"我敬畏地说,"从没想到能离卡莉这么近。我能去介绍一下自己吗?会不会太突兀?"

麦克斯韦尔笑了。"你看你激动的样子。你也是国际明星好吗?"

"跟卡莉·马特森没法比啦。"在我心中,她是超越所有人的存在。

"你去打招呼的话,她会很高兴的。不过她好像要走了。"

哦,不。麦克斯韦尔说得没错。卡莉·马特森旋即消失在视线里。我的心沉了下去。

"别太失望了,"麦克斯韦尔同情地说,"她总是走得很早。"

"为什么?"

"她还有孩子要照顾。"麦克斯韦尔耸了耸肩膀。

"哦对哦。两个孩子。裘德,四岁,美宝,两岁。"

麦克斯韦尔一脸怪笑看着我。哦。不。我不会侵犯隐私了吧。是不是听起来像八卦狂。

"是的,你也知道的,工作和家庭的平衡之类的。"

要是说到人生偶像,卡莉·马特森就是我的偶像。她不光拥有美丽,还同时拥有成功的事业和美满的家庭。

"卡莉走了。不过,那边有你的粉丝在找你?"说完,马克斯韦尔眯起眼睛朝远处看去。

我顺着他的目光朝前看,一下子就看到了赵氏姐妹。慧利坐在吧台朝我挥手,朱玄坐在一旁朝我飞吻。我于是笑着跟马克斯韦尔告别,立马冲过去和赵氏姐妹拥抱。

"见到你们俩太棒了!"我几乎是喊了出来。两人又蹦又跳,

第八章 ☆

紧紧抱着我,"是啊,尤其是在巴黎!"

"最棒的!"慧利说。

"生活!"朱玄加了一句。

"有史以来!"我补充道。这真是最棒的。我跟宇宙说了声谢谢,啊,我能和最好的朋友享受这一切美好,真是幸运。

"真是太久没见了啊。"朱玄说。她穿了一条荷叶边印花长裙,轻薄妩媚,衬托出浪漫的样子。慧利总泡在实验室里,穿着随便。不过今晚,她穿了件时髦的纯白色衬衫,衣角塞进低腰金属色西裤里。这身衣服一定是为了出席重要场合而准备。尽管并不花哨,但慧利看起来魅力十足。

"终于见到你了。"朱玄说,"你知道吗,你不在的时候,慧利总把你的歌当背景音乐来放。"

"怎么啦,我为自己有这么棒的朋友而骄傲,不行吗?"慧利笑着说。"你过得好不好?秀场一切顺利?"

"别聊这些了。"朱玄打断了我们。她抓紧我的手,眼里放光:"你跟艾利克斯上次聊得如何?不要以为我们不知道,每次说到这个话题你总是躲躲闪闪的。你们俩进展如何?"

"没有啦!"我脸红了。朱玄没有说错。每次一聊到艾利克斯我就岔开话题。一个原因是这事不好在手机上说,当面说更合适;另一个原因是我还没有想清楚自己和艾利克斯到底算什么关系。自己都还没想明白,怎么跟她俩解释呢?

"哇哦,天呐。我知道了。"慧利吸了一口气。我还一句话没说,她就一副什么都明白的样子。"你看她沉默了多久。"

我笑了笑:"没有啦,不是,我和他没有什么。不过,也不是什么都没有……"

"来吧，说吧。"朱玄从吧台拿起一杯鸡尾酒，"把事情都告诉我们吧。"

我点了一杯西柚鸡尾酒，与朱玄和慧利走到窗台，找了个稍微安静点的地方。我把自己和艾利克斯的相遇从头到尾说给她们听——从地铁的初次邂逅到在花瓣餐厅喝咖啡。朱玄和慧利就像是在听戏，在剧情发展的关键时刻吸气尖叫。说完，我感到一阵眩晕。只是提到"艾利克斯"这个名字，我心里就一阵涟漪。

"从那之后，我们基本每天都聊天，已经一个多月了。"说完，我挤了挤杯子里的青柠，喝了一口酒。

"还有啊，真不敢相信，他给我送了个……"说着，我掏出手机给她们看那张巴黎世家皮包的照片。

慧利打趣道："他很享受耶。"说完露出小孩般顽皮的笑脸。

"嗯，品味不错。"朱玄点点头，表示认同。

"什么品味？包还是我？"说这话时我扬起眉毛。啊。我醉了。是龙舌兰酒的原因吗，我也胆大放肆了。

"他品味不错是应该的。"慧利说，没有理会我那句题外话。"他是投资人，负责好几家奢侈品公司呢。这些年来肯定学了不少这方面的知识。"

"什么？"我瞪大了眼睛。我竟然不知道？我是说，没错，我知道他从事投资行业，但没想到是时尚领域。

"你不知道吗？"朱玄问。"他可是个神童。刚毕业就进了家大的投资银行，不过没干多久就出来了，成立了自己的投资基金。他的事业非常成功。瑞秋，我们身边可没有人像他那样有上

第八章

进心。"

"哇。"我想了半天,不知道该说什么。我回想起那天在新加坡我和他站在橱窗前谈论关于巴黎世家皮包的事。原来,他一直在逗我呢——假装对时尚一无所知,让我时不时抓狂。

"宝贝们,"朱玄狡黠一笑,喝了口迈泰,"我们叫一下他吧!"

"已经叫了。"慧利掏出手机,用 FaceTime 给艾利克斯打视频电话。

我慌了,伸手去抓手机——"慧利,不要!"

一直以来,我和艾利克斯都是打字聊天。视频电话是另一码事。我们已经习惯打字,看到彼此的脸会很尴尬。

"已经叫了!"慧利把手机丢给我。我笨拙地接住手机,差点把手里的酒杯打翻。艾利克斯的脸出现在屏幕上。他的下巴长出了胡茬,看起来有点不修边幅。不过不修边幅的艾利克斯还是很帅。

"瑞秋?"他惊讶地问,绽放出温暖的笑容和酒窝。"唔,嗨,没想到是你,好吵!你在哪里啊?"

"唔,嗨!"我大声回答。清了清嗓子,我又说了一遍:"你好,嗨,我……我们,我们在派对呢。现在很晚了吧,真不好意思,打扰你休息了。香港现在是凌晨三点吧?"

慧利悄悄对朱玄说:"你看她连时差都背下来了,是不是很可爱?她爱死他了。"

我瞪了她们一眼,生怕被艾利克斯听见。

"没事,别担心。我在出差,没有很晚。"艾利克斯笑了。"嘿,朱玄,嘿,慧利……"我把手机放在赵氏姐妹面前,她俩朝镜头难为情地挥挥手，又晕乎乎地咯咯笑个不停。

我把手机拿回来对着自己。"嗯，好吧，就想跟你打个招呼。"我的神。这也太尴尬了，堪比地铁上的遭遇。

"嗯，做得好。"他说，"今日最佳。"

"嗯，是吗？"我脸红了。不过现场灯光太强，艾利克斯一定看不到。

"是啊，"他笑意盈盈，突然有一丝狡猾的神情，"不过，你的竞争对手可不少呢，不要太骄傲。吃晚饭时我把酒洒到衣服上了，还眼睁睁看着一辆出租车在我眼皮子底下被抢走了。"

我笑了。笑完又后悔。"嗯，能给你带来欢乐，我也很开心。"

朱玄和慧利扬起眉毛，交换了个眼神。我的两颊发烫，又一次清了清嗓子："哦对了，那个包，真是谢谢你。真是太贵重了，我不知道能不能收……"

"哦，收下吧，请收下。"艾利克斯说，"你要是退给我，我只能自己用。我不太喜欢知更鸟蛋蓝色。"

"好吧，"我笑了，"嗯，真的，谢谢你。你不知道这个包对我有多重要。"

他笑了，眼睛起了皱纹："别客气。"

我们又说了几句，相互道晚安后就挂了电话。

刚挂电话，朱玄和慧利用不怀好意的眼神看着我。

"是是是，没错。"我伸手去打她们。不久，三个人笑成一团。

"我知道哪里有更棒的派对，一起去吧！"朱玄说。好吧，把一切都交给她没错的。不管朱玄安排了什么，我都不会错过。

飞回首尔之前，我有一天的自由时间。我睡到快中午才起来，

第八章 ☆

还沉浸在前晚的眩晕之中。我住在乔治五世四季酒店,下面有个小院子,房间非常安静。醒的时候我还在头晕。啊,一定是昨晚派对的最后一轮……闭上眼睛,我脑海里全是妮尔·克莱默的时装系列。一件件衣服飘在我眼前,美轮美奂。所有一切令我头晕目眩。

九点左右,我从床上滚下来,认真洗了个澡。出门时,我穿上宽大舒服的粗麻花毛衣搭配黑色皮裤,打算去玛莱区喝我最爱的咖啡。然后再去切兹玛丽安饭店吃炸豆丸子。我在玛莱区那弯弯曲曲的小路上走了一个多小时,逛了一家又一家精品店,最后跳上开往蒙马特的地铁。山坡蜿蜒向上,鹅卵石街道开满鲜花,一家家五颜六色的咖啡馆点缀着街头。不远处,我看见了圣心大教堂。就像普通游客那样,我在大教堂前拍了很多自拍照,发到了网络上。平时我会更小心谨慎,但今天心情放松,没有人认出我来。Girls Forever 还没有进军欧洲,在这里我很安全。

每天到了这个点,无数巴黎人会涌入一家家露天咖啡馆或街头餐厅,吸上一支烟或点一杯浓缩咖啡。这些小店点缀着巴黎街头。我走入其中一家,坐下后拿出蓝色笔记本开始涂写。三月的空气仍有些寒意,但阳光正好,我手握一杯热咖啡,感到无比惬意。

一位街头艺人正在我的斜对面表演。这里是不是太吵,不适合写歌词呢?正想着,我发现自己写出来的并不是歌词而是画出一张张设计草图。期间,服务生来回了好几趟,给我送来浓缩咖啡和巧克力牛角包。

远离平时的生活,不受打扰地画画——这是自由的感觉。

我全神贯注思考着衬衫的泡泡袖该怎么画,时间一下子就过去了。画到没有力气,我打算收东西走人。这时,突然有个人影降临在我面前,遮挡住午后的阳光。

我抬起头,以为是服务生,没想到来了一个新的家伙。他冲我咧嘴一笑,有几分羞涩。

"作为一个走到哪里都会被认出来的人,你也真是好找啊。"

第九章

进军时尚界的想法过于遥远,也意味着不守规矩。

"艾利克斯？你怎么来了？"我站起来想给他一个拥抱，但不想把小咖啡桌给弄翻。我手里握着笔，怕笔戳到他，于是只能尴尬地往左边一倒，像踩钢丝的小丑一样出糗。

艾利克斯笑得更灿烂了："嗯，对，我刚好在附近。嗯，我是特意来挖掘韩国偶像歌手的。"

他拉出柳条靠椅，在我身旁坐下。店里所有的椅子都摆成一排、面向街道。突然和艾利克斯并肩坐在一起，我有种诡异的亲切感。他仍然穿着干净整洁的纽扣领衬衫，不过这次不是浅蓝色，而是黑色，搭配皮夹克和围巾。和上次在新加坡时的样子相比，他头发长了不少，看得出来有一头自然卷。他用手来回搓着头发，样子可爱极了。我装作没有在看他，端起杯子喝一口咖啡，不过发现咖啡喝完了。于是我慌张地放下杯子，把托盘弄得叮咚响。今天的运动技能不合格。艾利克斯紧张地笑了笑。

"我来伦敦开个会，顺道拐来法国，"他说，"很方便嘛。"

"是一路跟踪我吗？"——这话虽是开玩笑，但我也有点好奇。难道他跟我一样，昨晚视频后就迫不及待想见面吗？

"啊，嗯，不只是这样。"说着，他朝服务生招手，点了杯咖啡。"我一开始打算去最喜欢的兰布雷之家西装店看看，叫让·卢克给我做身衣服。试穿的时候我看到了这个。"艾利克斯把手机递给我——那是几个小时前我发的自拍照，"本想私信你问问的，不过我也想走走……正好，我刚想给你发短信，就看到你坐在面前了。真是有缘。"

"唔。好吧，嗯嗯。"我掩藏笑意，打算再叫一杯咖啡，好让双手不要空着。我偷看了一眼桌子下面——一双锃亮的牛津鞋，牌子似乎是伯鲁提。"对了，这可提醒我了，我知道你的秘密！"

"我的秘密？"他一脸迷茫。

"你在时尚界工作！"我用手肘顶了他一下。好吧。说实话，这其实只是一个借口——我想摸摸他。仅仅是碰一下我也心满意足了。"赵氏姐妹跟我讲的。"

他开心地笑了，伸直双腿，看着桌上的笔记本说："呃，其实也不能这么说，毕竟我并不是真正从事时尚行业。我只不过是和时尚公司打交道而已。这是什么，你好像很投入的样子？你是在设计自己的作品吗，还是什么？"

"什么啊，这个吗？"这下轮到我糊涂了。这是两天里第二次有人问我是不是设计师了。疯了吗。"不不不，这只是无聊的涂鸦。"

"我能看看吗？"

我犹豫了一秒，不太想让他看。原因正如刚才所说——这只是无聊的涂鸦而已。

"我从来没有正式学过设计，"我边说边把笔记本递过去，"就图个开心而已，没有认真在画的。飞机延误的时候就画两笔……"我磕磕巴巴讲完，也有点好奇艾利克斯会怎么说。他对时尚显然

第九章

不完全是外行。实际上,他还是其中一员呢——虽然只是在商业领域。我虽然嘴上那么说,但即使艾利克斯不从事与时尚有关的行业(比如卖钓鱼器具什么的),我也想跟他分享我的画。我在乎他的看法。至于这意味着什么,我不想深究。我想的是,见到他本人真好。我想听见他的声音,而不是通过文字去想象。

他盯着画看了很久,十分专心。我在观察他的表情。艾利克斯怎么想?他是不是认为很业余?他是不是在想,怎么样才能委婉地回答而不伤我的自尊心?我放在大腿上的手指扭起来,紧张地等待他的回答。终于,他合上笔记本,抬起头看着我。

"瑞秋,真的很不错,"他认真地说,"非常好,我是说,这两个轮廓看起来有点眼熟,不过这个……我从来没见过这个……"他指了指最后一张。"这张非常……非常……我不知道怎么形容,非常……你。这就是你的风格。我并不是特别了解你,但我的意思是,这就是你做设计的初衷,对吗?就是找到个人风格。"

太意外。我脸红了,"真的?"

"当然。"他点点头,语气好像在谈论天气那样轻松。

艾利克斯的话让我心跳加速。幸好我没有再多点一杯咖啡。"估计是昨晚的秀场给了我灵感吧。"我说,"真的很棒,风格非常突出。我感觉脑子就像一台总机,所有灯光都朝我打来。"后来我说了 *Vogue* 的摄影师问我有没有自己的系列这件事。"我觉得,我永远都做不到那一步。不过被这么问也很甜蜜,你知道吗,这个就是我想象中自己的品牌。"说完,我把笔记本拿回来。笔记本的分量似乎变重了。它变得更加脆弱。好像是,如果我弄丢了它,我就弄丢了这一刹那,弄丢了此时的梦想。

"为什么是想象中的品牌呢?"艾利克斯把头歪到一边。"我并不是设计方面的专家,不过我相信只要你想,你就能做好。与我合作过的设计师许多都不是科班出身,但都非常成功,现在可都是亿万富翁。他们的共同点是什么,你知道吗,是看得更远以及坚忍不拔。"

"但是,我连针线活儿都不会……"上次,我的伊莎贝尔·玛兰毛衣的衣袖破了个洞,我试了半天怎么也缝不好。毛衣从手腕到手肘都被我毁了。

"那又如何呢?每个人都是从零开始的。"艾利克斯前倾着身子,"再说,你又不用亲自去缝衣服,设计也不全由你一个人完成。你担任的角色更像是创意总监,负责产生创意、把控流程。"他的暖棕色眼睛直盯着我看:"关键的问题是,你是不是真想拥有自己的品牌?你真的快乐吗?真的吗?"我想了一会。这些念头既让我兴奋又让我害怕。设计是全新的领域,充满未知。我甚至从来没有幻想过它可以被我实现。不过,成为创意总监这个主意听起来很棒。我的脑海中已经有自己成为创意总监的样子了——画草图、选布料、把我想要的效果和理念告诉工匠们。我心跳加速,手指忍不住抓起笔,开始涂涂画画。不过,另一个想法又冒了出来。时尚设计是能做一辈子的事业吗?当然,我现在还是偶像歌手——这是当前的任务。音乐是我的初恋,我不想换领域。不是吗?

"也许,"我坦白道,"不过,现在我就是玩玩,不需要力求完美。"

"没错,如果你只是喜欢它,就当作兴趣爱好,只为自己而做就够了。"艾利克斯耸了耸肩膀。

"不过,有时候想想那些事业有成的人能从事我所梦想的领

第九章

域，举例说，好比……

"卡莉·马特森。"

艾利克斯眨了眨眼睛，笑得很大声。"你是说那个前 B*Dazzled 乐队成员吗？"

我点点头，感到一丝害羞。

"呃，我本以为你会说像妮基·凯西那样的女孩。"他打趣道。妮基·凯西是卡莉的队友，一个扎超高马尾辫、穿粉色厚底靴的女孩。某次戛纳电影节，她以那染成电光蓝色的腋毛为大众所知。

"哈哈。不过昨晚的派对上我真看到卡莉了。老天，你知道吗，艾利克斯……"我叹了口气，"她真是完美。我的偶像。如果我能像她一样就好了——音乐时尚两不误，还能兼顾家庭。真是我梦想中的人生。"

他思考了几秒，点了点头。"好吧，我想想，怎么帮帮你。"

我扬起眉毛，"你要帮我？"

艾利克斯的手伸过桌子，露出调皮的微笑。我几乎以为他要抓住我的手了，呼吸提到了嗓子眼。我的手放在桌面，颤抖了一下。不过他并没有来抓我的手，而是经过我拿起了空杯子。

"嗯，首先，我先帮你加点喝的，"他说，"然后，我们换个环境。要一起走走吗？你今晚要赶去戴高乐机场吗？"

"不，明天早上的飞机。在那之前，可以找点事做。"

"嗯，我们一起找点事做吧。"

艾利克斯把咖啡的钱放在桌子上，伸出手肘，示意我挽着他。我脸红了，不过表现镇定，挽住了他的胳膊。我们从蒙马特坐地铁去了里沃利街，逛了逛时尚品牌店。然后，我们穿过塞纳河上的阿科拉桥，在远处欣赏气势恢宏的巴黎圣母院。在圣日耳曼书店，我们浏览莎士比亚和文学大师们的作品——那里藏有世界各国语言的书籍。我们买了几本书，带到卢森堡公园去读。每到一个地方，我都转过身去，小心翼翼检查周围，确保没有人认出我俩。被偷拍的恐惧一直旋绕在我心头。可是，此情此景如此浪漫，让人难以抗拒。尽管如此，我还是十分小心。

每当我不知道下一站要去哪里的时候，艾利克斯就给我出选择题。A，去面包店买点吃的，然后去埃菲尔铁塔下野餐；B，去塞纳河乘船看日落；C，去买点饮料然后参观巴士底监狱；D，以上所有。

一整天下来，我满脑子都是选择题。

我该亲亲他吗？

去吧。

不行。如果被人看到并偷拍怎么办？不要鲁莽。

再说了，你真的准备好谈恋爱了吗？要理智，不要感情用事。

如果亲了，又会怎样呢？

下午我们在塞纳河边散步。期间我的手几次碰到了艾利克斯的手——感觉像过电一样。突然，他停下了脚步。我也停了下来。艾利克斯看着我，笑了。他左脸颊上的酒窝可爱而性感。

"我很想握住你的手，你知道的。"说完他大笑，用两手搓了搓脸颊，"其实，刚才在咖啡馆我就想的，不过不敢，还在耍酷。"听到"耍酷"两个字，我咯咯笑出了声。艾利克斯的语气变得认真起来："我没有忘记你跟我说过的话，偶像是禁止谈恋爱的。我也不想给你任何压力。不想催你或者怎么样。还有，我不知道该

第九章

不该这么说。我要澄清一点，我不是因为你的名气而对你感兴趣。吸引我的是你本人。你让那趟新加坡地铁之行变成了极限运动。"

我忍不住笑了出来，不知道能说些什么。

他很诚实，没有玩游戏，而是坦白了一切。

"谢谢你，"我回答，"谢谢你跟我说这些。"说完我抓住了他的手，与他十指紧扣，沿塞纳河往下走。那一瞬间，抓住艾利克斯双手的兴奋战胜了我的恐惧。

我们继续在城市中漫步。那段对话在我脑海中挥之不去。啊，我想亲他。在杰森之后，我已经很久没有产生这种冲动了。不过，这次和上次的感觉很不一样。杰森和艾利克斯截然不同。和杰森在一起的感觉是紧张刺激的，有好也有不好。可是和艾利克斯在一起，我感到踏实又放松，安全又自由，充满各种可能。

到了晚饭时间，我们走到科斯特酒店。酒店餐厅很小，氛围亲密，静谧幽暗，舒适惬意。这是理想的晚餐地点。即使是名人，在这里吃饭也不会被打扰，能充分放松，卸下戒备。

"姓权，有预定，两位。"艾利克斯进门时说道。

服务生走来，引我们去餐桌。艾利克斯一动不动。我回头看他。

"你不来吗？"

"不，"他答，"我今晚不跟你一起吃。"

"什么？"我转过头，充满疑惑。"可是你不是订了两位？"

"是两位没错！"后面传来一个声音，"不好意思，来晚了。"

一位女士突然出现在我面前。她身穿一条复古超宽牛仔裤，裤脚卷了起来，上身搭配黑色高领毛衣，脚蹬一双黑色短靴，脸上戴一副黑色方框太阳镜，手拎亮粉色铂金包。

我的神。

正是卡莉·马特森本人。

她和艾利克斯亲吻着打招呼，一脸亲切看着我。"你就是瑞秋吧，"说着又亲吻了我，"很高兴见到你。"

"我也，很，很高兴，见，见到您。"我太惊讶而不会说话了。我转去看艾利克斯，张开大嘴用唇语问："怎么回事？"

"我认识卡莉的丈夫欧力。我帮他打理体育用品生意，处理些金融方面的事。"艾利克斯低调地说，"只是个小忙而已。"

太难以置信了。我来回看向艾利克斯和卡莉，不知道谁更让我惊讶。艾利克斯拍了拍我的胳膊。

"用餐愉快！"他笑着说。

"要进去吗，瑞秋？"卡莉问。

我跟着卡莉和服务生走向餐桌，努力不要昏倒或是大哭。我实在太激动了。卡莉优雅从容，没有因为我的失态而说什么。她身子微微前倾，朝我神秘一笑。

"你知道这里的巧克力慕斯是最棒的吗？我想立刻吃甜点，不吃正餐好了。"

我笑了，放松了一点点："那就先吃甜点吧，我不介意。如果是巧克力慕斯的话，怎么样都行。"

卡莉眨了眨眼睛："果然是我的姑娘。"

聊天过程中我发现卡莉有种魔力。她可是卡莉·马特森，然而她是如此平易近人。她说儿子裘德最近学会骂人了，时不时飙粗口（"老实说，会骂人也比上次要好——上次他学会说'永

第九章

☆

不！'"）。说这些的时候她是那样自然亲切，没有一点架子。我也放松了下来。我们点了松露鸡汁意式烩饭，搭配浓郁的勃艮第葡萄酒。吃饭的过程中，我跟她讲了昨晚的经历还有艾利克斯的看法。

"我不知道自己有没有设计师的天赋，"我说，"我只不过喜欢画画，这离真正的设计师还很远。"

"我明白，"卡莉说，"不过这样想想看吧。小时候，当你在房间里唱歌的时候，梦想着有一天能成为歌手。那时的你是不是从来没想过真的有一天能成为偶像歌手？梦想的开端都是模糊不确定的。不过今天的你成功了。"

她说得没错。我点了点头。我以前没这么想过。

"如果你真想成为设计师，现在是时候好好考虑了。""你充满热情，又有才华，还很有创意。更何况你在业界也有了人脉。"听到这里，我想到昨晚错过的机会，心里有一丝沮丧。啊。都怪那个垃圾文胸。又错过一个结交人脉的机会了。

卡莉看出了我的懊恼。"怎么了吗？"她笑着问。

我害羞地把昨晚的事又讲了一遍。听到我那窘迫的样子，卡莉笑得很大声。

"不要笑啦！"说完我自己也笑了。"太可怕了。我总感觉时尚界有许多不成文的规定。很吓人的。我可不能搞砸了。"

"我懂。"卡莉说。她给了我一个充满理解的笑脸："不过啊，瑞秋。回头看你就知道，一个人能成功并不是因为他坐在那里什么都不做，等待别人发号施令。有时候打破规则没什么的。这是人生的趣味，不是吗？"

我喝了一口红酒，思考这句话的深意。这与我一路以来在 DB

学到的东西太不一样了。甚至说是完全相反的。偶像歌手必须要听话才能成功。从练习生开始按部就班，一步步循规蹈矩才能出道成为歌手，获得成功。进军时尚界的想法过于遥远，也意味着不守规矩。况且从来没有过先例。只是想一想，我都很怕被发现。

"我并不想美化创业这件事，瑞秋。"卡莉说。"做生意实在太艰辛了，尤其是转型时期。以偶像歌手的身份进军时尚界是很大的跳跃。但是，如果你有志于此，是可以做到的。"

很大的跳跃？卡莉的话让我鼓舞。"不过，我并不是要转型，"我答道，"我并不打算离开 Girls Forever 进军时尚界。我热爱歌唱，没有想过放弃。一直以来，我都相信我们会成为史上最长青的女团之一。"我笑着说："我还很年轻，至少未来四五年内，我并不打算离开团队。更何况，我们已经情如姐妹。"

卡莉也笑了，流露出一丝惆怅，"想起以前的 B*Dazzled 时光，我和那些女孩也是什么事都一起做。除了她们，没有人看过我泪流满面的样子，甚至我丈夫也没有见过。"接着，她蹙了蹙眉，"再没有人见过我眉毛全秃的样子了。那次眉毛拔太多，都拔秃了。每天妮基给我画眉毛，画了四个月呢。"

我笑了："真的吗？"

"真的。我和她们到今天还很要好，虽然我们已经不在一起工作了。保持友谊的秘诀是：斗嘴归斗嘴，但不要心怀恶意。每个人都会吵架。我和队友们也吵架——出于误会或为了鸡毛蒜皮的小事。但恶意就不同了。一旦心怀恶意，自己也会被腐蚀。如果你能清醒意识到这点，就不会有问题的。"

天。我真希望能把这段话记录下来。

第九章

卡莉好像能读懂人心,她完全了解我的处境。不过这也说得通,毕竟她有过类似的经历。与心灵相通的人聊聊,我感觉好多了。

卡莉从桌子那头伸出手抓住了我的手,"我觉得你现在的处境刚刚好,瑞秋。思考未来与当偶像歌手并不矛盾,也不意味着你背叛了团队。你可以一边参与团队工作,一边在业余时间关注时尚领域。你懂的吧。好吧……"说完,她松开了我的手,拿起了甜品单,"到巧克力慕斯时间了吗?"

我爱她。

"到了,"我露出灿烂的笑容,"早就到了!"

吃完晚饭,我走回酒店,一路晕乎乎的。灵魂仿佛飞出九霄云外,备受鼓舞。与卡莉·马特森吃饭并交谈正是我所需要的。这一切都要感谢艾利克斯。

一进房间,我就掏出手机给艾利克斯发短信。

我:谢谢你,谢谢你,谢谢你。

许久,他回复我——

艾利克斯:所以说,你们聊得还不错?

我:最棒的体验,没有之一。我回酒店了。你在哪里?

艾利克斯:和生意伙伴吃了晚饭,时间有点晚,正走回去。现在快走到你酒店附近了。

我立刻冲出房间,跑下楼梯。一出酒店大门,我就看到站在路灯下的艾利克斯。啊。这时候竟然开始下毛毛雨了。微微细雨落在他的脸庞,脸上的绒毛在街灯下闪着光。

"嗨。"他说。

"嗨。"我说。

他用手抹掉脸上的雨水,"等下,别出来,你会淋湿的。"

"没事,正好呢。狗仔队晚上就拍不到我们了,下雨更是。"我朝他走去,像被一股魔法吸引过去。他笑了,"你们聊得还算开心咯?"

"完全改变了我。那块巧克力慕斯改变了我的人生。"说完我拍了他一下,"哦还有,卡莉人很好,我们相处愉快……"

他笑了。"那就好。"

这时,一辆的士停在我们面前,下来一对情侣。他们有说有笑,似乎喝醉了,跌跌撞撞走进酒店大门。我和艾利克斯往后走了几步,走到没人的阴影处。

"说真的,太惊喜了。我不知道该怎么谢谢你,才能表达我的心情。"

"你不用一直跟我道谢。不过,既然这雨还没有让你淋湿,不如跟我走一走?"

我没有立刻回答,因为我被眼前的他迷住了——街灯打在艾利克斯的侧脸上,他的眼眸更加明亮了,好像在闪闪发光。他看着我,一脸诚挚。

"要么……B选项:你跟我走了一整天,实在太累了,只想说再见,回房间倒头就睡……"

我大笑,摇了摇头:"C选项:以上都不是。"

艾利克斯一脸疑惑。他还没来得及说话,我就朝前迈了一步,吻了他。他愣了一秒钟,然后用手臂搂住我的腰,亲了回来。此时,细雨轻轻落在我们脚下的鹅卵石上。

第十章

前方有新的事物在等待,
但有些东西永远不会变。

"我回来啦!"第二天下午,一走进 Girls Forever 的家——位于清潭洞的别墅——我就大声打了个招呼,边说边脱了鞋子。紧锁的门后传来几声有气无力的"嘿",没有人出来打招呼。好吧,也没什么太意外的。此时,首尔时间是早上九点,还是星期天,没有任何活动。换了我,这时也睡得正香呢。

我应该立刻收拾行李,把要洗的衣服洗了,要干洗的衣服送去干洗店,再把干净的衣服放回衣柜里。不过,坐了十一个小时的飞机加上八小时的时差(巴黎现在是夜里一点),我已经筋疲力尽。

要么收拾行李之前,先打个盹儿休息一下吧。我走过客厅,听见离我卧室最近的卫生间里传来水流声,空中弥漫着椰子香味——那是智允常用的洗发水的香味。

我走进卧室,发现自己比想象中更喜欢这个小家。没错,酒店客房或许能俯瞰意大利式庭院,但那里没有一整墙宝丽来照片,没有堆满了皱巴巴的 *Vogue* 杂志的床头柜,没有我最喜欢的宣传照,更没有木制珠宝树——那是我们五周年时莉齐给我的礼物(虽然她有时真的很烦人,但每年周年庆她都会准备传统礼物——

第一年是纸制礼物，第二年棉制，以此类推）。我想念这一切。甚至还开始想念属于智允的那一半卧室——乱糟糟的书架，皱巴巴的厚毯子——那个她号称太沉而无法从地上捡起来的毯子。我把行李放进衣柜，蜷缩在床上，甚至都没拉被子，眼皮就这样合上了。

没多久，从厨房传来一阵噪音。沙卡蔬卡的香味唤醒了所有人。自从秀敏发现这个好东西后，就要求经理每周末都叫外卖。闻到香味，我的胃咕咕作响。看来飞机上的贝果根本不够啊。好吧，收拾行李和睡觉可以迟点再做。现在必须吃点东西了。

进了厨房，我看见大家都围着桌子坐好了。所有人都吓了一跳，仙姬更是魂飞魄散的样子。

"我的天，瑞秋，你吓死我了。"仙姬用手按住胸口，"欢迎回来！"

"谢谢。"我朝她笑了笑。

安里推出一张椅子，对秀敏说了句："头发不错。"秀敏今天扎了丸子头——是看似不经意的凌乱可爱风——似乎有点过了，看起来像个鸟巢。秀敏打了个哈欠，在安里旁边坐了下来。看起来太累，没能回话。

"哦，这个免洗保湿顺滑发乳是妮尔·克莱默秀场发的礼物。"我对秀敏说。这时，她给自己倒了些五味子茶。"你想用的话可以随时用我的。"

"求求你了，瑞秋，大家都刚起来而已。"莉齐说，面朝我一屁股坐在椅子上。"你能不能安静五分钟，不要吹牛说自己去过巴黎，可以吗？"

美娜打开冰箱，拿出一瓶气泡水。"说真的，你去巴黎度假，可是我们一直在工作,你知道吗。"

呃。啊。把自己的发乳借给别人,这也算吹牛吗?再说了,我知道公司让我去巴黎主要是因为这段时间里我们没有工作。在我离开的时间里,我确定没有人为了团队的事在忙。

"我不在的时候你们去哪儿啦?"我试着把话题往回拉,语气平和。

"我们去902喝酒啦。"仙姬回答。

啊。这就说得通了。大家暴脾气的原因找到了。902酒吧的龙舌兰鸡尾酒简直是炸弹。今天早上每个人一定都头疼死了。

"很好,"我意味深长地笑了笑,"我还错过了什么吗?"

"我在《当我爱你时》里演了个配角。"美娜自豪地说,"这部电影肯定会火的,大家都看好呢。还有啊,为了给我加戏,还临时修改了剧本呢。谁让女主角那么无聊。"

"那很棒啊。"我说,精神为之一振。美娜终于要发展演艺事业了,我真心恭喜她。"你爸爸同意吗?"

"我并不需要得到他的同意啊。"美娜打断了我的话。她脸上那骄傲的神情瞬间有点泄气。"再说了,"说着,美娜又恢复了神气十足的样子,"只要听到我和谁搭戏,他肯定会同意的。"

"哦对了,那部戏的男主是杰森吧?"我问。

"还有宋权宇,"美娜补充道。"他的电影没有不火的。我去拍戏那天,他叫了餐车给所有演员和工作人员送雪糕和咖啡呢。就为了让大家吃饱有力气干活。是不是人很好,真的,他太不一样了,本人和电视上差太多。很接地气,当然,也很帅。"

恩地流露出羡慕的神情,"还有我,我要给 *Vogue* 拍照啦。"

说完，她在莉齐旁边坐下。

"好啦，大家都知道了，恩地。"莉齐粗暴地打断她。恩地并不在意，而是洋洋自得地笑起来，伸手拿了一瓶养乐多。奇怪，这三个人竟然在斗嘴。平日里她们三个总是一伙，就像蜂巢里的蜂，团结起来收割其他所有人。

等一下。

是我听错了吗。

恩地要给 *Vogue* 杂志拍照？

所以，DB 不仅拿走了我的机会，还把这个机会分给了其他人。简直难以置信。

就像没有听到莉齐的话一样，恩地自顾自说了起来："公司上个星期跟我讲了拍照的事，这是 *Vogue* 首次给偶像歌手拍特写。太难以置信了，他们选中了我。"恩地毫不掩饰自负。

美娜翻了个白眼。虽说恩地的个人风格并不突出，但她是公认的传统美人。网络评选中她总是领先于我们。"星期二我要去试衣服。"恩地加了一句。

美娜拿着气泡水走到桌子前，昂着下巴，眼神犀利："说到衣服，我看你最喜欢的那个经理河俊戴了个新的万宝龙手表。怎么了，你家买不起劳力士吗？"

练习生的父母有时会给经理些小恩小惠，甚至是贿赂公司低级职员——为了自己的孩子得到更多好处。只不过，没有人敢像美娜那样大胆地把这种事说出来。说到大胆，这里没有人比得上美娜。

"仙姬也做了些很棒的事呢。"永恩平静地打断。

第十章

这时，智允从浴室里走出来，头顶包着浴巾。她用手肘顶了顶仙姬，笑着说："是的！仙姬要去当主持人啦。是 SOAR 的新节目，一个广播秀。你自己说啦，仙。"

仙姬脸红了，笑眯眯地说："我要去主持新节目啦。太棒了。是深度访谈，让艺人聊自己的创作经历。"

"我早说过啦，你的脸只适合广播，仙。"莉齐露出窃喜的样子。

仙姬的笑容变得暗淡。永恩走过来掐了她一下："你会成为很棒的主持人的。"

说到仙姬，所有人几乎划分为两组阵营。一组因为她年龄最小而总挑刺找碴儿，另一组则因为她最小而总想保护她、照顾她。永恩总是很冷静，不过在保护仙姬这件事上，她就像护崽的熊妈妈。

"一定的，"我补充道，"真是太好了！"

这么说我是出于真心。我知道仙姬会做得很好。或许她不是团队里最貌美的那一个，但她非常可爱——这要归功于她在节目里搞笑的性格。我希望仙姬能明白自己的优势，而不是总被欺负。

可是，为什么这件事这么耳熟？这难道不是在上海遇见的那位朴先生——SOAR 娱乐的高层——许诺给我的机会吗？他说会与 DB 商讨合作细节，后来就渺无音讯了。很显然，公司把机会给了仙姬。

我替仙姬高兴，但想到公司的做法，内心一阵恼火。这是公司第二次拿走本属于我的机会了。第一次是 *Vogue*，现在是 SOAR。很显然，公司把每个人单独收到的工作邀请重新分配给别人。一方面，这是为了公平起见。我认同这一点。每次收到粉丝礼物，大家都要相互攀比谁收到的最多，谁收到的最少。公司希望成员都能得到机会，削弱竞争带来的不公，我能理解这一点。可另一方面，这又提醒我，我的一切都是公司给予的，因此我必须乖乖听话。我做任何事之前必须跟公司报备，得到允许，否则根本想都不能想。

我想起卡莉·马特森说的话，想到她那游刃有余的自信，取得事业与家庭的平衡，以及她的快乐和满足。"进军时尚界这件事真的让你开心吗？"艾利克斯问。

是的，我想明白了。是的，我会很开心。

不过再怎么想也没有用。我必须和拥有决定权的人聊聊。

DB。

"真感谢您能百忙之中抽空见我，卢先生。"

卢先生端坐在棕色的皮椅上，朝后躺，跷起了二郎腿。"不是大问题，瑞秋。你可以随时找我的。"

卢先生的眼睛从镜片后看着我，就像在解剖我的大脑一样，让人产生不信任的感觉。我已经好几年没跟卢先生单独见面了，这会儿有点不知所措。我与他的对话有微妙的权力张力。我一边保持谦逊的姿态，一边坚定提出合理的要求。卢先生一边做出讲理慷慨的样子，一边传达出"他才是老板"的信号。

"你想要什么？"他问。

"我想进军时尚界。"我一语中的。与卢先生交谈还有一条规矩：不要浪费他的时间。桌子下，我的双腿打战，但我努力保持镇静，继续说："您知道的，我一直对时尚很有兴趣。巴黎之行改

第十章 ☆

变了我——我意识到自己有能力踏入时尚行业。我向您保证绝对不会影响 Girls Forever 的任何活动,我只会把时尚当作副业,并不是要转行。对了,美娜和仙姬不也进军演艺圈和主持界了吗?"我继续往下说,希望更有说服力。如果其他人都有副业,为什么我不能呢?

"唔。"卢先生开口了。从语气来看,我猜他是要拒绝我。毕竟,电影和广播怎么说都是娱乐圈内的活动,而时尚是不同的领域,公司也没有偶像歌手从事时尚的先例。至少我没听说过。眼看着自己的梦想要落空了,嗯,是时候摊牌了。

"还有,恩地给 *Vogue* 拍照的事……"我说出这句话,顿了顿。

卢先生脸上没有流露出任何表情。不过我知道,他在想去新加坡之前的那次交谈。那次,他告诉我没有任何与 *Vogue* 合作的机会。这时,我几乎能听见卢先生的脑子在嗡嗡作响,计算得与失。我不想再斗智斗勇了。我要说清楚,这是我一直以来的梦想,而这不会给他带来任何损失。

"我个人品牌的部分收入打算献给公司,"我继续说着,从包里拿出一张艾利克斯和我写好的版税说明书,"在我和 DB 合约到期以前,我的收入会以版税的方式打给您。卢先生,我向您保证一定以团队为先,这绝对不会变。我的品牌出名的话,团队也会受益。我们的知名度会提高,更多人会关注我们,不是吗。"

卢先生的指尖在下巴以三角形合拢,看样子陷入了深思。我屏住呼吸。

该说的我都说了。我从商业利益角度陈述了利害。公司的最主要目的就是赚钱。我们目标一致,并不是对手。

现在唯一能做的就是等待。

和期盼。

还有——

"好吧,"终于卢先生开了口,"关于版税的事,公司很乐意。时尚界很适合你,我不反对。"

我呼出一口气,心中的担忧一扫而空。我低下头深深鞠了一躬:"十分感谢您。"

"如果你同意的话,可以把你的牌子放在 DB 旗下,"他热切地说,"打造成内部品牌。"

我犹豫了。我想起艾利克斯拿起我的笔记本翻看时我那不安的心情。我把想法告诉卢先生的原因是:如果公司同意,这将是双赢。不过,如果我失败了呢?如果我损失惨重呢?我希望时尚和设计永远是我的爱好,正如我对艾利克斯所说的那样。把品牌划到公司旗下意味着我必须成功,不能失败。我想再争取一下。

"卢先生,真的很感谢您的提议,"我语气平静地回答,"但我想自己闯闯看。我还处于探索阶段,一切都不清晰。"好吧,我并不是什么规划都没有,但卢先生并不需要知道这么多。除了这个理由外,更让我担心的是——我不确定自己能忍受公司的控制。上交版税收入是个友好的姿态,不过那不意味着我乐意把事业交给公司。"不与公司合作,可以吗?我想自己独立来做。"

卢先生流露出狐疑的眼神——原因我们彼此都知道——我究竟行不行,根本是未知数。很有可能,所谓的个人品牌还没见光就胎死腹中了。不过,卢先生眨了眨眼,不露声色地说:"我没有理由反对。我会跟韩先生探讨相关细节。我希望你尽力去做。虽然你的品牌不在公司旗下，但你一言一行仍代表团队，会影响公司声誉。你明白吗？"这话的意思是，不要给你自己和公司丢脸。

"当然。"我又激动又害怕。他答应了！他答应了！"您知道的，我从来都尽全力，这次也不会例外。我保证。"

晚上，大家坐在客厅吃巧克力派。电视在播一个唱歌比赛，中途插播广告时我宣布了和卢先生谈话的结果。大家都惊呆了。永恩拿起遥控器把电视调到了静音模式。所有人都沉默了一会儿。

"你自己的系列？"还是永恩先开了口。

"哇。真的很……"

我脸红了。我并不想惊动所有人，尤其一切还没有步入正轨。不过大家惊讶的理由我也知道。得到卢先生的许可意义非凡。

"我真的很开心，很开心，我已经有好多想法了。"我说。

"也有点害怕吧。我不敢相信，他竟然同意了。"美娜慢慢点了点头。"嗯，这真的……很意外，"她轻巧地说，"不过也正常。有时你画出来的衣服蛮可爱的。"

"是的！你很懂衣服！"仙姬激动地说，"你一定会很棒！"

"仙，谢谢你。"我为她的善意而感动。

"仙姬说得没错，"智允加了一句，"这就是你最擅长的领域。"

我深吸了一口气："我只希望好好做而已。"

永恩肯定地点点头，又去拿遥控器把电视声音调大。这时，莉齐突然开了口。

"哇，瑞秋，真人秀，二人专辑，现在还有个人系列了？真是多啊。希望你忙得过来啊。"这话虽是好话，但其中的讥讽不言而喻。

美娜抿嘴说:"这不会影响到团队活动吧?"

我猜,所有人里最担心这个的就是美娜了。她曾说,如果一个人搞砸了,那么整个队伍就不可能好。这点我并不怪她。毕竟我将迈入未知的领域,如果发生什么不好的事,一定会影响团队——当然还有她本人。

"别担心,"我肯定地说,"Girls Forever 仍然是我的首要任务。其他事我不确定,但这点我敢保证。"

又是一片沉默。这时的气氛有点凝固。停顿了一会,秀敏清了清嗓子:"对了,瑞秋,我可以借上次你从巴黎带回来的保湿发乳吗?"

"当然。"我答。一瞬间,我放松了下来。大伙的支持让我感到温暖。"你要喜欢可以拿去。"

"真的啊?"她笑了,"谢啦。"

一直保持沉默的安里突然开了口:"巴黎怎么样啊?"

"是啊,吃了什么奇怪的东西吗?"秀敏问,"像是蛙牛?"

安里皱了皱眉头:"是蜗牛。"

"我说了蜗牛啊!"

"不,你没有。你说的是'蛙'牛,笨蛋。"

于是,她俩又像关系不好的老夫老妻一样吵了起来。美娜抱怨听不清电视声音了,恩地开心地翻了个白眼,我也笑了。前方有新的事物在等待,但有些东西永远不会变。

第十一章

人生有时候不守规矩也无妨,
这才是人生的精彩之处。

七年级的第一天，我的前代数老师潘女士让每个人围教室走一圈，与所有人分享一个关于自己的有趣的小秘密。那时我回国已经三年了，轮到我说"小秘密"时，每次我只能说出那句——"我是从纽约搬来的，我是流行音乐练习生，我有个妹妹。"这句话大部分同学都听腻了。作为十三岁的小朋友，已经有新的同侪压力了——大家都希望能说出些更酷炫、成熟的话来。例如，具敏迪说自己暑假做了耳骨穿刺；崔雅拉说自己去看了碧昂丝演唱会，还是坐在前排。可我呢，我只能坐在那里发呆，充满焦虑。一开口就把准备好要说的话全忘光了。现在，我正坐在Dal电视台的片场，七年级的回忆再次重演。

柳大贤是我最喜欢的主持人之一，被他采访很是开心。他幽默又热心，让人很舒服，总是笑不停。不过，他时不时会问些严肃的问题，像是"韩国流行音乐能改变世界吗？"或是"你对什么慈善活动或社会问题感兴趣？"这类。当他说出"好吧，女孩们，现在还有最后一个问题"这句话时，我在椅子上坐直了一些，准备好回答他的严肃提问了。

不过，大贤竟然问道："如果你们要用一个词来形容自己——

是的,仙姬,一个词——"此时镜头切给了仙姬,她张开嘴表示抗议——"仙姬的话特别多"是今天节目里的梗。在仙姬说话的时候,主持人还开始计时,要看看她能一口气讲多久不中断。67秒。仙姬一个人能讲67秒。

笑声渐渐变弱,大贤继续说:"好,用一个词来形容自己。开始!"

"热情。"美娜说。

"诚实。"智允说。她这么说是为了让观众忘记新加坡被曝光的丑闻。

"可爱。"仙姬说完,用拳头顶着脸。大贤笑了出来。

麦克依次往下传,每个人都说了自己的词。我大脑一片空白,有点发蒙——直到秀敏用胳膊肘顶了顶我,我才恍然大悟——麦克风传到我手里了。

"好,金瑞秋,你怎么形容自己呢?"

我张大嘴,立刻又闭上。糟糕。我刚才一直在梦游,想着昨晚和艾利克斯的视频聊天——昨晚我们俩一起看了YouTube上的鲍勃·鲁斯绘画教程,用画图软件跟着画,不过画出来的东西太滑稽了。我们俩笑得合不拢嘴——完全没想到我该准备什么形容词。

快点,瑞秋。

随便选个词就好了。不过就是个脱口秀,蠢兮兮的节目而已,又不是什么严肃的生死攸关的时刻。再说,这是什么傻问题啊?没有人可以用一个词来形容自己。

嗯,这个理由不错。

第十一章

☆

"不守规矩。"说完,我用手指数了数,一共四个字。这个其实恰好与事实相反。我可能是队伍里最守规矩的人了。我从来没有惹过事,也没有跟 DB 对着干过。想起卡莉在巴黎对我说的话——"人生有时候不守规矩也无妨,这才是人生的精彩之处。"——我没多想,回答就脱口而出。

"哦哦哦,"大贤朝我摇了摇手指,"看来我们抓到一个造反派!"

我耸了耸肩,无辜地笑了,像是在否认指控一般。不久,大贤宣布采访结束。

采访一结束,所有人都回到休息室取东西,准备打道回府。每个人都冲向自己的包。永恩从斜挎包里掏出草药味唇膏擦了一下,抱怨摄影棚的灯光太强,自己的嘴唇总裂开。莉齐从她的香奈儿翻包里取出花押字化妆镜,检查自己的妆容是不是保持完美。在房间另一头,智允在她那堆满了东西的大帆布包里搜了半天,掏出皱巴巴的纸巾和抗过敏药,一下子把药片胡乱撒到桌子上。真是好笑,柳大贤如果真想了解我们的话,就该看看我们的包里有什么。这比什么形容词都准确。

想到这里,我突然有了灵感。

过去几周里,我一直想给自己的个人系列起个好名字,但想到的那些名字——四季、彩虹、动物——听起来老旧又无趣。问题是,要做什么类型的设计好呢?跟卡莉聊过以后,我决定从小的方面着手——从配饰开始。可问题又来了,做哪种配饰好呢?鞋?太阳镜?手表?

还有,我怎么没想到呢?我应该设计皮包的。包是女人最私密的配饰品之一,因为包里的东西是生活必需品。我想起了自己的巴黎世家皮包。这个包之所以特别,是因为它代表我对时尚的热爱以及我与艾利克斯的缘分。我也可以设计出同样寓意深刻的包,作为人生重要时刻的见证。

突然,我看到了未来。我设计的皮包每一款都代表着我人生的重要阶段。在纽约的童年时光,被星探挖掘并搬回韩国的时光,作为练习生的时光,Girls Forever 首个巡演……设计风格不能过于个性化,我需要设计出符合大众的款式。不过,强烈的个人特质更能体现我的创意。也许,某天一个女孩走过橱窗看到我设计的皮包,发生的事会改变她的人生。那款包将承载她的体验和回忆。

我冲向角落里的化妆椅,找到自己的包(一个旧的寇依斐伊包——我没有背新的巴黎世家皮包,因为不希望我不在的时候它被偷)。我掏出手机,立刻给艾利克斯发短信,问问他认不认识从事配饰行业的人。

艾利克斯:好啊。我认识一些从业者,要安排你们见面吗?你找到设计方向了吗?

我:是的!我有灵感了。我要的灵感。

艾利克斯:太棒了!是猫咪的雪地靴?告诉我,你要设计猫咪的雪地靴,没错(眨眼)。

我:哈哈哈。晚上回家跟你视频。谢谢你帮我联系。

艾利克斯:很开心能帮到你。

"各位,大家好。"我刚把手机放回去,韩先生就走进了休息室。我们都和他打过招呼。他看着我说,"啊,瑞秋,我正要找你。"说完朝我大步走来,拍了拍我的后背。"你个人系列的合约已经拟好了。今天晚上你就会收到邮件。"

"谢谢!"我心想,大概就是看一遍签个字,走完流程就可以了。

"很好——哦,永恩,我也要跟你谈谈的。"韩先生示意永恩走过来。

"好的,韩先生。"永恩的声音充满期待。

"你跟你父母说,把餐厅里的棒棒糖蛋糕撤走。就是你设计的那些看起来像荧光棒一样的蛋糕。公司没有授权你使用 Girls Forever 商标。你这是侵权行为,会误导粉丝。今天内如果不全部下架的话,公司可能会起诉你。"

"起诉?那只不过是棒棒糖蛋糕而已啊。"永恩脱口而出,瞪大眼睛。

"所以说,撤走并不难,对吗?"

"是的,我想……"永恩拖着沉重步伐,走了几步,"上次我说想开 YouTube 频道做烘焙的事……您考虑得如何?我已经写好部分台词了……"

韩先生说:"对不起,公司否决了。以前没有偶像开过 YouTube 频道。"他笑了笑,神情很是抱歉。

永恩瞥了我一眼,用试探的语气问:"以前也没有偶像做个人系列,不是吗……"

所有人都看着我。我感觉自己像被推到了公交车车轮下。

"那不一样。"韩先生说。"DB 以前也允许过偶像团体卖衣服。话说回来,永恩,希望你不要因此放弃烘焙的爱好。如果只是爱好，公司是绝对支持的。"

韩先生的语气有些居高临下。还没等永恩开口，他朝我们挥了挥手，走到了门口："我要走了，回头见。"

所有人都不说话。智允看了看时间："车要来了。"

永恩叹了口气："你们先去吧。我最后走。回头跟你们会合。我现在要去吃棒棒糖蛋糕了。"

第十二章

我虽然兴奋极了,
但内心有一丝恐惧。

"姐姐，我喜欢那个颜色！"

利娅坐在沙龙的豪华椅上，转过头来对我说。她指的是我脚上那亮晶晶的桃红色指甲油。

"我想擦点亮色的，就像你那样。"我看着她的青柠绿色脚指甲说。

"对啦，那个颜色更适合你。经典高——"

"不好意思，打扰一下二位。"我吓了一大跳。导演突然出现，脖子上挂着耳机："想跟你们说脚指甲做好后，就要到下一个地方拍摄了。"

好吧。这并不是我和利娅的姐妹时间。

这是真人秀拍摄现场。

镜头一直对着我们，有时我也会忘了这是在片场。我太沉浸于和利娅的聊天，以至于常常忘记这是一场节目。说实话，想到观众打开电视看我和利娅的日常生活，还真是有点奇怪。通过真人秀，粉丝可以详细看到我在生活中真实的样子，但我总感觉有点不自然，有时候表现得像一个僵尸。

四月极其忙碌。有各种拍摄活动，有真人秀，还要兼顾设计。

我决定给自己的品牌命名 RACHEL K.，一切都要从头开始——去见合作伙伴，跟潜在的客户打电话确认，还要花很多时间画草图。虽说新的领域让人振奋，但也充满紧张焦躁。

美娜忙着参加电影《当我爱你时》的新闻发布会，说电影争取要在下个月内上映；仙姬的广播节目开始录制了；恩地要给 *Vogue* 再当两回模特。安里忙着参与《女巫前传》的首尔预告片工作；永恩也没闲着，她把更多的心思花在父母的餐厅上，推出新的（公司允许的）菜单吸引更多顾客。

我很高兴看到队友们都在实现梦想。不过，如今我们竟然能抽出时间发展副业——这也有点不可思议。Girls Forever 的人气仍然如日中天，演出之间的空档可以适当延长。然而，这不会影响我们的人气。相反，空档期越久，粉丝越迫不及待。我相信，今年秋天的洛杉矶演唱会一开场，粉丝们会比以往更热情洋溢。

利娅和我戴着脚趾分离器一摇一摆地走向吹干机。刚坐下，我的手机就收到一条新信息。我看了眼屏幕，笑了。

"你笑什么？"利娅问。

"是——"我顿了顿，想起还有镜头在拍我们俩——"是爸爸。"

利娅高兴地笑了，"好，懂了。"

我看了眼摄像机的位置。今天只有一位摄像师，肩膀上架着一台便携式机器。他所在的位置不会看到手机屏幕，于是我把手机递给利娅。

艾利克斯：我现在路过一家宠物店，看到一只燕尾服猫，我给它起了个名字叫……阿玛尼,或者,叫阿喵尼,如何?

我:停停停停。你和家人把猫怎么了?你不是对猫过敏吗?

艾利克斯:等下。你是说,并不是每个人抱着一团毛茸茸的东西时都会眼睛变痒,喉咙刺痛吗?我觉得我有问题。

我:这叫临床障碍。对猫过敏,还有那个很烂的梗。

艾利克斯:所以你现在在干什么?我回到伦敦了,现在是早上三点,在看一堆超级无聊的报表,吃着辣味奇多。真希望有个人能一起吃。

艾利克斯:比如说,一只猫。

我:天!辣味奇多是我的最爱!

我:这里是早上。我在涂脚指甲——颜色跟你的辣味奇多一样。

我咯咯笑起来,利娅看了一眼信息,翻了个白眼,笑眯眯地说:"你们俩真无聊,当然喽,这是个褒义词。"

又来了一条新消息。

艾利克斯:还有,我想你了。

我:我也是……你有没有看上什么首尔的鞋店,要来逛逛吗?

艾利克斯:我想想办法。能随时随地把你放在口袋里也不错,但是,我想看看三维的你,而不是二维的你(笑脸)。

利娅用小狗的眼神看着我说:"啊!他真爱你。"

我用胳膊肘顶了她,只轻轻顶了一下,不敢用力,生怕一不小心弄脏了脚上的指甲油。

"当然,我是说爸爸,"利娅补充道。"爸爸很爱你。"

我们俩努力忍住笑，但失败了。

导演对摄像师说今天的外景镜头拍够了，宣布收工。摄像师收拾好器材，我和利娅的聊天恢复了往日的轻松。

"对了，你看这是昨天深夜爸爸发来的短信。"我把手机屏幕的内容往下滑给利娅看。

"呃，瑞秋，我不需要知道这么多！"利娅说，装出一副被恶心到的样子，用手捂住耳朵。

我打了她肩膀一下，"我是说真的，我们的爸爸！"

"哦是的啊，他最近总熬夜，"利娅翻了个白眼，"你也知道，爸爸就是这样。一旦开始做事就不知道停。下周不是要开幕吗……"

"开幕？"

"体育馆。"利娅说完，我眨眨眼。

看我一脸疑惑，利娅说："体育馆？爸爸的新工作？我以为他告诉你了。"

等下，什么？爸爸有新工作了？据我所知，不久前爸爸还在朱氏企业（美娜爸爸的公司）做律师。利娅告诉我，爸爸现在为首尔最先进的一家集健身房和水疗中心为一体的综合体育馆处理法律方面的业务。这是一次很好的机会，爸爸可以把法律经验和他的人生挚爱——体育——相结合。我绞尽脑汁，也想不出自己怎么会错过这么重要的消息。

几星期前，爸爸简单说过这件事。不过由于要和手提包制作团队开会，我仓促结束了和爸爸的对话。爸爸提起过他要换工作了吗？他给我发的短信内容也都很普通，像是"在收音机里听到《闪耀》这首歌了！想到我多才多艺的女儿！"后面加一个心形、竖大拇指，或是独角兽表情包。他并没有提新体育馆的事，也没有提到换工作。也许，我从来没有给过他说的机会。想到一忙起来就不回爸爸的短信，或者敷衍回一个"赞"，我的内心一阵愧疚。

"别担心了，"利娅感觉到了我的愧疚，"他知道你有多忙。"

但利娅也很忙。她刚出道不久，生活绝对不比我闲到哪里去。可是，她却知道所有的事。也许这就是和家人一起住的好处吧。一想到如果没有利娅，我也许会跟家人更疏远，我的胃就开始疼。

"帮我照看好爸爸，好吗？"我和利娅又拍了张自拍，发给爸爸看。照片附上大概一百个心形表情包。我跟爸爸说很快会回家一趟。

二十分钟后，脚上的指甲油彻底干了。我打算约利娅一起吃午饭，摘下衣服上的麦克风还给音响师。突然，利娅看了眼手机说："嘿，姐姐……你现在是不是要去排练了？"

"啊？没有啊。为什么？"

她把手机递给我。那是一张 Girls Forever 其他八名女孩的自拍照，做出"比心"的手势，安里站在正中央。标题写着"排练前来张自拍，现在要开始咯！"

等一下。什么？我抢过利娅的手机，把照片放大了看。是的，没错，确实是 DB 的练习室，照片是今天拍的没错。安里的条纹 T 恤和玫瑰金心形吊坠与我早上看到的一模一样。我从没有缺席过任何一次排练。到今天为止，我们已经熟悉到只要走一两遍流程就知道自己该做什么,连排练都很少了。只有在大型演出之前或是学新歌时才会排练。所以,是我错过了排练吗?可如果今天有排练的话,公司不会让我去拍真人秀。

"我给经理打个电话。"说着我掏出了手机。

"你好?"钟硕接了电话。

"嗨,钟硕,我看到大家排练的照片了。今天有排练吗?"

"没有,"他回答说,"正式排练是没有的。一定是她们自己额外增加吧。还有其他事吗?"

"你等一下哦。"我按住手机,用唇语对利娅说:"不是正式排练啦。"

利娅听懂了我的话。"你想去吗?"

虽然我不想去,但一想到其他人背着我在排练,就有点不对劲。可能她们知道我在忙吧。不过直觉告诉我,不止这么简单而已。直觉告诉我应该去。

"我觉得我应该去看看。"我说。可是真人秀怎么办呢?工作人员会杀了我。

"我来处理吧。"利娅似乎读懂了我的心。"一会儿我去跟导演说自己肚子疼,要休息。导演一看就是那种一听到'女人的麻烦事'就头大的人。"说完利娅翻了个白眼,"要多久?一小时?两小时?"

"我不确定要多久。我也不知道发生了什么。"

"记得跟我讲。"

我抱了利娅一下,"谢谢你,利娅。"

"爱你!"利娅笑容灿烂,然后她突然脸色一变,看起来十分痛苦，抓紧腹部。"我开始难受了……"说着，利娅朝导演走去。

啊她真棒。可能是韩剧看多了，演技也精湛了起来。

我赶紧穿上靴子——努力不要蹭到指甲油——又继续和钟硕说起来。"你能来接我，把我载去总部吗？"

钟硕一放我下车，我就冲去练习室。我夺门而入的时候，大家都傻了眼。

"瑞秋，"美娜叉着腰说，"我们以为你把大家忘掉了。"

忘？我怎么会忘记从没有听说过的事。她们告诉过我吗？

"我没有忘，"我认真说道，"我错过了多少？"

"我们刚开始。"永恩说。

"真感恩你能大驾光临，亲临现场啊。"莉齐眯着眼睛说，"既然你有别的更重要的事要忙，希望你以后不要养成迟到的习惯。"

我摇摇头，无视莉齐的嘲讽。

"你知道的，对我来说没有什么比团队更重要。好吧，开始训练吧，不要浪费时间了！"

大家嘟哝了几句之后继续排练。先是发声练习。唱前面几段的时候，我还在找呼吸。不过很快我就能跟上大家，新的和声部分也唱得很好。幸好没有错过排练。结束后，我决定多留一会儿，把一开始错过的练习补上。其他人都离开练习室朝饮料机走去，只有仙姬留了下来。

"不要待太久哦，瑞秋，我们很快就要回家了，跟我们一起走，嗯？"

"我得回去跟利娅继续拍真人秀，"我摇了摇头，"日程很赶。"

"是，我也没想到今天有排练，"仙姬耸了耸肩膀，"今天早上，莉齐说要再练一次，因为和声部分她感觉没唱好。不过现在她唱得很不错。"

我眨了眨眼睛。是莉齐？她可是队伍里唱得最好的人之一，从来没有对自己的声音不自信过……

"但你们不是知道我今天要拍真人秀吗，都安排好了的。"我旁敲侧击着想问出更多的信息。为什么莉齐明知道我没有空，却要坚持排练呢？

"她最近事情也很多。"仙姬又耸了耸肩，"可能她忘了你的节目吧。"

好吧。自从利娅和我开始拍真人秀以来，莉齐从未间断对我的冷嘲热讽。很明显，没能让自己的妹妹也加入公司，莉齐十分不爽。

我朝仙姬挥挥手告别，一边叹气一边整理乐谱。我可不会因为莉齐的妹妹埃丝特没能成为练习生就放弃和利娅的真人秀。我也不会因为永恩没能卖棒棒糖蛋糕就放弃自己的时尚事业，正如我不会期望仙姬因为我没能成为主持人就放弃广播的机会。每个人自己的领域只属于自己。

有人失败，我们不应该取笑她。那么，有人成功，我们也不该暗中作梗。

我走出总部大厅，叫了辆出租车回片场。在车上我想给莉齐发短信。不过，可能当面说更好。我要和她解决这件事。不过，有一件事是肯定的。为了避免这种情况再次出现，我必须比以前更认真。如果这意味着每个早上我都要打电话给经理确定今天没

第十二章

有"额外"增加任何排练，那么我就打。

晚上一回到家，我就迫不及待想钻进被子一觉睡到夏天。利娅太棒了，多亏了她我才能抽出几个小时参加排练。录完真人秀，我又被公司叫去录音室给新专辑试唱。我和利娅试了好几种二人唱。我并没有勇气向公司毛遂自荐——拿出我那天和美娜一起创作的曲子。今晚我们录了一些经典歌曲。说实话，体验并不好。我心里一直想着白天排练的纷争，高层又总是发号自相矛盾的指令——一会儿说我们唱得离原曲太远，调子都跑没了；一会儿又说我们唱得毫无新意。

我蹑手蹑脚走进房间，心想，幸亏昨天洗了衣服，今晚可以穿着干净舒服的睡衣好好睡一觉了。

智允已经睡着了。我打开了床头灯。

"是你吗，瑞秋？"智允睡眼惺忪地问。

"嗯。"

"几点了？你在干什么呢？"

"很晚了，"我轻声说道，"快点睡吧。"

我换上睡衣，小心翼翼打开衣柜，避免发出嘎吱嘎吱的声音。当我把格子运动服挂回去的时候，惊讶地僵住了。

我的巴黎世家皮包不见了。

我总是把包放在衣柜上层，每次打开衣柜都能看到美丽的蓝色皮革。现在，它不见了。衣柜上层有一件不知道是谁的皱巴巴的莫斯奇诺T恤和一盒用了一半的卫生棉条。慌乱中，我跪下来检查衣柜下面的抽屉，看看丝巾和鞋是不是也少了。到底去哪了？我就放在那里的，不会错。

我看了眼智允。她双眼紧闭,但不确定是不是睡着了。

"智允,"我悄悄问,"你知道我的包——"

"搞什么鬼啊,瑞秋?!"智允眨了眨眼睛,愤怒地看了我一眼,"你要非要这么晚回来,拜托不要也把我弄醒。"说完她翻过身,用枕头盖住头。"拜托关灯,行吗?"

这感觉很糟糕。已经过去几个月了,但我知道智允还在为被迫分手的事伤心。那件事带来的耻辱也让她抬不起头。好多次我听见她抱着枕头抽泣的声音——她以为我睡着了。如果我经历同样的事,渴望的也只有充分的睡眠吧。

与此同时,我又想抓住她的肩膀把她摇醒,命令她把包的事一五一十地告诉我。我想冲出房间,敲每个人的房门,把所有灯都打开,直到找到那个小偷。直到她们告诉我为什么要偷我的包,以及,为什么白天要偷偷排练。

但我太累了。身心俱疲。算了,大半夜的,就不要闹了。

我关上灯走了出去。一出去,我就给艾利克斯打电话。这个时候,短信不如一通电话。

拨通后的第二次铃声,艾利克斯接了电话:"嗨?"

"嗨。"我边说边走到走廊,背靠着墙慢慢滑落,一屁股坐了下去。

"发生了什么事吗?"他立刻问。

"你怎么知道发生了什么事情啊?"

"你的声音啊,你听起来就像屹耳[①]一样。"

[①] 动画片《小熊维尼和蜂蜜树》里的角色,一头伤心、自卑、难过的小驴。——译者注

第十二章

这话让我略微笑了笑。我把今天排练的事和皮包被偷的事都告诉了艾利克斯。说着说着,我的喉咙开始哽咽,眼睛也湿润了。我有点尴尬。

"对不起。"我开始抽泣。"感觉所有事都一起冲我来。我承受不住了。排练、录真人秀、做自己的品牌,所有这些事都太辛苦了。我一直在抱怨,这也让我感觉很糟糕。本来这些都是很棒的事……我感觉自己失控了。累了一天我只想好好休息,充充电,可是,我和其他八个人同住,睡个好觉也不是那么容易。我好想家,好想我的家人。我都想不起来上次回家是什么时候了,虽然我们都住在同一个城市。"我深吸了一口气,擦了擦眼泪。"对不起,我说得太多了。"

"首先,你不需要为自己的感受而道歉。"艾利克斯开了口。

"其次,你说得没错。确实事情太多了。我能说句话吗?有人拿走你的皮包,这不是一件小事。有人故意让你看起来好像在偷懒,这也不是一件小事。对方越界了,瑞秋。"

是啊,艾利克斯说得没错。这是越界。我又想起卡莉·马特森的话。这还是斗嘴吗?是不是已经变成恶意了。她们是无心的吗,或者是故意的呢?

"会好的,"我说,"可能都是一个人干的。"我心里的答案是莉齐。她一直都看我不顺眼,可能比美娜还要讨厌我。美娜虽然也很无情,但那是因为她对自己和别人的要求都很高。至于莉齐,这就是她的本性。

"不是所有人都这样,"我告诉艾利克斯,"等我查出来是谁干的,跟她聊一聊就好了。"

"你确定吗？"

"嗯。"我回答，但内心并不十分肯定。

"你今晚要干吗？"他问。

这是个好问题。今晚要干吗呢？

我的脑子简直被轰炸了。任何事都想不明白。"给我一些备选好吗？"我虚弱地问。

"当然，"他温柔地说，"A，像龙卷风一样把所有人都叫起来盘问一遍"——听到这句我虚弱地笑了。"B，爬回床不去听智允打呼噜的声音。C，去酒店开间房，好好睡一觉。"

"谢谢，"我轻柔回答他，"我选 C。"

"很好。我刚给你在柏悦酒店订了房间。"他似乎是微笑着说完这句。

"你怎么这么了解我啊。"即使经历了这些糟糕的事情，我发现自己还能笑得出来。他很了解我。

也许，比任何人都了解我。

想到这里，我有点害怕。我和艾利克斯的关系进展太快了。说实话，可能由于我们大部分互动都是通过文字和电话，因此能迅速拉近距离。因为不用见面，所以我不需要担心早上的发型是否美观，也不需要考虑看电影吃爆米花时我是不是该多分点给他。我可以充分做自己，不用考虑太多。躲在手机屏幕背后，你可以把自己的脆弱毫无保留地展现出来。现在，我坐在漆黑的客厅里，睫毛膏花了，流着鼻涕，却感到很安全。我爱他。

等一下。什么？

怎么会蹦出来这么一句？我的大脑开始不听使唤，一遍遍唱：

"我爱他,我爱他,我爱他……"可是这并不是我的本意。我不能爱他。

我能吗?我们只认识两个月而已。我做美甲的时间都比这长。

在我说出那三个字之前必须挂掉电话。无论如何不能说出口。于是,我说完感谢的话,就挂了电话。我努力让自己怦怦跳的心平静下来,悄悄回了房间,拿上汗衫和运动鞋,把短裤塞进大包里,又拿上洗漱用品,走出了家门。

办好入住后我洗了个澡。躺在床上时,我已筋疲力尽。像死了一样。正准备关灯睡觉,手机来了消息。

艾利克斯:一切顺利?

我:都弄好了,就要睡了。真希望能当面谢谢你。对了,你为什么要住在香港来着?

艾利克斯:表面的原因是——香港是亚洲金融中心。真实的原因是——这里有家牛餐厅,里面的牛尾汤真是一绝,为了它我可以做任何事,住在火星上也可以。

我:好吧,既然你这么说……

艾利克斯:可不要轻易相信我的话。自己来看看呗?连卡佛说想跟你谈谈关于设专柜的事。你五月有空吗?第二周可以来吗?

我几乎从床上跳了下来,乱蹦乱跳,想要大叫。重大突破。目前为止只有一家韩国百货商店同意合作。我从来没奢求过自己的设计能打入国际市场。比起这个,能见到艾利克斯更是令人期待。去看看他所居住的城市,甚至和他的朋友们见见面。以前我们只在第三方城市见过面,不管是新加坡还是巴黎,我们俩都是旅客而已。可现在不同了。能在艾利克斯的地盘上与他共度时光，这是关系朝前迈了一大步。我虽然兴奋极了，但内心有一丝恐惧。

　　深呼吸，瑞秋。吸气，呼气。

　　我坐回了床上，告诫自己，这很危险。香港的狗仔队可是臭名昭著。可如果解释说这趟旅行只是为了商业谈判，那么就算被拍到照片，也说得通……

　　冷静了一会儿，我回复他：

　　我：我看看日程，看下有没有空。

　　我：对了，准备好辣味奇多等我哦！

第十三章

没错,我们不是亲姐妹,
但某种程度而言,
我们确实也是家人。

到处都是亮片。到处都是。为了六月那场多个女团的演唱会，我们正忙着试演出服。那场演唱会我们将要首发新曲《深夜棱镜》。演出服是为了"棱镜"主题而定，造型酷炫。一开始所有人都穿上油亮紧身的黑色礼服，然后到大合唱时，每个人解开侧面的扣子把黑裙子脱下，露出里面闪闪发光的迷你裙。裙子上钉满亮片，像彩虹一样五颜六色，绚丽夺目，寓意喜悦和色彩从最黑暗的夜晚中迸发。

造型师给我套上紫色无肩带迷你裙。我在全身镜里打量了一下自己。亮片有点儿松，我一动就洒得满地都是。未来好几天估计我会在各种地方发现掉落的紫色亮片。右边，裁缝正在给莉齐量腰围，调整水蓝色亮片裙的尺寸。从昨天起，我一直想着临时排练的事，想找莉齐谈谈，但不知该如何开口。另一件让我绞尽脑汁的事是我和艾利克斯的关系。我还没弄清自己的心意，不过我决定暂时不去想它。眼前，一位七十五岁高龄的女裁缝把一块闪闪发光的布料别在我胸部的衣服上。量完尺寸后，我终于能换回自己的衣服了。不过，换衣服前我要趁机跟莉齐聊聊。

"嘿，莉齐？"

她转过身来。腰部的别针戳了她一下,她蹙了蹙眉头。

"嗯,嘿,"我有点尴尬,"埃丝特怎么样啦?你们姐妹关系很亲密,对吧。不能和妹妹近距离相处,你一定不好受吧。"我打算聊排练的事之前先聊点别的。也许,莉齐真是觉得和声部分没练好呢?就算她是故意的,我最好开门见山,不要再去提已经发生过的事。

莉齐看着我:"这你也懂吗?"我点了点头。"真是好笑,"她说,"你不是跟你妹妹在拍真人秀嘛,我以为你们每天超过十四个小时都黏在一起呢。"

见鬼。她说得没错。我只好原路返回,不再说下去。我只能说是啊,没错,我跟利娅真是太幸运了。莉齐说:"要么你再滚远一点?练习生的时候你不是拒绝搬来宿舍吗,不是要和妹妹天天见面吗?"

难以置信。原来从那时起莉齐就对我暗暗不爽了。不过,她没有说错。我双颊涨得通红,为自己的理所当然感到羞愧——确实,我和妹妹的相处时间是多么宝贵,其他人想都不敢想。我本以为自己和莉齐在这个话题上能产生共鸣,没想到自取其辱了——事实上,我比她幸运得多。

我张开嘴,刚想要道歉,莉齐就怒气冲冲地问正在量尺寸的裁缝:"弄完了没有啊?"得到肯定的答复后,她转身就离开了。

"她父母正在闹离婚呢,"秀敏穿着橙色裙子走到我身后,"她妹妹很伤心。"我立刻扭头去找莉齐的身影,此时她和恩地坐在沙发上。我不知道该怎么办。她为什么没跟我说?回想过去的一个月来,每次拍摄结束后我都喋喋不休说起和利娅相处的事,还说要是节目播出，父母一定很骄傲之类的话。我觉得自己就是个傻子。

"给她点空间就好了，不会有事的。"秀敏说。

我很想立刻跟莉齐道歉，不过我听从了秀敏的建议。也许她需要一个人静一静。

这时，永恩从化妆椅上叫了起来。她翻着手中的杂志说，"嘿！快看，"一边说一边把杂志给每个人看，"《每日娱乐》粉丝调查显示 Girls Forever 投票结果为 86%。"所有人都凑了上来。

仙姬皱着眉头说："86%？还不到 B+ 吧。"

"又不是考试，傻瓜。"美娜翻着白眼说，从永恩手里把杂志抢了过来。"一共有超过二十个女团，第二名只有 9% 的投票。"

"哈！Butterscotch 真可怜。"永恩从美娜后面伸着头，插嘴说道。

"其他团队的投票还不到 1%。我们赢了，压倒性的优势。"说完，美娜得意扬扬地把杂志扔给了我。

我快速往下扫，找了半天终于看到明里所在的 TeenValentine 组合。她们的投票结果只有 0.03%。少得可怜。我把杂志给了秀敏。或许这只是无聊的粉丝投票，不过公司可不这么想。除了我们，DB 旗下其他八个女团都入了前十。明里所在的 JVC 旗下只有四个女团，排名全在最后几位。我能想象未来几天里，公司不会给她们好脸色看。好想给明里发一条短信安慰她，可是五年来我们的友情已经破灭，我连她的手机号也没有了。

"'我喜欢 Girls Forever 的原因是莉齐那超绝的舞姿——来自墨尔本的克莱尔说道，'"秀敏大声朗读杂志的内容。"'以前我没有粉她，现在我改变主意了。她就是我的"本命"！对不起，恩地！'"

恩地用手肘戳了戳莉齐的肋骨，莉齐咧嘴笑了："别担心，恩地，大家都夸你美。"说完，她打趣地拍了拍恩地的屁股。

恩地笑了。永恩这时说："你的银发染得真好看，很性感，就像卡丽熙①。"

上次给 *Vogue* 拍照时，恩地把头发染成了银铂色。老实说，看到她我有点嫉妒——那本是属于我的机会。但是与莉齐的一番对话又提醒了我，要珍惜自己所拥有的一切，不要总去想失去的机会。

虽然我还在为被偷的皮包愤愤不平，与莉齐的对话令我突然从另一个角度来看待整件事（柏悦酒店那可调节温度的竹席也起了很大作用——给了我一夜好觉）。我不再像一开始那么崩溃了。没有人知道那个包对我而言多么重要。她们怎么会知道呢？在她们看来，那不过是粉丝随便送的礼物而已。我也没有解释过任何事。有可能是谁擅自借走了包。反正，这也不是第一次了。

可是……我还是想知道包在哪儿……我清了清嗓子，语气平静地说："各位，有人看见我的巴黎世家皮包了吗？它不见了。"

"是粉丝送给你的那个蓝色包吗？"安里弄了弄黄色迷你裙的袖子，一边问一边穿上一双普拉达恨天高防水台高跟鞋。"我没看到耶。"

我犹豫了一下，想和她们坦白那个包的重要性。那不是什么

---

① 《冰与火之歌》里的女性人物，以一头银发为标志。——译者注

粉丝礼物,而是一个很重要的人送给我的特殊礼物。不过我和艾利克斯的关系太珍贵了——刚处于萌芽阶段,我们俩甚至都还没确定关系——我不想让其他人掺和进来。如果我说出自己与艾利克斯的关系,如果我习惯于"和他在一起"这件事,整个宇宙都会反对我们俩的。想到几周后我要去香港与他见面,这种恐惧让我不寒而栗。一想到后果,我就不敢多想。

其他人都摇摇头否认。"你不是带去巴黎了吗?"恩地问。"是不是丢在机场了。"

我心里涌起一阵失望。从巴黎回来后,那个包我至少背了三次。我知道大家都看见了的。恩地两天前还夸包的流苏拉链很好看。包一定被谁拿走了。

总不可能是包自己长了腿,离家出走了吧。我想到卡莉的话——那句"斗嘴并不意味着恶意"的话。昨晚,我感受到深深的恶意。不过此刻我想,包也许只是被拿去用了。现在我提出来这件事,那个人不好意思在众人面前承认罢了。

艾利克斯说,什么都比不上心理健康重要。他说得没错。换作是利娅拿了我的东西,我绝不会发飙。那么,对她们我为什么做不到呢?没错,我们不是亲姐妹,但某种程度而言,我们确实也是家人。我和利娅不会争吵,这一点很特殊。很大程度上这源于我们的年龄差。由于年纪差别太大,我和利娅几乎吵不起来,不会妨碍彼此的空间,不会因为朋友或男孩而心生嫉妒。如果我和利娅年纪相仿的话,一定也会有争吵。这太正常了。姐妹之间就是这样。斗嘴而已,不是恶意。

"好吧,"我深吸一口气,"如果有人看到了,告诉我一下,我会很感激的。"

"好。"莉齐说着把水蓝色裙子挂在衣柜里,换上巴尔曼牛仔裤。

"会的。"永恩说。

好吧,这样就够了。我脱下紫色迷你裙,换上白色羊毛衫和黑色迷你裙,又蹭掉了许多紫色亮片。今天一大早我就离开酒店,趁所有人还没睡醒就回去了。当大家都睡眼惺忪走进厨房拿燕麦片当早餐的时候,我已经换好衣服可以出发了。

正当我们离开试衣间时,经理走了进来。她朝我开口:"瑞秋?卢先生在办公室。他想和你聊一聊。"

"噢噢噢噢!"智允夸张地喊,好像我要去见公司大老板一样。"有人……有麻烦了。"她都快唱了出来。

我翻了个白眼,心里一阵紧张。我有麻烦了吗?

卢先生改变主意,不让我做时尚了吗?

可能是我想多了。上次见到卢先生,他提到的可是真人秀的机会。不过这次,也许是好坏二选一。

"我就来。"说完,经理点了点头离开了。我迅速换好衣服,离开了试衣间。想知道答案,只有一种办法。

一走进卢先生的办公室,我就知道事情不妙。

大事不妙。

卢先生神情冷漠。韩先生在他左右踱着步,双手紧扣在后腰。我走进办公室时,韩先生停下了脚步。

"您好,卢先生,韩先生。"我鞠躬说道。

第十三章

"坐下吧。"卢先生的语气和脸色一样冷漠。

我照做,双手合十放在大腿上。一阵折磨人的沉默。气氛紧张,我感觉自己的肩膀开始打结。韩先生先开了口。

"你昨晚是不是去酒店住了一晚?"

我眨了眨眼睛。没想到是这句。"是的。"我缓缓说。

"柏悦酒店的前台把消息卖给了《揭露》,"韩先生说,"现在传闻说你去见地下男友了。"

我的心几乎跳到了嗓子眼里。不过我努力不表现出惊讶。这话从韩先生嘴里说出来比从卢先生嘴里更糟糕。一直以来,我都把韩先生看作同辈,而不是高层。说这话时,韩先生失去了平日的和蔼友善。他的嘴唇和眼神流露出冷漠和严苛。卢先生依旧没有说话。他坐在那里,像一只老鹰一样观察着我,没有流露任何感情色彩,让人捉摸不透。一瞬间,我与他展开了心灵博弈。我努力表现出震惊,而没有流露出任何"被抓到"的意外。我完全可以矢口否认的。我可以毫不犹豫地说,我没去酒店见什么地下男友。毕竟,艾利克斯并不是我的男友。我们从来没有称呼彼此为男女朋友。上回小报记者没有拍到智允和男友的亲密照,于是公司就可以否认恋情。不过,这有点像是狡辩。

"太荒谬,"我故作镇定,"全程只有我一个人。昨晚结束录音实在是太晚了,我不想打扰大家,所以就去酒店睡了。"也许我没有说出全部事实,不过关键信息我都说出来了。昨晚离开录音室时确实很晚。韩先生和卢先生肯定知道的——他们昨晚也在那里,直到夜里两点。至于包不见了我感到难过的事,他们不需要知道这么多。

卢先生的眼睛一直在盯着我,盘算些什么。我逼着自己忍下去。终于,他开口了。

"也许你没有撒谎。但你应该了解这种消息一旦传出去意味着什么。"他冷冷说道。"你在这行也待了不少日子了,也知道游戏规则是什么。你的所作所为自私又鲁莽。"

我低下头看着自己的腿。他没有说错。我确实明白这行的规则。我想到了艾利克斯。我只是在酒店住了一晚,可狗仔已经捕风捉影、捏造所谓的地下男友。那么我和艾利克斯见面被拍到的话,该怎么办?如果我们在香港被拍到的话,就会有麻烦了。想到智允被迫分手的事,我不敢想象。如果被狗仔拍到和艾利克斯单独在一起——尽管只是单纯的朋友聚餐——那就是我们关系的终点。这不仅会给我个人带来灾难,团队和公司都会蒙受损失。我想起粉丝投票的事。没错,我们是全国最受欢迎的女团。粉丝对我们要求甚高,我们也从没有让粉丝失望过。我不能让任何人失望,不管是队友、公司还是粉丝们。"对不起,卢先生,"我看着卢先生的脸,双颊因羞愧而涨得通红:"不会再有这种事。我保证。"

他点点头,结束了谈话。"我们对你的期望可不止这些,瑞秋。今天只不过是小小的警告,但你要知道,这种行为公司是不允许的。明白了吗?"

"是的,卢先生。"

"你可以出去了。"

我起身准备离开,突然想起昨晚的事。"对了,卢先生,我想应该跟您报告这件事。香港的连卡佛愿意跟我合作。几周后我希望可以飞去香港处理业务。您同意的话，可以帮我安排日程吗？"

卢先生扬起眉毛。看得出来，他有些意外。至少在时尚方面我没有给公司丢脸，我松了一口气。

"看起来没有什么问题，"他说。"你对时尚是认真的，我很高兴。"

我自豪地笑了："谢谢您，卢先生。"说完我深深鞠了一躬。

"对了，瑞秋，不要忘了，"我正打算离开，卢先生又开了口。我停下脚步转过头去。"不要忘了，所有人都对你期望很高。不要让大家失望。"

第十四章

有他在我身边，
我确实感到无所畏惧。

"不要让我们失望。"

接下来的几周里,这句话一直盘旋在我脑海里。四月的风仍有些寒意,还要穿夹克。不过很快五月就来临了。五月是首尔最美的季节之一,蓓蕾绽放,生机盎然。我充满设计灵感。印花!淡雅的浅色!泡泡纱!

尽管对香港之行充满期待,我心里仍有一丝隐隐的担忧。连卡佛的合作非常重要,我不能搞砸。在飞往香港的三个半小时里,我一直在写记忆卡片,准备要讲的内容。飞机降落在香港国际机场,艾利克斯已经在那里等候了。他开了车来,预计很快就能离开。由于他不是名人,所以没想到要躲避媒体或粉丝。不过,艾利克斯来前告诉过我他已经"做好了一切准备"。我戴一副超大墨镜和普通的棒球帽,帽檐压得低低的。目前为止,一切顺利。不过,为了万无一失,艾利克斯把车停在了长时间停车场。着陆后,他在车里给我发短信,告诉我车的位置。我在前排就座。坐下后我把眼镜往下拉,朝后视镜看了一眼。

"安全吗?"

"应该没问题。"说完,艾利克斯朝我露出了笑容。"嗨。"

"嗨。"我也笑了。他的身子越过中控屏，我们接了吻。我感受到此时的气场……

"有个东西要给你。"说着艾利克斯打开了储物箱。

那是一袋辣味奇多，上面贴着一个蝴蝶结。

我爆笑。把头伸过去吻了他。

"哇，服务太棒了。会给你好评的，司机先生。"

我笑得合不拢嘴。虽然此时帽子掉了下去，但是，有谁在意呢？

我希望接下来的周末我们俩就待在这里好了。在这个漆黑的停车场里。

车子驶出停车场，开往市区。

突然，我在后视镜里看到一个影子。抵达大厅前有一片乘客接送区，我们的车子要绕过那片区域才能离开。大门附近有些等候的人群，此刻他们朝我们后面那辆面包车跑去。我看见一个人从行李包里掏出了相机。

我的天。这怎么可能？他们是什么魔术师吗？"艾利克斯！有潜伏的狗仔！"我慌了神。"是来拍别人的吧？"

"哦，该死，"艾利克斯说，"不值得冒险。系好安全带，瑞秋！路很颠簸。"我手忙脚乱地摸到安全带，艾利克斯把车子开出去。

让我惊恐万分的是，那辆面包车立刻跟着我们一起出动，避开其他车紧紧跟着我们不放。

"糟了，糟了，糟了！他们在跟踪我们！"

艾利克斯踩下油门。车子开始加速。

我们穿越大街小巷，引来一片抗议的喇叭声。我的心开始狂跳。

"不要怕,我车技一流。"他说。

我扭过头,发现那辆面包车还在紧紧跟着。

"他们越来越接近我们了!"

艾利克斯划开触摸屏,打了个电话。对方立刻接听。

"艾利克斯?"对方问。

"嘿,丹尼尔,你能看见什么情况吗?"

"嗯,看到了。"

"是谁啊?"我问。

"我哥们儿。他跟我一起来机场,不过是开自己的车。为了以防万一。看到了吗?后面那辆红色本田?"

我全部精力都放在面包车上,没有注意到有辆红色本田一路尾随。和狗仔的面包车相比,它离我们更近。不过两辆车几乎是肩并肩。

"要开始了吗?"丹尼尔问。

"开始吧!"艾利克斯答道。"瑞秋,抓紧了。"

艾利克斯挂了电话——开下高速,驶入城市道路。丹尼尔紧跟在后,再往后是狗仔队的车。没有人遵守交通规则。我抓紧扶手,心跳加速,额头直冒汗。这一切过于恐怖,但肾上腺素飙升给我带来一丝刺激的快感。如果能活着出去,我要告诉利娅这场高速飙车有多刺激。

一个紧急的左转弯,车子开入窄窄的小巷。丹尼尔也跟了进来,后面的狗仔队紧追不舍。巷子越来越窄,看起来已经没有路可走。天哪。天哪。我们要被逮到了。

突然，丹尼尔一个急刹车，车子滑行了一阵在巷子中间停了下来。后面的面包车几乎是撞了上去。丹尼尔的车夹在中间。巷子太窄，没有办法绕行，面包车只好往后倒出小巷。很快，我们就开出了小巷，成功逃脱了。我从后视镜看到狗仔从后门下车，用手猛捶引擎盖。

我和艾利克斯为了胜利而尖叫欢呼。

"真不敢相信刚刚发生的一切！"我惊呼。这就是艾利克斯所说的"做好了一切准备"。

"都说了，我车技一流，"他一边大笑一边用手拍打方向盘，松了一口气，"噗。可太有趣了。"

车子开得越来越远，我的心跳慢慢恢复正常。我用手捂着胸口感受心跳，转过身看着艾利克斯。"你说过我们可以排除万难，说的就是这个吧。"

他笑着说："没错。我们排除万难，对付世界上所有的敌人，瑞秋。你，我，还有我们的好朋友丹尼尔，就这样。"

我笑了。我们俩对抗这个世界。有他在我身边，我确实感到无所畏惧。

高速公路飙车，等等一切。

艾利克斯邀请我留宿，不过我订了四季酒店的客房——这样更安全，防止狗仔跟拍或偷袭。那场高速公路飙车让我意识到，全程必须保持低调。虽然我很想和艾利克斯手牵手逛街市，但是周末待在他的公寓里翻翻书架、调侃他的麦片盒子的颜色已经让我心满意足。公寓和酒店之间的这段路丹尼尔可帮了大忙。他帮

第十四章

忙盯梢,防止狗仔跟拍,还说我们要是发现狗仔就叫他过来引开视线。

丹尼尔的义气让人钦佩。不过他所谓"引开视线"的工具是新年派对用剩下的烟花棒。艾利克斯说:"007,够了。"从艾利克斯的语气里我知道这不是他第一次制止丹尼尔。后来我听说了他们之间的故事。他俩因为大学时期一次失败的恶作剧而结下了终身友谊。故事里有一只邪恶的兔子、一架价值连城的小提琴和一位法学院入学考试辅导老师。

星期天晚上,我们在艾利克斯家试着煮牛尾汤。去牛餐厅吃饭太冒险了,我们决定在家做。突然,艾利克斯说了句粗口,跑了出去。

"怎么了?我搞砸了?"我立刻从炉子上弹开。我说过自己厨艺不佳,不过他还是把煎牛肉和蔬菜的任务交给了我。

"不是,不是那样。我忘了晚上要和家人视频,今天是奶奶生日!"艾利克斯在客厅朝我喊道。我把炉火关小,走去客厅,看到艾利克斯抱着笔记本电脑在沙发上坐好。他看了眼屏幕上的时间。

"啊,很好,"他说,"我们只迟到了五分钟而已。"

"我们?"我犹豫着,坐在他身旁,"你要让我和你的家人见面吗?"

"当然咯!"他一边登录电脑一边说。突然,他的手指停住,把脸转向我:"不过,如果你感觉不舒服的话就算了,没事的,我理解。"我笑了,亲了亲他的脸颊。"你信任他们的话,我也一样。"

艾利克斯给家人拨视频电话时,我开始紧张。我从来没有见过前男友的家人,除了上次在加拿大意外遇到杰森那三个热情洋溢的阿姨。不过那次并不是正式见面。我把头发顺到耳后，理了理白色 T 恤——上面还溅上了番茄酱——真希望有时间能穿得更正式些。

艾利克斯的奶奶、父母和哥哥们一一出现在镜头前。另外还有一大堆人，看起来像是他的叔叔婶婶还有表亲之类的家人。

我僵住了。他说要见见家人，可没想到是这样一大家子亲戚。我完全信任艾利克斯，也愿意信任他的家人。但是作为偶像，我心中的警铃开始哔哔作响。要是有人截图卖给《揭露》杂志怎么办？要是有人把合照传到 Instagram 上然后被网友发现了怎么办？要是？要是？要是？

"奶奶！"艾利克斯说，"生日快乐！"

艾利克斯的奶奶笑起来的样子和孙子一模一样。她眯着眼睛，露出酒窝，开心地朝镜头挥手："艾利克斯！看到你太好啦！"镜头里我看见她三只猫中的两只在她的大腿上走来走去。从体形来判断，灰色的猫应该是胖子多米诺。

"抱歉，我来迟啦。"艾利克斯清了清嗓子，朝我看了一眼，对着镜头说："各位，这是我女朋友瑞秋。"

女朋友？

房间一瞬间变得燥热起来。似乎我就站在煤气炉前，锅里的热气朝我迎面扑来。他从来没有用这个词形容过我。至少在我面前从来没有提过。过去的几个月以来，我们十分亲密，我也很喜欢他，不过用这样一个词来定义我们的关系，我还是难以接受。本来我不确定这么做对不对，现在我一下子清醒了。这么做是不对的。偶像不能谈恋爱。

第十四章

艾利克斯看着我。我感觉他的家人都在等着我的回答。

"大家好,"我朝镜头点点头,"很高兴见到大家。奶奶,生日快乐。"我的心在胸腔里狂跳。我盯着屏幕,找出视频中的家族小辈们,看见几位年轻成员在窃窃私语,用手肘戳着彼此。角落里有人低声说:"Girls Forever!"——那是个看起来约莫十岁、扎着马尾辫的小女孩。她坐在妈妈的大腿上。有人发现麦克风没有关,于是赶紧调到静音模式。好吧。秘密被发现了。

"瑞秋,你好!"艾利克斯的妈妈开口说话了。我暂时忘记了那几个小粉丝。艾利克斯给我看过家族照片,我一眼就认出了他的妈妈。她看起来平和安详,尽管隔着屏幕,一看到她,我油然而生一股安全感。"艾利克斯跟我说了很多关于你的事。恭喜你的设计成功了!"

我低头道谢:"谢谢您,艾利克斯帮了我很多。"

"嗨,嗨,我迟到啦,对不起,生日快乐,妈妈!"一个身材魁梧的男人出现了。他一头乱发,衬衫随意解开,镜头一阵晃动。我看见有人翻了翻白眼。从男人那凌乱的容貌来看,他应该是经常迟到。

艾利克斯轻声说:"这是我叔叔,休。"

"工作太痛苦了,所有人都忙着合并收购,好像这都已经过时了。"休絮絮叨叨,语气激烈,"对了,我错过了什么吗?"

大家都顿了一下。艾利克斯的妈妈开口说:"刚刚艾利克斯给大家介绍他的女朋友呢。她是瑞秋。"

"哦,太棒了。你在哪里呀,瑞秋?我要按哪个键才能看到所有人啊?"

"切换成画廊模式,叔叔。"扎马尾辫的女孩说。

艾利克斯在我旁边窃窃偷笑,我也没忍住,笑了出来。"嗨,我在这里!见到您很高兴,权先生。"

"啊,看到你了。见到你很高兴。瑞秋,你是做哪一行的?跟我侄子一样也是做金融行业吗?"

所有人又顿了一顿,流露出不可置信的神情。扎马尾辫的女孩看起来被冒犯到了。

"唔,我是个歌手。"我犹豫了一下说道。

"哦,很棒啊。祝你好运,娱乐圈可不好进。我以前有个同学,都四十五岁了还在一家咖啡馆驻唱呢。说真的,太可怜了。哦,诺拉,我听说你上周末的足球比赛很恐怖!"

于是话题转到了诺拉和杰里米身上。他们是艾利克斯的表弟和表妹,只有十岁,是一对龙凤胎,住在西雅图。他们轮流给奶奶看了足球比赛的奖杯和新球鞋。在接下来的三十分钟里,我努力让自己放松,不过"女朋友"三个字让我神经紧绷。

最终,奶奶宣布——名叫埃尔维斯的猫要打胰岛素了——视频到此结束。艾利克斯关了视频,转向我,轻轻握住我的手。

"怎么样?希望不会太难熬,"他说,"我保证没有人会录音或偷拍。妈妈事前跟所有人都说过了,大家都答应了。呃,除了休叔叔以外。不过你放心,应该没事的。"

我摇了摇头,笑了。"我不担心啦。"

这句话是真心的。我全程都因"女朋友"三个字而隐隐担忧。尽管我十分紧张,但能看出来他的家人十分善良礼貌。艾利克斯的奶奶、妈妈甚至是小诺拉都不可能出卖我。"你的家人都很棒。"

我对艾利克斯说。

他笑了:"是啊,他们确实很棒。"望着他的眼睛,我有点迷失。想到未来参加权氏家族聚会,想到我的妈妈和他的妈妈会合得来,又想到诺拉见到利娅能有多高兴……成为艾利克斯的女朋友,真的不可以吗?称呼他为"男朋友",带他见爸爸……

扑哧!扑哧!

炉子响了。牛尾汤煮好了。瞬间,我的快乐幻想也结束了。卢先生说过,"不要让我们失望"。我又想起姜吉娜和智允。她们跟随自己的心意,最后结果是开除和被迫分手。

我想出去。我的脑子一片混乱。我要思考和连卡佛的面试,而不是陷入幻想。只要我还是偶像,就不可能谈恋爱。

我从沙发上跳下去,从餐厅椅背上拿起夹克,环顾四周,找我的包。

"嘿,你要去哪儿?"艾利克斯站在门廊,皱着眉头,一脸困惑,"你不想尝尝自己的劳动成果吗?"

"已经很晚了。"我故意不看他的眼睛。放弃和艾利克斯计划好的夜晚,这让我难过。不过这才是安全的做法。我不能分心,工作第一。"明天的会议要准备很多内容,晚饭我就叫客房服务好了。"终于,我看见包了——它挂在公寓门把手上。我走过去,背上了包。"明天见?"

"好啊。"艾利克斯说,神情有点失落。

"好,那明天见!"

我推开门走了出去。在楼道里,我听见艾利克斯说了句:"拜?"

第十五章

我很想让他见见我的家人，了解我成为偶像以前的人生。

在 DB 做练习生的第一年，我就见到了公司高层。那时我只有十一岁，紧张极了。见面结束后我松开了全程握紧的拳头——手心因攥得太紧而攥出了月牙形纹路。月牙印到第二天也没有消散。直到今天，每次见公司高层我还是会紧张。不过，我已经熟悉每个人的风格。韩先生是最平易近人的一位，不过这并不意味着你可以放肆。沈小姐眼神犀利，不过她做事公正。林先生非常固执，不过从不吝惜赞美。

可是，时尚界呢？我一点谱都没有。

秘书从电脑屏幕上抬头看我："如果您改变主意，想喝茶或者咖啡，随时告诉我。"

"谢谢，不用了。"早上在酒店大堂的咖啡馆我摄取太多咖啡因了。我和艾利克斯一大早就开始演练要讲的内容。

虽然他没提昨晚的事，但我对提前离开还是心存愧疚。我问，牛尾汤好喝吗？艾利克斯挤出一个勉强的笑容："很好喝，真希望你也能尝尝。"

我们点了冰咖啡（今天精心准备的衣服可不能弄脏了——有吸管更保险），艾利克斯一直用我准备好的卡片来考我。时间到了。

我们走进闪闪发光的玻璃大楼时,艾利克斯说:"好好表现。我在酒店等你。"

"你不一起来吗?"我惊讶地问。我以为艾利克斯会全程陪我,在一旁给我打气。

"不,我只是牵线搭桥而已。我把你们凑到一起,任务就完成啦。"他自信地笑笑,"记住,瑞秋,这是你的创意。没有人比你更了解你的作品。你没问题的。"轻轻吻了我一下,艾利克斯就离开了。

等候期间我看了眼手表——会议本该二十分钟前就开始的。终于,秘书带我走入一间光亮的会议室。落地窗外是维多利亚港湾。一位身穿时髦西装的女士坐在红木桌上。她黑色的头发在脑后梳成一个低马尾。见到我,她站起来朝我伸出手:"你应该就是金瑞秋吧。我是西莉斯特·阮,香港连卡佛资深采购。很高兴见到你。"

我笑着与她握手。糟糕,我慌了。我本以为今天要见的人是职位更低一些的助理采购理查德。我事前做的背景调查全以他为主——他的职业生涯高光时刻被我记在一张张卡片上——我花了整晚背诵所有内容。我知道理查德喜欢菱格包,极度讨厌浅黄色,认为这种颜色应该被逐出时尚界。我对西莉斯特一无所知。

"理查德临时有急事,我代替他开会。"她解释道。

"很棒,"我保持笑容,"不是说临时有事很棒,而是……"我渐渐不再说话,挤出僵硬的笑容。冷静,瑞秋。

"所以,金瑞秋。你的简历很出色,我是说作为 Girls Forever

的一员。"西莉斯特说。

从她的表情和语气里我读不出任何情感。她是我们的粉丝吗？她讨厌我们吗？是不是开会前五分钟她才去搜了搜我是谁？

"我们以前也卖过明星的作品。"她继续说。

"你知道王氏姐妹吗？"

我点点头。克莉斯蒂·王是位女演员，曾出演多部风靡亚洲的电影。米歇尔·王不是演员，但嫁给了一位著名男演员——虽然他们没有正式办结婚手续。在电视采访中，米歇尔对主持人说，自己虽然很爱伴侣，但不会结婚。她不愿被婚姻束缚，"丈夫"和"妻子"这两个词蕴含的意思太丰富和深奥。这让我想起自己被称作"艾利克斯的女朋友"时内心的感受。我喜欢这个身份所代表的感情，但作为偶像歌手，这个词是我难以承受的。

"与她们的合作差不多就是这样。"西莉斯特说。我这才意识到，自己的脑子开了小差，一个字也没听进去。

"太棒了。"我答。

她扬了扬眉毛，看着我："很棒？克莉斯蒂跟米歇尔大闹一场，我们要推出系列时她们临时叫停，你觉得这很棒？"

我的胃沉了下去。"我不是这个意思，当然。"我赶紧补充说，"我的意思是，你们的经验如此丰富，足以应对各种突发状况。这真的很棒。我完全可以信任你们。"

说完这话，我突然意识到自己不是在向对方推销产品，而是以面试官的口吻在考对方。

西莉斯特就着我的话说："那不算什么。她们的系列只有九件单品——我从来没见过单品这么少的系列。虽然克莉斯蒂最后取消合作，但我很震惊她们怎么能这么敷衍——单品也太少了。"

我喉咙哽咽，咽了咽口水。我的单品数量还不到九件——只有六件。这会成为障碍吗？突然，我意识到自己对品牌的要求一无所知。"六"听起来是个不错的数字，而我想做的包是点睛单品。我应该提前做好功课的。

西莉斯特十指交叉问："所以，是什么让你想要进军时尚界？"

"我从小就热爱时尚……"我一点点解释自己的心路历程，渐渐放松了下来。关于这部分的内容，我不需要任何准备。"虽然我的职业是歌手，但我不仅是歌手和舞者。我是位艺人，衣着搭配是我专业的一部分，它至关重要。"

西莉斯特点点头："让我看看你的产品清单和样品吧。"

我给她展示了几个皮包样品，介绍了我的构思理念。说到色彩选择，我向她解释这些大胆又独特的色彩如何相辅相成。因为讲过太多次，这些话我早已熟记在心。

说到以我练习生时期的生活为灵感素材的包时，我告诉西莉斯特这只皮包的背带是可拆卸的，用途广泛。

西莉斯特顿了一下，手摸皮带问我："很不错。我可以看看其他样品吗？"

"目前只有六个。"我犹豫着说。

她皱了皱眉头："这样啊。"

我应该提前做好功课的。

"我的目标是在下一季推出好几百个。"我开始语无伦次，把自己也吓了一跳。几百个？我到底在说些什么啊？希望西莉斯特不要误会我的意思——这只是比喻而已。除非，一次性推出几百

第十五章

个包在行业里也司空见惯？我的大脑一片晕眩。我热爱时尚，但没想到自己对商业一无所知。

"我们还是谈谈当下的季度吧。"西莉斯特没有理会我的天方夜谭（或许这并不是天方夜谭？下个季度我能设计出好几百个包？）。"交付呢？"看着我的产品清单，她问道。

"我想要交付……一种理念：实用的、日常的点睛单品。"我充满自信。西莉斯特一脸疑惑。

"我问的是'交付时间'。我想知道你什么时候能把包交付给我们，店里好安排后续工作。"

"什么时候需要，什么时候就可以交付。"我有些尴尬，原来自己对商业术语缩写一无所知。

"你不用跟制作团队商量一下吗？"西莉斯特扬起了眉毛。

该死。她说得没错。我在说什么啊，还没有跟后勤确认好就满口答应交货？

"唔，没错，"我尴尬地说，"具体细节我迟点再跟您确认。"

西莉斯特笑了。这是发自内心的笑容吗？只是礼貌而已？"不如把样品留在店里，我们的团队会做进一步评估，几周后给您答复。届时也许您已经和后勤确认好下一季度的规划了？"

我点点头，微笑着跟西莉斯特走回接待区。关于她说的'进一步评估'我很感激。不过这次交谈让我终于明白自己是多么业余。

在回程的飞机上，我有了新的计划。这次与连卡佛的谈判也许被我搞砸了，但我不能沉湎于此。我要朝前看，更加努力，百分百准备好,百分百专业。至于我究竟是不是艾利克斯的女友以及这个身份带来的后果……好吧,我也不能再深想了。我不能。如果分心会影响做正事。

回到首尔,我立即投身工作。演唱会还有一个多月,排练进入了白热化的阶段。仙姬要出席广播节目颁奖典礼而将缺席。我们重新编排了舞蹈队形,由九人改成八人。我的脑海里全是舞蹈动作:跳跃、甩头、扭肩、跳跃、换边。和利娅拍真人秀时我尽量让自己放松、享受拍摄过程。我知道观众想看的是我们姐妹的真情实感。但是,我忍不住想:忘掉镜头,但要保证身处画面之中。午餐不要再点意式烩饭了,上次不小心牙齿沾了菜叶,被网友嘲笑了个够。不能看起来很疲倦,不能看起来很紧张,千万千万不能提到艾利克斯!

为了能每次提前五分钟到场,我给手机定满了闹铃。我不能错过任何一次排练,也不能错过任何一通电话。乐天百货答应合作。真人秀一拍就是十二个小时,我靠喝下去的三杯浓缩咖啡保持干劲。不能出一点差错。我要七天二十四小时待命。这一切都是为了证明给公司看:我没有松懈——全力以赴,游刃有余。也许最重要的是,我要向自己证明自己的实力。

"姐姐,你还好吗?"抵达录音室时利娅问,"你看起来很累的样子。"

"很好,很好。"

利娅皱了皱眉头,一脸不相信,不过没有继续追问。她拿来一盘冰咖啡,递给我一杯。"给,喝一点吧。"

当场我都快哭了出来。"谢谢你,救了我的命。"我撕掉吸管外面的塑料薄膜，一口气喝掉大半杯。冰凉的咖啡让我头疼，但再不喝就来不及了。喝咖啡可太奢侈了。

　　录完真人秀，我匆忙赶回家准备今晚的活动。电影《当我爱你时》首映礼邀请我们 Girls Forever 全体成员出席。公司派来的造型师和化妆师已经等候两个多小时了。我们盛装打扮出席的活动不多，以前只有颁奖典礼而已。不过既然美娜是电影主演之一，我们当然要表示支持。一进屋我就发现客厅大变样：到处都是透亮的镜子和弹出式沙龙椅。大部分人已经打扮好了。秀敏戴了一对晶莹剔透的吊坠耳环，安里蹬着一双莫罗高跟鞋。恩地站在镜子前打量自己苍白的脸色，一遍又一遍擦着口红。离上次走红毯有些日子了，我们也没有与宋权宇同台过。每个人都希望拿出自己最好的一面。

　　我换上恶之花丝绸睡袍，吃了几口诺爱面包店的红豆甜甜圈。与此同时，造型师给我戴上满头的卷发器。

　　"你要是这么吃，肚子会鼓起来的。"美娜扬了扬眉毛。她身穿一件露肩连体裤，头发梳成光滑的高马尾，涂着夸张的眼影。虽然她看起来神态自如，但我能察觉她在紧张。美娜的爸爸也将出席首映礼，虽然她没说过，但我知道她希望演技得到爸爸的认可。每当美娜自信心不足的时候，她就会表现得自信满满，不可一世。这真是令人吃惊。整整一个星期以来，她骄傲地告诉大家，虽然所有人都被邀请出席首映礼，她才是主角——作为主演，她和我们的待遇是截然不同的。此时此刻，她已经打扮好了，随时可以出现在镁光灯下。说实话，我感到很轻松。去参加这样的首映礼意味着到场即可，什么都不用做。不用担心成为目光的焦点。

这简直就跟休息差不多。我完全赞成。"我给你留了件塑身衣，放在你床上了。"美娜一边说一边回自己的房间。说真的，我不晓得她是故意恶心我还是真心想帮我。

化妆师来了。她不断在我脸上涂涂抹抹，一次又一次在我眼下轻轻搽遮瑕膏。我知道了。最近我的黑眼圈又严重了。不久，发型师接替了化妆师。最后，他说头上的卷发器还要停留十分钟，于是我回卧室准备换衣服。打开衣柜取出服装袋，我看到巴黎世家皮包的位置空空如也，心里又是一阵难过。突然，手机发出一阵丁零零，我一看——是视频邀请。我把衣服放在床上，锁上卧室门（对不起啦，智允），接了视频。

"哇，好美！看起来像是丽莎·辛普森！"艾利克斯指的是卷发器。

那次会议结束后，艾利克斯开车送我去机场。我一路没有说话，脾气暴躁。艾利克斯大概知道最好的劝解方式是让我自己冷静。虽然不愿意承认，但老实说，我对他是很不爽的。为什么他没有提前告诉我不会陪我一起去面试？为什么他要在最后一刻抛下我自己离开？为什么他把我以"女朋友"的名义介绍给家里人，可事前并没有跟我提过？他的做法让我在开会时无法专心。

在安检处我轻轻吻了他，生硬地说了声"再见"。告别后，我又开始反思自己的愤怒和沮丧。我生气的人其实是自己。除了自己，没有别人可以埋怨。飞机起飞前我给他发了好几段文字，谢谢他帮忙牵线搭桥，又为自己的坏脾气向他道歉。

现在，我又看到艾利克斯的脸庞了。他轻松地开着玩笑，让香港之行的不愉快一扫而空。虽然对"女朋友"这个身份我还有些迟疑,但此时此刻,我们是艾利克斯和瑞秋。这样就够了。

"谢谢,你不知道丽莎·辛普森是我最喜欢的时尚偶像吗?"我绷着脸说。

他笑了,表情变得严肃起来——只是看起来严肃而已。揣摩他内心这件事我已经很拿手了。"嘿,听着,我有个坏消息要告诉你。"

"嗯,什么啊?"我笑着问。

"我知道自己是韩国人,这么说很丢人,不过,我从来没有喝过嫩豆腐汤。"

我装作震惊的样子,倒抽一口气。

"是啦,是啦,我就知道。你知道什么好的餐厅吗?我去首尔的时候不如你带我去吃吃看怎么样?"

我又倒抽一口气。这次是认真的。

"什么?什么时候?"

"临时出差。"他笑得合不拢嘴。

我知道哪家店的嫩豆腐汤好吃。实际上,我有太多家店想带他去,还想带他去见我的朋友和家人。从新加坡回来后,利娅立刻把我和艾利克斯的事跟爸妈说了。妈妈一直在拷问我这件事,叫我给她发张最近的照片看看,还问我艾利克斯读书时成绩怎么样,爱吃什么……如果让她知道艾利克斯要来首尔,我相信她会冲去仁川机场,在抵达大厅前举个牌子,上面写着"艾利克斯"表示迎接。说实话,我很想让他见见我的家人,了解我成为偶像以前的人生。我想带他参观我的母校——就是在那里我认识了赵氏姐妹;我想带他去东大门夜市,沿着美食街一边散步一边找好吃的饺子；我想带他去咖啡馆现场听音乐……

不过，这些美好的幻想真正能够落实的有多少？到处都是眼睛。如果说在艾利克斯的地盘与他见面是"有点危险"的话，那么在首尔约会就是史无前例的大冒险。

"如果你担心狗仔队，"艾利克斯似乎读懂了我的表情，开口说，"我在首尔有个朋友，我们见面时她可以一起来。如果狗仔拍到什么的话，也可以否认。毕竟是两个女生和一个男生的见面而已。"

"不要，我想跟你单独见面。"我摇了摇头。

"会有办法的。"他乐观地说。

"连卡佛有什么消息吗？"我问。西莉斯特说几周后会与我联系，不过到现在还彻底没消息。

艾利克斯的脸色变得严肃起来。这次，我知道事情不妙了。"还没有，"他轻声说，"不过也不一定是坏消息。也许他们还没来得及看吧。"

我的心沉了下去。也许他们已经看完了，觉得我太业余，连回复也懒得回。上次见面并不顺利，这样的结果并不让我吃惊。不过，这对我而言仍然是个打击。我恨自己好高骛远。头一回设计产品就想打入国际市场？我到底在想什么啊？

我看见门把手在扭动。"瑞秋！"智允喊道，"门怎么锁了？"

"啊，不小心关上了！"我喊了一声。"我要走啦。"我悄悄说，说完就挂了电话。

抵达首映仪式现场后，我们九个人拍了张集体照。我穿了一条高开衩奶油色修身无肩带荷叶边长裙。我理了理裙子，把头

第十五章
☆ ☆

发捋到一侧，对着镜头微笑。已经出道六年，我无比熟悉这一套——对着镜头挤出无比灿烂的笑容，尽管内心难过得想哭。拍完大合照后，美娜冲过去找朴柳花握手。朴柳花在电影中扮演她的母亲——虽然她俩只有十岁的年龄差。美娜停下来和朴柳花拍照时，我们其他人往大厅走。秀敏打开大门，一股凉气吹来。我迫不及待想进去，摆脱这五月晚间的热浪。突然，我听到有人叫我。

"瑞秋！"

这声音好耳熟。我转过身——是麦克斯韦尔。他站在镜头后面，朝我挥手。在巴黎认识的 *Vogue* 摄影师！他朝我走了过来，我也跟他打了招呼。

"太高兴了，又见面了！"我说，"你来首尔做什么？"

他指了指照相机："当然是工作啦。"说完笑了。"杂志最近在做一个专题，内容是韩国娱乐界对西方的影响。我求安娜让我来首尔拍些照片。我可想死上次在首尔的 7-11 便利店里吃的紫菜包饭啦。"

我笑了，说："肯定有比那更好吃的紫菜包饭吧？"

他耸耸肩膀，"7-11 便利店的紫菜包饭可是与众不同啊。"说完，话题转向我的衣着，"还是一如既往的美丽啊。这个颜色很衬你的肤色。发卡很漂亮！"

我摸了摸头发一侧的金色发卡——那是一件点睛单品。发型师取下卷发器后，我嫌头发烫得太卷——看起来好像一只贵宾狗——于是用发卡把头发固定住，看起来没有那么蓬松。

"谢谢。"

"奶油色和金色……你和男主角看起来很搭！"他兴奋起来，"给你们拍张合影吧。"

"哦……"我还没说完，麦克斯韦尔就把我领到杰森和宋权宇身边。他们正在给媒体拍照。我并不想拍照，但是既然已经到了这个份上……

"瑞秋！"杰森看见了我。他穿着一件奶油色西服，里面是金色衬衫，不过穿得很低调。我们俩的衣服颜色真的很般配！"真高兴见到你。你看到世娜了吗？"他指向红毯的另一头，世娜正在接受《明星》杂志的采访。她穿一件闪亮的珍珠色晚礼服，火红的头发惹人眼球。世娜朝我们俩眨了眨眼睛，我朝她挥了挥手。

"是 Girls Forever 的金瑞秋吧？"宋权宇笑着鞠了个躬。哇。本人和屏幕上看起来一模一样：高大的身材、标志性的歪嘴笑、右眼下的那颗美人痣。他似乎喷了柑橘味古龙水，身穿油亮的黑西装，里面是奶油色衬衫。"终于见到你啦，真高兴。"他笑容灿烂，露出两大排白牙——说话时牙齿纹丝不动。我发现麦克斯韦尔已经走开了，于是翘起嘴唇笑了笑。就在麦克斯韦尔离开去捣鼓镜头的时候，宋权宇自然地与我攀谈起来。

"我听说了很多关于你的事。"

他听说？从哪里听说？肯定不是美娜。是杰森吗？

"你们俩看起来太棒了！"麦克斯韦尔回来了，"我想拍两张照片，可以站近一点吗？"

杰森和宋权宇从我的左右两边靠近。宋权宇用一只手揽住我的腰，杰森把手臂搭在我肩膀上。我的余光瞥到其他的女孩，她们在等着我一起走去派对。我和两位男主角待在一起的时间越长，

第十五章

美娜的眼睛就眯得越厉害。

麦克斯韦尔拍完照片，我和两位男主角挥挥手，示意要离开，跑去加入其他女孩。"久等了，谢谢各位。"我说。

气氛没有什么变化。美娜很生气——她从刚刚开始一直在叽叽喳喳说个不停，摆出灿烂的笑脸。莉齐和恩地朝我投来不屑一顾的眼神。

"瑞秋，你今晚是打定主意要抢我的风头啦？"在走去放映厅的路上，美娜小声呵斥我。突然她朝侧面看去。我追随她的眼光，看到了她的父亲朱先生。他在洗手间门口排队，双臂交叉在胸前，一脸严肃。哦不。他刚刚是不是看到了我与两位男主角拍照的那一幕？今晚对美娜而言意义重大，如果明天媒体报道的焦点不是她的话，那就大事不妙了——她希望父亲能认可她的成绩，允许她继续拍戏。

"不，美娜，对不起。"我真诚地说，"今晚你才是主角。我碰巧遇到了麦克斯韦尔，我们是在巴黎认识的，所以……"

"巴黎？又来？"莉齐翻了个白眼。"大家都知道，瑞秋，你去过巴黎。你见了很多高端人士。你真的不用每次都提起这件事。"

"老实说，"恩地看起来比美娜和莉齐更生气。也许"生气"这个词根本不足以形容。她是气坏了。"谁允许你想做什么就做什么？"她几乎是朝我吐口水了。说完，她眉毛紧锁，似乎说错了什么。美娜用奇怪的眼神打量她一眼。恩地说："美娜才是焦点。你不能就这么把风头给抢了。"我还没来得及开口辩解，其他八名女孩就抛下我，一起走去了宴会大厅。

第十六章

我隐隐约约感觉到——这是在冒险。

电影放映的一半时间里我在盯着屏幕上的美娜看，另一半时间里我用余光瞄着坐在我前三排的美娜。电影中宋权宇遭遇车祸后陷入失忆，美娜哭得伤心欲绝。刚入座时，美娜还气得不行。不过，幸好电影一开始放映她就平静下来了，也许是大屏幕上的自己让她无暇分心的缘故。虽然不愿意承认，但不得不说她演得很不错。美娜能抓住机会开展演艺事业，我很替她高兴。她爸爸一直不赞同她拍戏，不过她没有屈服。

前排传来隐隐的啜泣声——恩地泪流满面。这时演到宋权宇向父亲表白说自己永远不会忘记他。虽然这一幕十分感人，但不至于让人泪流满面吧。看着泪流不止的恩地，再想想她不久前发脾气的样子，我知道她肯定有什么心事。恩地最近一直不对劲。从练习生时代起她就是美娜的跟班，不过她待我从未像莉齐那样刻薄。说实话，我一直替她感到惋惜。她和仙姬一样，不知道自己的优势在哪里。她是我们所有人里长得最漂亮的女孩之一，但她总是跟在美娜和莉齐屁股后面以获得优越。

虽然我把连卡佛的面试搞砸了，也处理不好和艾利克斯的关系，但今晚我可以好好安慰恩地。

我陷入沉思。听见身边响起欢呼声和鼓掌声，我才意识到电影已经演完了。此时美娜的名字出现在演员表里。

　　映后派对上我走向恩地，打算找她谈谈。

　　"要聊聊吗？"我轻轻拍了拍她的肩。

　　我本已做好被拒绝的准备，没想到恩地犹豫了一秒，答应了。她叹了一口气。我领她去了个安静的角落。我们在海军蓝天鹅绒长沙发上坐了下来。

　　"发生了什么事吗？恩地？"我问。她的手摆弄着脖子上的音符项链，眼神躲避我。她那好看的锁骨似乎更加明显了——她是瘦了吗？"好吧，"我身子朝后仰了仰，"一直以来，我们俩没有特别要好，我知道。不过我看你最近很不对劲，有点儿担心……"

　　她看了我一眼，转过头去。再次转向我的时候，眼里噙满了泪水。

　　"恩地？"我温柔地问。

　　她咬紧双唇，双眼盈着热泪，努力忍着不哭。打量周围一圈，确定没有人会听见后，恩地小声对我说："我跟宋权宇……我们在一起了。"

　　哦。没想到是这个。回想起来，每次美娜吹嘘自己在电影里的戏份时，恩地都有点不自在。她不是嫉妒美娜得到了那个角色——她是嫉妒美娜有机会和自己的男朋友朝夕相处。我不知道该怎么安慰她，是不是也应该向她敞开心扉。

　　"哦，恩地，"我轻轻拍了拍她的后背，"我知道了，你一定很辛苦吧。你们什么时候在一起的？"我好奇他俩是怎么认识的，平时靠什么方式见面。"你们俩怎么约会啊？"恩地和宋权宇幸运地

第十六章

住在同一个城市，不过权宇可比艾利克斯有名得多。要认出他太容易了。我都想不出安全的方法和艾利克斯见面，真不晓得他们俩是怎么躲避狗仔队的。

"哦，这不重要。"恩地说着，用手掌根擦了擦眼角的泪水，"这些都没有意义了，我要跟他分手。"

"为什么啊？"我问。

"别装了，"恩地突然嗓门大了起来，"他刚刚看你的眼神我不知道吗？他还把手放在你后背上不肯拿下来。他喜欢你。"说完，恩地用手掌捂住眼睛，肩膀塌了下去。"我早该知道，他就是个花花公子。"

哦，恩地。我给她一个拥抱，紧紧搂住她。"嘿，嘿，你搞错啦。他不喜欢我。我们俩只不过因为衣服颜色很搭，所以被要求拍张合照而已啦。再说了……"

我放开了恩地，手还停留在她的肩膀上。她向我坦白了恋情，如果真相能扫除疑云，让她不再怀疑男友的话，那么我同样应该向她掏心窝子。我不愿看到她难过。

"我最近在跟另一个男生约会呢，"我向恩地坦白了，"他叫艾利克斯。我对其他人根本不感兴趣。"

恩地睁大了双眼："什么？真的吗？"

"是啊，"我喝下一口香槟，等了等。可是我在等什么？说完那句话，我似乎是在等躲在后面的卢先生冲出来，朝我喊一句"可逮到你了！"。我隐隐约约感觉到——这是在冒险。除了利娅外，向任何人吐露秘密都会被背叛。

恩地咧开嘴一笑，笑容灿烂："瑞秋！真没想到！"

我淡淡一笑。"嗯，你也晓得，要保密的……"

那一瞬间我意识到自己与恩地同病相怜。我一直捂着与艾利克斯的关系，担心曝光会带来各种麻烦。但我没想到与队友倾诉完心情如此放松。

"天哪！"恩地的神情生动了起来，比我这几周见过的样子都更快乐。"我们来个四人约会吧！"

我几乎是呛着了——前一口香槟酒的泡泡此时弄到了鼻子上。这怎么可以啊？万一被抓了可就惨了。不过恩地一脸高兴，让我感到从未有过的亲密——这是我俩认识这么多年第一次交心。我不想毁了这种感觉。

"好吧，嗯，应该蛮好玩。我从来没试过四人约会。"

喝完香槟酒，我们走回派对，打算和其他人会合。恩地伸出手拉住我。她深吸了一口气："瑞秋，之前的事，我跟你道歉。我有时候就是很固执。身为偶像，谈恋爱可太难了，你也知道的。"

我点点头。"我知道啦。"哦，是吗？

恩地犹豫了一下，伸出双臂与我拥抱。我笑了笑，也抱住了她。

现在，我要好好计划一下。一场四人约会。参加人员包括一名韩国最著名的电影电视男演员和两名最受欢迎的女团成员。

没问题。

四人约会日程安排

6：00——瑞秋抵达餐厅，走入私人房间 C。

6：03——艾利克斯抵达餐厅，假装打电话。在前台徘徊等待恩地到来。

6：05——恩地抵达餐厅，径直走去洗手间。安全时瑞秋会给她发短信。

6：08——权宇抵达餐厅，走入私人房间F。

6：10——艾利克斯去私人房间C见瑞秋。

6：13——权宇从房间F走到房间C。

6：15——瑞秋给恩地发短信，在房间C会合。

注意事项：预约姓名——金佑美。私人房间地点：餐厅后排。各自的时间到了就按指示行动，不要停留！

恩地和我仔细安排好了一切。仔仔细细。虽然四人约会让人有点担心，但不得不说，和恩地偷偷安排这一切真好玩——像是什么秘密组织的重要行动。我们花了好长时间筛选餐厅——合适的餐厅要位于不起眼的街区，还要有私人房间——最后我们选中了金盏菊之家。这是一家位于江北的餐厅，远离狗仔视线和人群。虽说不能保证百分百安全，但我并不太担心。金盏菊之家之所以成为首选是因为那里招待过更高级别的客人——传说总理曾在那儿召开高层秘密会议，讨论立法相关事宜。此外，餐厅的一位服务生是恩地的小学同学，她保证不会出任何差错。虽然我有些紧张，但也竭尽全力和恩地一起安排这场秘密约会。上回在香港躲避狗仔的一幕幕惊险场面都化险为夷了，这次在首尔安安静静吃顿晚饭应该不成问题。

四个人在不同时间抵达餐厅，还要神不知鬼不觉地会合——这真是一场严峻的考验。艾利克斯一再强调，自己并不介意地下男友的身份，也支持我的所有安排。他可真是个圣人。他也期待能见到恩地。我一直跟大家隐瞒艾利克斯的存在，于是没有队友见过他。艾利克斯也没见过任何一个与我朝夕相处的女孩。艾利克斯和队友——我生活的两大组成部分——竟然没有任何重叠，想想真是不可思议。

终于到了约定的时间。我花了很长时间选衣服，最后还是决定穿最简单的白色T恤配黑色紧身皮裤，再套件短款摩托车夹克。与好看的打扮相比，更重要的是避免引人耳目。真是难过。

计划的A部分进行顺利。我们严格遵守计划表，在不同时间抵达了餐厅。我坐一辆普通黑色出租车，下车后不到二十分钟（好吧，并不是与计划表分毫不差）内就和艾利克斯、恩地和权宇聚齐了。真是不可思议，我们成功了。

这感觉像是进入了平行宇宙。我们聊着、笑着，点了一大桌子美食：黑鳕鱼、淋着自制辣椒酱的炭烤鸡肉、大麦米饭搭配野生蘑菇、蓝鳍金枪鱼搭配国产梨。

"真是太棒了。"艾利克斯吃了块鱼，赞不绝口，"就为了它我也要再来韩国。"

权宇说："你住在香港对吧？我去过香港一次，是粉丝见面会。香港很棒。"

"下次来一定要联系我。"艾利克斯回答。真不可思议，男性之间好像见面才五秒钟就成为好哥们儿了。宋权宇可是韩国最受欢迎的男明星之一。不过，也许并不是所有的男性之间都能如此。我想这要归功于艾利克斯。他放松自信，和他在一起让人感觉很舒服，大家都乐意与他交朋友。

正想着，艾利克斯抓住了我的手，用温柔的棕色眼珠看着我，手指轻轻在我手背上划过。

"哇！"对面的恩地发出轻轻的感叹，羡慕地看着我俩。"你们在一起多久了？"

我顿了顿，嘴里的烤鸡肉还没咽下去。

在一起……在新加坡的初次邂逅算吗？在巴黎第一次接吻算吗？几周前在香港他第一次称呼我为"女朋友"，那次算吗？

我一时语塞，没能回答上来。艾利克斯语气轻快地答："三个月了。"

恩地扬起了眉毛。"三个月？对偶像来说三个月已经算'永远'了。"

"真的?"艾利克斯问，"呃，瑞秋，我不知道你怎么想，但我不希望这段恋情只有三个月而已。我们才刚刚开始。"他看着我的眼睛说。这时，我感觉"永远"也在盯着我。'和艾利克斯在一起'这件事既让我开心又让我倍感压力。那一刻，我逃避了他的目光，把嘴里的鸡肉咽了下去，双颊通红，眼眶湿润。我知道这并不是因为辣椒酱。说到恋情，艾利克斯语气如此轻松自信。可对我而言，这感觉像是房间角落里潜伏了一头九百磅重的大猩猩，脑门上文着"女朋友"三个大字。内心的一半告诉我，不要想太多，要享受当下；另一半本能地告诫我——你不能这么做。

我咽下那口烤鸡，把话题转移到恩地和权宇身上。"你们俩是怎么认识的呀？"

恩地狡黠一笑："他想要我的电话号码，想了好几个月。后来是一个共同的朋友介绍我们认识的。"

"没有想好几个月啦！"权宇反击道，"只想了几个星期而已。后来，又想了几个星期。"

"几个星期加上几个星期，不就是几个月吗？"恩地开玩笑说道。

我们都笑了。权宇不好意思地耸了耸肩，脸颊发红。

吃晚饭的全程，权宇的手都在桌子下抓着恩地的手，十指紧扣。他的态度自然而然，好像两人已经恩爱了一辈子。我看得出来，这让恩地很受用。她神情亢奋，一副沉浸在爱河之中的样子。不过，这也有可能是演出来的——毕竟权宇是名演员，靠演技谋生。我立马把这种念头抛到脑后。不不不，不是现在，瑞秋。不要破坏了气氛。

"告诉大家你要拍的广告，宝贝。"权宇兴奋地说。

恩地害羞一笑："我要跟SK爱茉莉合作啦，是新出的香水系列，肯定很有趣。"

"很棒啊！"我说，"你会很惊艳的。"

离开的方式和来时如出一辙——四个人单独行动。安全撤离且不被发现——这是今晚计划的B部分。我祈祷一切顺利。权宇第一个离开。十四分钟后，恩地离开。艾利克斯和我留在原地坐着，看着时间开始倒计时。十五分钟后，轮到他了。

"所以，今晚不能一起去汉江边溜达咯？"艾利克斯皱着眉头问。我知道他是在开玩笑。我们事前说好了见面要尽量低调隐秘的。不过，艾利克斯会送我回家，于是我们俩至少还有二十分钟的相处时间。

"我很想，"我叹了口气，"但不敢。今晚这顿饭已经是很大的

第十六章

冒险了。再多，我就要承受不住了。我会疯的。相信我，你不会喜欢一个疯掉的我。"

"你什么样子我都喜欢，疯了也喜欢。"艾利克斯看了眼手机，"我先出去了，一会儿见。"

他冲我一笑，亲了我的脸颊，准备溜出去。转身的那一刹那，我站起来抓住他的手臂，把他扭过来，亲吻了他。

"日程这么紧，内容却很多啊。"分开时他温柔地笑了。

"我要好好道个别。"我说。

"我们又不是在这里说再见，还有一路嘛。"说完他亲了我。他的吻温柔甜蜜，令我想起我们由于异地恋而错过的所有时刻。

"再不走就打乱计划了。"我说。

"车里见。"说完艾利克斯放了手。

然后他消失了。

轮到我了。我把摩托车夹克的领子拽到下巴，将棒球帽扣在头上（我尽力表现得不像平日里的自己），走出餐厅后径直走向等待的车子。为了安全起见，艾利克斯租了一辆车窗颜色加深处理过的车。我坐上副驾座，四周打量一遍，嗯，没有狗仔。车子启动了。真不敢相信一切如此简单。任务的 B 部分，成功！我瘫了下去，松了口气。

"开心吗？"艾利克斯从方向盘后方瞄了我一眼。

"超级开心。"

"一开始很紧张吧？"

我转过身看着他。他微笑着，眼神里没有一丝一毫的担忧。

我伸手轻轻抚平他眉毛之间的皱纹。

"还好啦,一切顺利。比我想象中要顺利得多。以后你再来我们就不用害怕了,见面的时间变多了。不用总是提心吊胆了。"

他抓住我的手,笑着说:"那就好。不过你要知道,我并不介意偷偷摸摸。"我给他一个灿烂的笑容,真心感激他的包容。他愿意忍耐这一切麻烦,只因为要与我这样的人约会。

"还有点性感呢。"他补充了一句。

我打趣着打了他胳膊一下,艾利克斯笑了。

"嘿,"艾利克斯语气变得认真起来,"去餐厅前我收到一封邮件,不过没有在吃饭的时候跟你说。西莉斯特说发布日之前想看看你下个季度的作品。如果你这边没问题,他们就同意收下你的六件单品。"

我还沉浸在艾利克斯手掌的温度里,一下子没反应过来他说了些什么。连卡佛答应接收我的作品?我尖叫起来,开始手舞足蹈。艾利克斯笑着跟我一起跳,尽管他正在开车,也尽量配合我。不过,他的眉头又凝固起来:"听着,这真的很棒,你可以尽情欢呼。不过他们要求的数量可真不少——是你上次展示的三倍。"

我深吸一口气,不想让焦虑抹去此刻的快乐,但是胸膛一下子紧张了起来。三倍?那就是十八件单品。我花了差不多两个月才设计出六件。时间这么紧,我能设计出十八款不同的包吗?我的其他任务怎么办?

"嘿,听着,"见我呼吸急促,艾利克斯开始安慰我,"设计出大概的样子就可以了,不需要像你第一次给他们展示的那样完美。"说完,他朝我倾着身子,抓住了我的手。"放心,我会一直

第十六章

在你身边支持你的。你画出草图就可以了,他们一定会很欣赏的。我不是看过你的素描本吗,我相信你的实力。你很优秀,很有创意,很有天赋。"

我感激他的鼓励。他的手也让我很安心。

车停在别墅门口。时间过得太快了。我依依不舍地看了眼窗外,叹了口气。"真希望你再多待一会儿。时间过得太快了。"

"一样。"说着艾利克斯把车停好。

我身子微微前倾,亲了他。他的嘴唇暖暖的,很柔软。艾利克斯的手从我腰部滑下去,我吻得更动情。我用手揽住他的后颈,他一把将我拉了过去。渐渐地,我们靠得更近,更加情不自禁,就这样吻着,一秒也不想停。最后,我一下清醒过来,想起那只九百磅重的大猩猩。它在警告我要看清现实。于是,我逼着自己停了下来。

"我该进去了。"我轻声说。此时,我们的额头贴得紧紧的。

"唔……好吧。"艾利克斯的声音有些嘶哑。

接下来是好几秒的沉默。我们听见彼此的呼吸声。最后,艾利克斯握住我的手,亲吻了我的指节。

"晚安,瑞秋。"他说。

"晚安,艾利克斯。"我轻声回答。

我下了车,走入六月的暖风中。我转身做了个飞吻,跑回了屋内,生怕此刻魔法会消失,完美的一个夜晚就这么逝去。

第二天一大早,我冲完澡走出来看见大家围着餐桌在吃饭。只是少了一个人——恩地没在。

"恩地还在睡吗?"我问莉齐。她和恩地住同一间卧室。

"她刚刚出去了。怎么了?"

"没什么,就问问。"我回答。我想知道她和权宇后来怎么样了。我正想给恩地发短信,突然手机响了。来了一条新短信。

是卢先生。

卢先生:瑞秋,请立刻到 DB 总部来。

我的胃一阵反酸。

卢先生从来不会亲自给我发短信。他从来没有让我立刻去总部。一定出大事了。我冲回卧室,把湿漉漉的头发绑成丸子头,穿上牛仔裤和宽松的条纹 T 恤。去公司的一路,我把那条短信读了又读,小心翼翼地揣测所有的可能性。

一走进办公室,我就知道了。

恩地已经到了。她坐在沙发上,泪流满面。

我们看着彼此。

恩地做了个唇语:"他们知道了。"

第十七章

如果，下次轮到我了呢？

照片。海量的照片。

卢先生从电脑里调出照片,把屏幕朝我转过来:权宇离开餐厅的照片,他给服务生小费的照片,他踏上自己那辆白色宾利的照片。然后是恩地。照片的时间戳晚了几分钟,恩地离开餐厅的全过程一一被拍了下来:她戴着超大黑框太阳镜,试图掩藏身份。下一组照片中,恩地上车前把太阳镜摘下来,戴在头顶——五官看得一清二楚。不过,这些照片并不能算实锤,因为没有拍到任何亲密的举动。照片中的两人不过同坐一辆车而已。

卢先生继续按键盘。

是恩地和权宇在华夫饼冰激凌店里的照片——权宇尝了一口恩地手里的冰激凌。照片拍得太清晰,我甚至能看见冰激凌球里的碎奥利奥……接下来,实锤来了——他俩接吻的照片。还是接连好几张。

我的后背一阵打战。虽然心疼恩地,但我此时满脑子想的却是:这完全有可能发生在我身上。

但没有发生。一张张照片终于看完了,都是卢先生从《揭露》杂志那儿收到的。我屏住呼吸。幸好,没有我和艾利克斯。我心中那头讨厌的九百磅的大猩猩，此时我感谢它的存在——如果不是它二十四小时埋伏在我的脑海里，我和艾利克斯早就忘乎所以了，被拍到几乎是必然。

突然，我一下子明白为什么昨晚我和艾利克斯那样轻易就离开了餐厅。并不是因为我们走了大运，狗仔没有来。真正的原因是，狗仔为了跟踪恩地和权宇，早就提前离开了餐厅，去冰激凌店蹲着了。

我看了恩地一眼，从没见过她如此崩溃的样子。她脸色惨白，在沙发上弓着腰，把头埋下去，让自己看起来更渺小，似乎这么做就能消失不见。她一直在擦眼泪，这边刚擦完，那边新的眼泪又涌了出来。看到她的样子我一阵心疼。真该死。我不敢去想她该有多么难过。好吧，也不对。我能想象得出——每次和艾利克斯见面，我都想象过，想象过被逮到后最糟糕的结果，最难堪的场面。如今，这一切被恩地实现了。

"《揭露》那边说，如果你承认恋情，照片就不放出来了。"卢先生那冷酷的双唇吐出了这句话。"他们只放出你上宋权宇车的那张照片。"恩地的眼神闪过一丝希望。卢先生继续说，"前提是，你要跟《揭露》签协议，同意他们独家曝光恋情。"恩地一下子又瘫了下去。"你要是同意的话，公司也会发声明承认恋情。"

恩地咬着嘴唇不吭声。承认恋情意味着公开关系。在没有做好准备的情况下，公开恋情是影响深远的决定。

"我建议你认真考虑再决定，申恩地。"卢先生说。"这是拯救你形象的唯一办法。SK爱茉莉已经听到风声了，早上他们打给我说要取消广告合约。"

第十七章

恩地抬起头来，一脸震惊。难以置信，SK爱茉莉这么快就收到了消息。不过，在娱乐圈坏消息（或者说丑闻）总能瞬间传遍大街小巷。恩地指了指我，用颤抖的声音问："瑞秋呢？她也在的。她也要公开吗？"

"没有拍到照片，就不用公开。"卢先生说。

恩地张大嘴巴，脸上写满惊讶。

"不过，如果恩地说的是实话的话，"卢先生把严厉的目光投向我，"你最好好自为之，瑞秋。我把你也叫来就是为了警告你。你自己也看到了，鲁莽的后果是什么。你要是不听话，会和你的朋友有同样的结局。"

听完我低下头。"是的，卢先生。我明白了。"愧疚袭来，我甚至不敢抬头看恩地。她走到电脑前，在授权《揭露》曝光恋情的文书上签了名。这不公平，我完全懂。

走出卢先生办公室，我伸手去牵恩地的手。"恩地……"

她立刻把手甩开，脸上满是斑驳的泪水。"简直太他妈的可恶！我们都带了男朋友去的，凭什么你什么事也没有，我就被抓到了？为什么你什么坏事都不沾？"

一句句，恩地的声音更加激烈，到最后几乎在愤怒地嘶吼。

"对不起，恩地，"我的手无力地落回身体两侧。她是这么想吗？她认为我从没经历过糟糕的事？确实，我一路都很幸运，我也很感激遇到的所有机遇。可是这并不代表着我的人生一帆风顺，完美无缺。我还想说些什么安慰的话，可还没说出一个字，她就转身离去，大步流星地丢下了我。

如果,下次轮到我了呢?

这是每个人都在担心的事。首先是智允。现在轮到了恩地。接下来谁的地下男友要被曝光?虽然大家嘴上都不说,但从紧张的气氛里我知道每个人都暗怀不安。那些频繁朝恩地投去的紧张的眼神。夜晚上厕所走过秀敏房间无意间听到的那一通通急切的秘密电话。莉齐一遍遍刷手机看《揭露》曝光恩地和权宇恋情的文章时脸上浮过的表情。那表情仿佛在说:如果是我,该怎么办?

我比任何人都紧张。我和艾利克斯在一起已经被认出两次了。三次,如果把第一次在新加坡见面时的粉丝合影也算上的话。这次的四人约会太鲁莽草率。我没有像恩地一样被抓到,仅仅是走了狗屎运而已。

新闻一爆出来,艾利克斯立刻给我打视频电话,不过我没有接。我给他发了条"现在不方便说"的短信,让他给语音信箱留言。我要和他拉开距离,重新建立边界。每次见到他,我的心总是不由自主跨越这重重障碍。我一直在玩火,说不定哪天就把自己给烧了。

连续三天,我试着跟恩地说话,不过她都拒绝了。她不愿和我身处同一个房间,我一走近,她就离开,走时对我怒目相视。不过,恩地同样也不跟其他人说话——包括美娜和莉齐。她唯一愿意开口的人只有智允。她们俩的关系一直并不是特别亲密,但很显然,只有智允了解她的处境,能感同身受。我曾试着安慰她们两个人,不过最近我做任何事都不受待见。于是,我也识趣地躲开,给大家让路。我窝在自己的房间里,思考即将要交付的

第十七章

十八件作品。尽管如此,我还是很小心,避免踩到任何雷点。踩到地雷就会死无葬身之地。

演唱会终于来临,我们之间还是剑拔弩张。

"你可别把今天的舞蹈给搞砸了,秀敏。"安里一边说一边在缀满黄色亮片的迷你裙外套上一条黑色长裙。以往的斗嘴都是开玩笑,可今天两人是来真的。"你总是错过合唱最后一步的节拍。那是整支舞最简单的部分了,可你连那个都搞错。"

"什么鬼?"秀敏怒气冲冲地看着安里。"你可关心关心自己吧!每次你唱第二节高音时都快破音了,我的耳膜都在滴血。"

安里正准备回击,美娜插了进来,怒不可遏地说:"你们两个能不能给我闭嘴?头疼死了!"

这是我第一次与美娜看法相同。

我还是离开好了。头发、妆容、服装都弄好后,我从更衣室偷偷溜去后台。这时,SayGo 要登场了——时间正好。

利娅和队友们穿着棒球夹克衫和军靴,样子真是可爱极了。轮到利娅了——她跳到舞台中央开始表演,我笑着给她拍照。

"开心吗?"身后一个声音问道。

我转过身,看见杰森走了过来。他穿一件大红色皮夹克和一条做旧的黑色牛仔裤。我笑着放下了手机。

"嘿!你看起来很帅!要上场了吗?"

"是的,不过有点紧张,"杰森朝舞台点点头。"你妹妹太棒了,后上台的人很难比得上她啊。"

我笑了。要是十一岁的利娅听到杰森这么说,一定会开心死的。哦,我在开什么玩笑。十六岁的利娅也会很开心的。

"祝你好运啊,"我说,"一定会很棒。"

杰森眨了眨眼,"不是一直很棒吗?"

又是那个自信的杰森。我看着他一路走向舞台,从架子上抓起一把吉他。

"爱火复燃了吗?"

听到美娜的声音,我差点一蹦三尺高。

"什么?"我说,"当然不是,都多久以前的事了。"

"很好,"美娜的眼睛直勾勾盯着我看,"现在这个节骨眼上,和男偶像谈恋爱愚蠢至极,你知道的咯?"我点点头,没有说什么。最近三天以来,恩地一直不与人交流,躲在自己的世界。她应该没有跟任何人提起我的事,应该没有说过我也差点被抓到。愚蠢至极?美娜,你什么都不知道。"来吧,"美娜说,"造型师想最后确认所有人的造型都没有问题。"

我们走回更衣室,在门口呆住了。卢先生站在那里和人激烈地讨论什么。那人是 Mnet 电视台——负责今晚直播的电视台——的高层之一。我和美娜交换了个眼神,不约而同地往前走了几步,想知道他们在谈些什么。

卢先生压着嗓门吼道:"绝对不行。我告诉过你,绝对不接受。"

"可是他们都来了,按流程,十分钟内就要登场了。"那位高层指了指手里的剪贴板,"你到底要我怎么做?跟他们说取消吗?"

美娜和我又看了看彼此。他们在说谁啊?

"是的,就是这样。"卢先生说。

第十七章

"讲点道理吧,永哲。"高层翻着白眼说。

"把 N&G 取消,要不我就撤走我的艺人。"

"哪些艺人?"高层有些急了,眼睛看向 Girls Forever 的更衣室。

"所有。"卢先生斩钉截铁,不容置喙——这是我熟悉的语气。

那位高层目瞪口呆,盯着卢先生看了看,喃喃自语说:"好吧。"说完他冲去另一间更衣室,我猜 N&G 正在那等候着。他们要失望了。

我站在原地,浑身僵硬,回想刚才的那一幕。没错,公司一定是把 N&G 封杀了。DB 的影响力巨大,旗下艺人那么多,足以操控局面让 N&G 永无翻身之日。解约后,他们不会得到任何出镜机会的。我终于明白为什么过去一年里几乎听不到任何关于 N&G 的消息。并不是他们为了酝酿新专辑而藏了起来,而是公司把他们给封杀了。真让人不寒而栗。当公司不再庇佑你,后果可想而知。

"来吧。"美娜催我了。我们走回更衣室,做登台之前的最后一次服装检查。美娜的神色有些异样,不过她很快就换了副面孔——一脸平静,毫不在乎。

灯光暗下去,我们走上舞台,排好队列。伴随《午夜棱镜》这首歌的是热烈的舞步。合唱中,标志性的滑行舞步一直是粉丝的最爱。这个舞步很简单,即使没有任何舞蹈基础也能学会。我很喜欢抱着手机看粉丝的模仿秀。观众就在眼前,我摆好开场动作——手臂高举过头顶,手掌轻轻垂下来——此刻,我的肾上腺素开始分泌,充斥在身体里的每一条血管。每次登台,这感觉就来了。

镁光灯亮起来,音乐响起,观众变得狂野。

我们来了。

这些日子以来,大家的关系很紧张。不过到了舞台上,我们又是如此齐心协力。连安里和秀敏的舞步也完美无缺,露出专业的笑容,仿佛一切毫不费力。

我大为震撼,深深沉浸在其中。过去的五个月里,我错过了很多。合唱即将开始,我准备好要脱掉黑色长裙了——一到滑行舞步,就要把裙子远远扔到后面去。为了使所有人在同一时刻脱下裙子,这个动作我们排练了千遍万遍。裙子要抛得远远的,这样就不会绊倒或是磕到谁(排练时,永恩的裙子像一截香蕉皮被智允踩在脚下,智允差点没晕过去)。到目前为止,一切完美,闭着眼也能完成接下来的动作——已经彩排过千遍万遍了——绝对不会出错。接下来,是给粉丝们展示的时刻了。

这个时刻到来了。我轻松解开长裙侧面的扣子,露出里面那件耀眼的紫罗兰色亮片迷你裙。观众一片惊讶,开始欢呼雀跃。我把裙子扔到身后,嗯,接下来是滑行舞步。我先迈右脚,然后左脚,还一时高兴朝观众眨了眨眼,突然……

好疼。

左脚疼到爆炸。

我低头一看,恩地那尖尖的鞋跟直接踩在我左脚的大拇指上。我疼得喊了出来,一个趔趄,几乎撞上身旁的永恩。幸好,我及

第十七章

时稳住了。很快，我回归队列，让自己那疼得扭曲的脸看起来像是"哦！"的样子。希望观众什么都没有发现。在曲子结束之前，我努力挂着微笑，下面的大拇指火辣辣地抽着疼。为了不让眼泪流出来，我只好频频眨眼。

这是什么鬼？恩地是故意的吗？

我朝她看了一眼。恩地像是什么都没有发生似的，继续唱着跳着。她知道自己刚刚做了什么吗？她肯定知道的。踩到脚趾怎么可能没有感觉？

接下来，表演一切顺利。在我们摆出结束的造型时，观众激动地喝彩。眼前是一片欢呼的海洋，许多粉丝的额上绑着Girls Forever荧光发带，表示对我们的支持和喜爱。此时此刻，疼痛似乎消失了。想到我们的演出能让观众如此激动，我就打心眼里高兴。走回后台后，脚趾的疼痛再次袭来。看见卢先生在等候着我们，这疼痛又再次加倍。

"瑞秋，你怎么搞的？"他厉声责问，"你走错了步子，差点就摔趴下了！"

"对不起，卢先生。"我咬紧双唇。此刻，我的大脚趾已经肿了。

"洛杉矶演唱会之前必须给我练好！"说着，卢先生眯起了眼睛，朝其他女孩们打量了一圈。"我是指所有人。所有人都要好好练，你们是一个团体。一个人搞砸，所有人就都搞砸了。"

"是的，卢先生。"大家齐声说道，语气充满懊恼。

真是一场灾难。我几次看向恩地，不过她一眼也不肯看我，这三天以来一直如此。我的脚趾好疼。指甲盖附近有些干掉的血迹，泛着青紫色的瘀伤。希望指甲不要掉下来。

换好衣服，我们朝后台走去。这时杰森跑了过来。他换下演出服，身穿一件宽大的白色卫衣。"庆功派对上见咯？"

对了。庆功派对。我有点犹豫。利娅会去，其他人也都会去。我不去的话不太好。可是，此时此刻我只想回家，躺在沙发上喝杯热茶，按摩左脚的大拇指，想想给连卡佛设计些什么样的皮包。越野车停靠在路边，大家要出发了。我看见恩地和美娜、莉齐在偷笑些什么。上车时，莉齐夸张地假装被绊了一跤。我知道她是在模仿我在舞台上的样子。恩地和美娜于是开启另一轮讥笑。

"杰森，我想先回家了。"我回答。

"没问题。"说完，杰森抬起手，和我挥手道别。

我朝他挥挥手，转身去找经理。希望钟硕能载我回别墅。

我一屁股坐进车里，脑中想着卢先生的话。他说得没错。为了洛杉矶演唱会，我确实要好好练习——它将是我们亚洲巡演之后的首场大型演出。准备时间还剩几个月了。如果连本地演唱会的单曲都唱不好，要如何撑得起那么大的国际性演出呢？

我叹了口气，掏出手机，解锁屏幕后发现有五个未接来电——都是爸爸打来的。我的心跳开始加速。爸爸怎么了，这么着急找我？他都多长时间没给我打电话了？突然有五个未接来电？

我立刻回电话。

"瑞秋？"刚一拨通，爸爸就接了电话。

"嗨，爸爸。一切还好吗？"

"很好，很好。"他说。我能听出爸爸口气中的笑意。我的心

第十七章

率恢复了正常,不再想象和医院、火灾或其他灾难有关的场面。

"是瑞秋吗?你要跟她讲吗?"妈妈的声音从背后传来。"快,弄成免提,我也要加入。"妈妈说。

过了一秒,我同时听见了爸爸妈妈的声音。

"瑞秋?你能听见吗?"妈妈问。

"嗯,妈妈,听见了,"我答,"发生什么了?"

"你告诉她吧。"爸爸说。

"不不,你自己说。"妈妈说。

我的手指敲着膝盖,双腿紧张地上下抖动。"快点告诉我吧,我都急死了。"

"好吧,我和你妈妈一起说,"爸爸说,"三,二,一……"

"我们已经搬来清潭洞啦!"爸爸妈妈异口同声地喊着。

"什么?"我叫了出来,"什么叫搬到清潭洞了?你是说,你们搬到清潭洞,就是我住的地方吗?"

"离你住的地方只有五分钟,"爸爸高兴地说,"我们想住得靠你近些。我忙了很久了,钱也攒够了。现在我们买新房子了。"

哇。清潭洞的房子可不便宜。我想起,最近总是半夜三点收到爸爸的短信——那时他一定还在工作,没有回家呢。难以置信,爸爸努力工作就是为了能住得离我近点儿。

"我们没告诉你,一直对你保密,这也不简单啊,尤其是妹妹,"妈妈大笑说,"利娅总是问什么时候才能告诉你,不过我们希望给你一个惊喜。"

我流下喜悦的泪水。"天呐,真不敢相信,我们现在住得那么近!这消息太棒了。你们什么时候搬来的?"

"上周。刚收拾好东西，"爸爸说，"想在告诉你之前就收拾好的。你什么时候回来看一眼？"

"把地址发给我，"我说，"我现在就想去！"

挂掉电话后，我前倾着身子对钟硕笑着说："能停在别的地方吗？"

"没问题，停在哪儿？"他问。

"家。"

第十八章

想知道答案,只有一种办法了。

一走进爸妈的新公寓，迎接我的是一阵泡菜炒饭的香味。刚出锅的热乎乎的泡菜炒饭，上面盖着荷包蛋。

"快吃，快吃，"妈妈说着领我走向厨房的核桃木餐桌，让我坐好，"要是知道你今天回来，我会准备更多饭菜。"

"不用，这样就很好啦！"我说。妈妈的饭就是那么香。这香味像一床羽绒被，真想钻进去倒头就睡。"等会，我想先参观。"

"等会，等会好好看，"妈妈语气坚定地说，把我按在椅子上。"现在先吃饭！"

妈妈命令吃饭的时候，没有人能反对。我拿起勺子，开始埋头吃饭。哦，上帝。上次吃到这样的家常菜是什么时候了？作为偶像明星，平时我们吃得很好。过去的五个月里，我吃过上海那让人口水直流的小笼包，新加坡那新鲜到能从盘子里爬出来的辣螃蟹，还吃了巴黎那令人堕落的巧克力慕斯。不过，没有一样食物可以与一顿简单美味的家常菜相比。家常菜充满了妈妈的爱。没有一个地方可以与家相媲美，尽管眼前这个"家"我也是第一次来。

我坐在椅子上环顾四周，仔细打量新家的每一个细节。和之前的家比起来，这里更宽敞、更新，大大的窗户可以眺望远处的夜景。爸妈决定把大部分旧家具一起搬进来，我很高兴。门口的地毯用了很多年，边缘已经磨烂了；白沙发是妈妈在利娅十二岁生日那天买的。那时她说，"你们都长大了，应该不会弄脏家具了。"这话刚说完不到十分钟，我就把香蕉牛奶洒了上去。客厅摆满爸爸的盆栽，葱茏的绿叶装饰着墙壁上的家族照片。球兰的藤蔓向上蜿蜒，一圈一圈爬上相框。那是我最喜欢的一张照片——照片中的利娅少了两颗门牙。这是我们的新家，可一切都如此熟悉，让我心揪了起来。

"你的脚怎么啦？"爸爸看着我红肿的脚指头问。

"演出时有个女孩不小心踩到我了，"说完我把左脚藏在右腿后，不让爸爸担心。"没事的，现在好多了。"

爸爸"啧啧啧"了几声说："还是让我给你弄点冰敷敷吧。"话音未落，他已经站在冰柜前了。

以前的我十分讨厌爸妈的唠叨。可今天，我享受着这一切。我让妈妈给我的玻璃杯添水，让爸爸给我敷冰块。他们做这些的事时候，我就在一旁静静看着他们的脸。上次见他们真是好久以前了。是圣诞节吗？不对，圣诞节我们还在巡回演出呢。我记得那时跟爸妈、利娅还视频来着。当时我在台北的酒店里，看他们在旧家打开一个个圣诞礼物，我差点没哭出来。看着爸妈的脸，我感到他们似乎又变老了。妈妈的脸上添了皱纹，爸爸的头发也花白了。时间过去，我一天天在成长，他们也在一天天变老。想到错过多少和家人在一起的时光，我就一阵难过。

"现在想看看整个家吗？"我刚吃完最后一口，爸爸问。这时

第十八章

的他浑身充满了劲儿,让我想起小时候爸爸身为专业拳击手的样子。我差点笑了出来。

"准备好啦!"我说。

爸妈带我看了客厅、主卧室还有利娅的房间。利娅还是像小时候一样把房间弄得乱七八糟,不过房间的布置不再是小孩子的风格了。墙上不再贴满 NEXT BOYZ 的海报,被子上不再有星系图案,床上不再堆满毛绒公仔。好吧,说实话,我还是看到了枕头边上的兔子公仔。走廊里贴满爸妈结婚以来收集的艺术品:怀旧的《纽约客》杂志封面、首尔的炭笔素描风景画,还有两个人第一次在科尼岛木板路约会时的一张搞笑漫画——画中妈妈的额头是脸蛋的两倍大。家里的每件物品都有历史。这就是完美的家和家人。

"这间是客房,"爸爸领我看了最后一间屋子,"是给你留的,你回家时就当成卧室来住好了。"

爸爸打开房门,后退两步,示意我先进去。一进门,我就暗暗惊叹:床头柜摆着一瓶新鲜的丁香花——我最喜欢的花——熟悉的气味迎面扑来。旁边还有我最喜欢的 Diptyque 牌浆果味香氛蜡烛。我猜,爸妈一挂电话立刻就冲进屋,把香薰蜡烛给点上了。窗子下有一张宽敞的竹面桌子,上面有一个咖啡杯,里面插着削好的铅笔。

"你想画画的时候可以在这里画。"妈妈把我引向桌边。她打开抽屉,取出一个小小平平的画板灯箱。按下按钮,灯箱发出柔和的光。"还有这个,如果你想找什么东西的话……我是在网上看到的。"

"哦!"爸爸突然插进来,"还有个很棒的小餐馆要告诉你,我不久前才发现的,离清潭公园就几步路。"

爸爸絮絮叨叨地说,那家餐厅的煎蛋能做成鲸鱼形或星形。我一边听,一边湿了眼睛。我知道比起清潭洞,爸妈更喜欢首尔的其他区域。当我还是练习生的时候,爸爸负责带我去 DB 大楼练习。每回走在街上,他都要对过往的豪车点评一番。奔驰、玛莎拉蒂、宝马。这些车名爸爸能倒背如流。不过那时我就知道,富人区的奢华让爸爸很不自在。出道那天,我请全家人去 Class 餐厅吃饭。能请家人吃一顿大餐,我为自己感到骄傲。爸妈虽然高兴,但爸爸全程都很紧张,开玩笑说真不知道用哪个叉子才对。妈妈则是一直咕哝着菜单的价格太高了。搬家对妈妈来说意味着很大的生活转变。她是个实际而简单的人,与清潭洞截然相反。爸妈做出如此大的牺牲,只是想跟我住得近些。不过,说意外也不意外。毕竟爸妈放弃了纽约的人生,搬回首尔只为我能实现梦想。他们是世界上最好的父母。从城市一头搬到另一头对他们来说并不算什么。

大门开了,我听到利娅的叫声,"姐姐,你来啦?我回家了!"

我跑出去迎接她。我们又叫又跳,利娅跑过来用胳膊搂住我的脖子。

"昨晚的派对怎么样?"我问。

"可以,还不错——海文喝了太多香槟,叫我们所有人帮她找手机。最后你知道吗,手机就一直攥在她手里。总是这样。哈哈!"利娅伸出双臂,转过身看着我:"喜欢我们的新家吗?"

第十八章

"嗯,完美。"我答,"你竟然没告诉我!"

利娅看了眼爸妈,笑容灿烂。"我很擅长惊喜哟!你今晚要在家睡吗?"

我看了眼身后的房间——有丁香花和插满铅笔的马克杯——与别墅相比,这里更像我的家。又这么近……

"那个,"我开口问,"如果我搬回来,大家觉得怎么样?"

晚上,我在书桌上画了会画,不一会儿就困了。睡觉时我穿上妈妈的睡衣,一夜好眠。好久没有睡得这么沉了。第二天一大早,爸妈喊我吃早饭。早饭是豆芽汤饭,妈妈做好饭后才出门,去梨花女子大学上早课。我试着不去想搬家让妈妈的通勤时间变长了多少。我暗暗想,明天我来做早饭,这样就能给妈妈省下些时间了。吃完饭,利娅出门了。新家离爸爸的办公室很近,所以他能多陪我会儿。

"女儿,你还好吗?"见我低头拿筷子把汤里的豆芽搅来搅去,爸爸开口问,"是不是有很多心事?你是后悔搬回来住吗,是吗?"

"不后悔,没有,"我回答,"只是不知道其他人怎么想。"

"啊,原来是因为队友啊。"爸爸充满理解地说。

我点点头。"还有媒体。"昨晚,一切是那样顺理成章。可是,今天一大早醒来,我被恐惧击中了。我害怕告诉大家我要搬出来住。没错,和八个女孩同住确实有很多麻烦和不快乐。恩地那件事之后,几天以来我和其他人的关系变得更紧张了。但我搬出来的理由不是为了躲避她们,而是为了拥抱家人。"我不知道,"我说。"心里挣扎得厉害,一半一半吧。一方面觉得应该坚持下去,和大家一起住,一方面又觉得还是在家里住舒服。我不想让大家失望,也不想让自己看起来像是放弃了一样。"

爸爸盯着我说:"女儿,我是知道你的。你从来不会放弃。你有你自己的方式,一直以来都是自己决定。"

我喉咙有些哽咽,点了点头。"谢谢你,爸爸。"

爸爸笑了。"快喝汤吧。"

爸爸朴实的话解决了我心中的疑惑。吃完早饭,我鼓起勇气打算回去跟大家摊牌。迟早都要说的,而且我还要收拾东西。回去的一路(也就五分钟路程)我反复练习该说的话。不过再怎么演练,我都不知道即将面对什么样的情况。大家会怎么反应?想知道答案,只有一种办法了。

一走进别墅,就听到客厅的聊天声、碗筷碰撞的叮当声,还有背后的电视声。我深吸一口气。没什么大不了嘛。

我走进客厅,朝大家挥挥手:"嗨,大家早啊。"

所有人都停下手中的活看着我。大家的衣着是休息日风格,邋里邋遢,睡眼惺忪——皱巴巴的睡衣、乱糟糟的发髻。莉齐推了推眼镜,扬起眉毛看着我。

"看来你在外面过夜了?"她说,"现在刚回来吗?"

"是啊,瑞秋,你去哪儿了?"美娜抱着咖啡杯看着我,笑容奸诈。"不会是昨晚喝醉了,跟什么人去酒店开房了吧?"

我还没来得及说自己根本没去参加派对,恩地突然插嘴了。

"行了,美娜,"她说,"你就相信瑞秋吧,她不会背叛男

第十八章

友的。"

屋里一片沉寂。

我听见勺子掉进碗里的声音,看到瞪大的眼睛。

这时,电视开始播放闹哄哄的巴卡斯功能饮料广告。

"男朋友?"秀敏终于开口。

该死。

也许在其他人看来,恩地是在维护我。不过她眉毛上挑的弧度背叛了她。我知道她就是故意的。她明知道我不想说,但还是把我和艾利克斯的关系抖给了所有人。

"是的,男朋友,"说这话时我有一丝窘迫,"他叫艾利克斯。我们是在新加坡认识的,一直在聊天。"

"哇,"仙姬眼神发亮,"真不敢相信,在新加坡?那时候智允……"

她赶紧收回了那句话,朝智允投去抱歉的眼神。智允此时僵硬地挺直了腰板。仙姬根本不用说完那句话,所有人都知道她想说什么。在新加坡的时候智允因为约会被抓到了。

美娜叉着腰说:"所以,在新加坡的那晚你确实去见男人了。"我想了想当时自己是怎么回答的。哦,我是说自己要去见朋友的朋友,喝杯咖啡。那时,这句话并不是撒谎。不过现在,考虑到智允的遭遇,这句话听起来是糟糕的借口。

"是的,"我缓缓说,"共同的朋友介绍认识的。一开始只是朋友而已,到后来才发展,开始在一起。"我不晓得自己为什么要对她们说那么多,那么详细。智允的表情仿佛在说"这有什么不同吗?""话说回头,我昨晚不是跟他在一起。"我赶紧说完,想换个

243

话题。

"我昨晚回家了。我有个重要的事要宣布。"来吧。"我打算搬出去住,搬回家和家人一起住。这件事也许很突然,不过最近我爸妈搬家了。我的新家离这里非常近,家里给我留了一间房间,一切都准备好了。我不会因为搬出去而缺席任何活动,这不会影响我的承诺。说实话,我觉得搬出去住是很好的契机,这样就可以重新开始。"我紧张得要命,忍不住说了一大堆话,收都收不回来。说完,我紧闭双唇,尴尬地笑了。"大家怎么想?"

一阵尴尬、惊讶的沉默。

终于,智允清了清嗓子,开口说话。"哇。你真幸福,家搬到这么近的地方来了,"她的语气中有一丝羡慕,"能跟家人一起住当然好。"

"我也想跟家人一起住,老实说,"永恩补充道,"是个很好的改变的契机,瑞秋。"

我点点头。我很感激永恩的冷静。说完,我打算往卧室走,还没迈出步子——

"能多问问关于你男朋友的事吗?"仙姬说。

"他长什么样子?有照片吗?"

问得好私密。

"他人很好,很善良。"我迟疑了一下。恩地和权宇的事刚过去,这时候提起艾利克斯,我感觉有点奇怪。我看到恩地的脸抽搐了一下——她还在心痛——于是我打岔绕开了话题。

"我没有很多照片,毕竟我们是异地恋。"

"恭喜啊,瑞秋,"美娜笑着说,"先是有了男朋友,现在又要

第十八章

搬走了。都是重大的人生决定啊。"

"谢谢，美娜。"我慢慢回答她。她没有再说什么，但我感到不舒服。不过整体来看，大家对于"我要搬出去"这件事算是接受了。可是，现在所有人都知道艾利克斯的存在，这让我隐隐不安。不会有人告密的，会吗？我怀疑很多人私下里都交了男朋友的。恩地和权宇的事曝光后，莉齐和秀敏一下子变得紧张兮兮。她们不希望再有别的恋情被曝光，不是吗？那样的话，媒体就会盯上所有的人。

"好吧，我要去收拾东西了。"说完我径直走回房间，不给她们八卦艾利克斯的余地。

我走进屋子，把梳妆台抽屉里的东西都倒了出来。爸妈给了我一些空箱子，不过我想先拿行李箱装装看。我一点点把T恤、袜子、睡衣放在Away行李箱的底层，一抬头，看到门口有个人影。我以为是智允，没想到是恩地。

恩地面无表情地看着我，在门口徘徊了一阵。然后，她开口问："你真的要搬走了吗？"

"嗯。"我边说边卷好一双羊毛袜子。

"你是在打碎水晶球。"恩地噘着嘴说。她说这话的语气不像是在责怪，而是有些依依不舍。我抬起头，看到她的神色有些激动。

"恩地啊，"——这时我看见她的下嘴唇开始发颤——我说着就去抓她的手，让她和我一起坐下。我们坐在智允的床上（因为我的床铺堆满了衣服）。"对于发生的一切，我很抱歉。我知道这对你很不公平。被抓到的人完全有可能是我和艾利克斯。说实在话，你们被抓到真的只是运气不好而已。"说完，我感觉后背一阵发麻。我想了想，这话真是没错。"可能是哪个服务生认出权宇了，然后把消息透露给了《揭露》。我们怎么会知道呢？"我试着把手放在她肩膀上，恩地的身子突然僵住了。不过，她并没有甩开我。"事情发展成那样，我很抱歉。真的，我很抱歉。我不敢相信整件事变得这么难堪。"

"是啊，"恩地侧过脸去不看我，断断续续地说："很难堪。"

"请不要生我的气。我们要相互支持鼓励，忘掉这件事。要怪就怪媒体吧。"我说。"是媒体逼我们公开恋情，即使我们没有打算公开。还有，要怪的话就……"说着，我本能地压低了嗓门，仿佛卢先生就在附近似的。"要怪就怪公司吧。公司也一起参与了这件事，不是吗。跟媒体说声'无可奉告'真的有那么困难吗？"虽然公司以我们的利益为出发点，也一直在业界框架内保护我们，可是，他们为什么不能替我们挺身而出呢？为什么不能替我们挡掉媒体的骚扰呢？"还有，这次你很幸运，公司没有逼着你和权宇分手。想想上次智允的事。"

"也对，"恩地叹了口气，肩膀塌了下去，不再是气呼呼的样子了，一脸颓唐沮丧。"这就是和名人谈恋爱的后果啊。权宇比我还要有名。如果我是和无名小卒在一起的话，像你们这样就不会有事了。"

某种程度上，恩地说得没错。可是，难道她不知道用"无名小卒"来形容艾利克斯是一种冒犯吗？好吧。这次就算了。

"他做什么工作来着？"恩地问，"金融，对吗？"

我点点头。"他替大型时尚公司打理投资方面的业务。说实

第十八章

话，我能有自己的系列，多亏了他的帮忙。"说这话时，我的眼睛自动转向敞开的衣柜，看了眼那空空如也的架子，上面本来有我的巴黎世家皮包。

等一下。

不是本来有。

是现在就有。

我的蓝色巴黎世家皮包回来了。

它此刻就躺在衣柜最上层——我习惯摆放的位置。

不过它大变样了。不但表面的皮革裂开，前面还有像是墨水印一样的东西。它被非常粗暴地对待过。我从床上弹起来，飞向我的包，用手指轻轻抚摸它受伤的皮革，心里一阵作痛。

"哦，宝贝，是谁害你变成这样的？"我喃喃自语。

一方面我松了一大口气——包终于找回来了；另一方面我胸口憋着一股怒火——确实有人偷了我的包。我抱着包冲去客厅，留下不明所以的恩地。是的，我知道这么做很傻，但既然我要搬走了，就不能让这件事这么过去。此时此刻，我一定要问个清楚，到底是谁偷拿了我的包。

"各位，说实话吧。到底是谁拿去了？"我尽量表现得不是太愤怒。"快点，不是什么大不了的，快点，承认吧。"

"要这样吗，瑞秋？"莉齐说，"今天是你待在这里的最后一天，然后你要污蔑我们中间有人偷了你的包？"

"我没有污蔑——"我一惊。

"真不敢相信，你真的要走了耶，瑞秋。"仙姬一脸不舍。

我咽下了沮丧。愤怒也变得干巴巴的，不再有力气。

好吧。心胸宽广。我要搬走了，大家都还没有适应。这样想就好了。我终结了一个时代，于是我必须更加宽容大度。

"没事的，仙姬，"我说，"要是说有什么变化，我想我们的关系只会更好。少了一个人抢厕所，大家不是能住得更开心嘛。"

"可能是吧。"仙姬说。

"对了，莉齐。"我转过身看向莉齐。她小心地扬起眉毛，像是在听自己因为什么事而被抓住了把柄。"我知道妹妹对你很重要。如果你想搬回家住，我会跟公司表态支持你的。"莉齐看向地面，没有说话，表情似乎有些愧疚。

"嘿，"智允语气热烈地说，"想想好的一面吧，我现在可是要一个人住咯！"

"轮流！轮流住单人间！"仙姬立马抢着说。这是个陈年马蜂窝，关于谁住单人间的争论从没停止过。整栋别墅一共五间卧室，我们一共九个人，这意味着只有一个人能住单人间——那个人就是美娜。现在，情况有变。

"智允后面是我！"安里高高举起手。

"不公平！应该是我！"秀敏说。

她们俩开始了新一轮的斗嘴。我低头看了看裂开的皮包。有人说，距离产生美。我希望将来一切都能变好。

第十九章

我热爱流行音乐,
同时也热爱别的事物。

Girls Forever 面临解散：金瑞秋宣布单飞

六年前，Girls Forever 一出道就成为大热女团，收获千万粉丝。不过正如谚语所说的那样：所有美好的事物终将结束——仅仅五年不到，金瑞秋已经和队友们闹翻了。据可靠消息人士透露："瑞秋与其他八名队友不和已久。她一直都没有从和杰森、美娜的三角恋情中走出来，多年来一直逼着队伍里的其他人站队。"据目击者称，上周末 Girls Forever 别墅发生了重大冲突。冲突过后，金瑞秋愤然搬离宿舍，拿着行李箱回了家……

知道我搬回家住，八卦杂志一片沸腾。上述文字不过是上千份荒谬的报道中的其中一则。

为了维护团队形象，公司决定增加宣传力度，给我们安排更多的通告。目的是让我们九个人看起来一如既往像家人一样亲密。

"大家再坚持一阵子，"拍摄间隙韩先生对我们说，"日程安排很快就会恢复正常，可现在大家要团结一致。粉丝对大家的信任下降了不少啊，姐妹情深，懂吗？"

这句话听来尤其刺耳。我皱起了眉头。公司明明有能力应对媒体的，可他们没有这么做。

"各位，记住了，"卢先生也来到了片场，"能让粉丝高兴就不要让粉丝担心。"好吧。至少这句话我能够理解。现在是六月底，很快就要到九月了。为了粉丝我们要竭尽全力准备洛杉矶演唱会。粉丝一直忠心耿耿支持我们，我不想让他们失望。

好消息是，自从我搬回家住以后，我和队友的关系有了很大的改善。虽然最近工作量激增，但每次到了片场见到大家，我的心情都还不错。我会关心她们之间发生了什么，让她们给我讲讲前一晚的故事。

"哦我的神，你要是看到就好了，"今天拍赛车广告，我们刚换上黑白相间的赛车服，安里就激动地说道，"草莓牛奶洒得到处都是。我从没见过莉齐笑得那么癫。"

"她俩就是抱着睡的！"仙姬悄悄说。拍摄可口可乐广告时，化妆师给我们每个人涂上艳红色的口红。"说真的，她们俩很有爱，智允还贴着美娜的后背睡。千万不要跟美娜说，我告诉过你这件事。"

忙完一天的工作回到家，妈妈用大麦茶和热乎乎的饭菜迎接我。周末，我陪爸爸吃星形煎蛋，又帮利娅背诵普通话歌词——SayGO要出她们的首张中文专辑了。在工作和陪伴家人的间隙，我坐在房间里的竹面桌边静静地画画，设计新的皮包款式。

连卡佛说要在品牌发布会之前完成下一季度所有单品的设计方案，我着实吃了一惊。这根本做不到，太难了。不过神奇的是，六月快结束的时候，我已经完成了任务的一半。是因为远离了集

第十九章

体生活的纷纷扰扰吗？是因为有了家人的陪伴和支持吗？还是因为妈妈给我准备的竹面桌和灯箱起了作用？不晓得。自从搬回家以后，我的创作灵感就从没断过。一坐下来，我就迫不及待把脑海中的构思落实在笔头。发布会即将来临，估计不到最后一刻我是不能歇着了。不过，这是我第一次对自己充满了信心。

七月初的一个夜晚。利娅从身后伸过头来指着我的设计稿问："哦！这个很酷！是哪一款啊？"

我的第一款包代表全家搬回首尔前的阶段。第二款包代表我的练习生生涯。整个系列都是光滑油亮的长方形迷你包，包带可拆卸，因此用作斜挎包或者手包都可以。皮包五颜六色，包带选择多样，混搭或单独搭配都可以。七年的练习生生涯见证了我的成长，因此每款包的设计理念都是成长与蜕变。

我向利娅解释了"从斜挎包变成手包"背后的设计理念。"哦，我明白啦，"利娅说，"从白天变成黑夜，从普通女孩变成流行巨星，就像你一样。"

"没错，就是这个意思。"我笑了。

"这个很漂亮哎！"利娅拿着一张照片感叹道。那是一沓乐天百货为了新品发布会而拍摄的宣传广告，我靠在利娅的肩膀与她一同欣赏。她指的是我的单人照：我站在白色的背景墙前，笑容灿烂，把一个三角形的包放在头顶。"那是代表纽约的包，对吗？"利娅问。我点了点头。那款包花了我不少心思——为了拉链的小细节我可是煞费苦心。我希望营造出纽约的都市氛围，但不要过于老套。"到时候记得给我留一个啊，"利娅说，"这个包真的很酷。"

我笑了。"你知道吗，西莉斯特说它'复古又新颖'。"上回艾利克斯跟我转达了面试结果后，我就自己联系西莉斯特和她的团队了。我不希望一直靠艾利克斯当中间人（虽然严格说来他是品牌的投资人），尤其是现在……

突然，手机振动了。我的心跳立刻加速好几倍。每当艾利克斯给我发短信时，我总感到手机是在发射雷达波："嘿！看呀！金瑞秋在给男生发短信！她还亲了他呢！他还管她叫女朋友！"恩地的恋情被曝光、我搬出了别墅——这两件事已经给了媒体足够的噱头，再有任何风吹草动他们绝不会放过。因此，这时与艾利克斯见面几乎是不可能的事。

每次与艾利克斯发短信或视频后，我总是更渴望与他见面。我必须克制发短信的冲动，减少联络频率。我应该对艾利克斯坦白，说我没有做好进入正式恋爱关系的准备。但我内心矛盾重重，不知该如何开口。如今，最好的办法就是与他保持距离。

我于是想好了怎么回他："对不起，最近挨训了。"点开屏幕一看，哦，原来并不是艾利克斯。

俞真：嘿，下周二要一起喝杯咖啡吗？DB总部。

俞真是我练习生时代的导师。我们已经很久没有联系了。一见面，她还是老样子：爽快直接、热情温暖。俞真的眼睛亮晶晶的，充满了好奇，头发染成电光蓝色。我们在DB总部大楼顶层的咖啡馆点了冰美式，巨大的白色雨伞支撑在闪闪发光的玻璃桌上。

"你看起来还不错啊。"听我讲完生活进展，俞真说。

"很好，也是真的很忙。"我笑了，"八月初有品牌发布会，估计会忙死。"一想到还要审核营销材料，准备发布会当天的采访，我就

第十九章

心想：下个月可有的忙了。当然，还要完成公司安排的所有通告。

"是啊，最近大家都忙得团团转。"说完，俞真扬起了眉毛，"听说你搬回家住了，真的吗？"她应该是猜到最近我们通告变多的原因了。

"你是听公司说的，还是听《揭露》说的？"我有一丝警觉。"他们可是写了一大堆假新闻啊。"

俞真放下手中的咖啡。她身子前倾，一脸深沉地说："听着，瑞秋，你知道整个世界都在盯着你看，对吧？《揭露》和其他媒体一直在跟踪你，就是因为你身上有热度。"

我有点脸红，既害羞又高兴。

"这很棒。你很成功，值得骄傲。不过啊，如果说这些年来我学到了什么的话，那就是：真正的敌人在内部。当团队的名气到达了一定的高度后，要小心内部竞争。一开始你们是一个整体，为了成功大家一起努力。不过，当你们取得了一定的地位之后，团队内部就会有相应的竞争，会有人也想要当第一。你和队友在一起多久了，五年了是吧？"俞真问。

"六年了。"我答，"到下个月正好六年。不过，俞真你放心，我们之间的关系还好。我搬出来住之后，大家的关系缓和了很多。媒体就是喜欢挑拨离间，无事生非。"

俞真并没有被我说服。"说起这个……"她眯起眼睛盯着我看，仿佛我是那个排练时因偷看手机而被逮到的练习生。"你是不是跟恩地一起吃过饭？"她尖锐地提问。

问题在空中停留了一秒，我突然意识到这也许不只是简单的朋友见面而已。俞真很可能是公司派来警告我。我喝了一大口咖

255

啡，"是的，"我缓缓开口，"我是在那儿，不过……"我停顿了一秒，小心翼翼不要说错话。虽然我和俞真很亲密，但她首先是 DB 的高层——这个事实不能忘记。"不用担心我，俞真，我……我已经在解决了。"

是的。解决这件事。我一直在躲避艾利克斯，躲避整件事情的后果。我深吸一口气，看着俞真说："作为团队的一员和公司的艺人，我完全了解自己的责任。"这话并不假，我也知道这是俞真想要的回答。这样，她就可以向卢先生汇报了，告诉他一切顺利。

"嗯，那就好。"俞真的神色松弛了下来。

"不过你也晓得，事情的真相和表面很多时候并不一致。但是在我们这行，表面与真相同样重要。"

说完，俞真朝后仰了仰，昂头扫视咖啡厅的屋顶。练习生、偶像和公司管理层时常约着喝咖啡、吃下午茶。不过下午茶可不仅仅是一顿饭这么简单。大部分的正事都是这时谈判解决的。正如俞真所说：表面并不代表真相。

"我明白了！"俞真突然用手拍打玻璃桌，"下个月的周年庆公司应该会搞些庆祝活动。如果你能主动请缨担任策划，我相信这是个很好的机会，向公司表达你的心意。你可以趁机向大家表明，不管你住在哪里或在搞什么副业……"——俞真此时扬起了眉毛，我听出了这句话的潜台词，双颊立刻变得绯红——"……你永远以团队为重。"

我喝下最后一口咖啡，听完了她的话。她说得没错。见到俞真，我想起自己做练习生的日子。那时我和明里还是好朋友。想到自己亲手毁了这段友谊，我就一阵难过。我不能再毁掉和队友的关系。现在是媒体在炒作，说我与队友们不和，但媒体的力量不可小觑。谎言重复无数遍，就有人信以为真。我不能让队友们怀疑我。好吧，就由我来准备周年庆吧，如果这能巩固和其他女孩之间的感情的话。希望媒体也能写出些新的内容。

我朝俞真笑了笑："好的，就由我来准备吧！"

"今晚的造型不错哦，瑞秋。"我爬进车子的后座时，钟硕说。我穿了一身简洁的经典款白色西服，戴金色环形耳坠，肩上挂着一个超大的购物袋。

和俞真想得一样，公司爽快地答应了我，让我担任周年庆派对的策划并把消息透露给了所有的媒体。过去的三个礼拜以来，我花了不计其数的时间准备这场派对。要提前安排好菜单（秀敏对草莓过敏，智允不吃洋蓟），还要确定每个人的日程没有冲突（仙姬要主持广播节目，安里要演音乐剧，美娜有戏要拍；公司规定九个人必须到场，任何人不得缺席）。与此同时，我还要准备品牌发布会。只有一周的时间了，事情也到了收尾的阶段。今晚的派对前，我给连卡佛发了第二季度最后一款皮包的设计图。为了设计出十八件单品，我可是熬了好多个通宵（陪伴我的是蜂蜜牛油薯片）。终于，一切准备就绪。我给西莉斯特回邮件，按下"发送"键后整个人才彻底轻松下来。周年庆虽说是给我们自己办的，但预期的公关效果不言而喻。尽管如此，我还是充满了期待。

停车的时候，我收到一条短信。

艾利克斯：周年快乐！

看到艾利克斯发来的文字，我的心开始颤抖。他是指我和其他女孩们的周年庆,不过我一下就幻想到我们俩的未来——属于我们的周年庆。我感到一阵强烈的愧疚和渴望。我有太多话要告诉他——关于我们、我们的未来、我的恐惧、我的期盼。不过,我实在是太忙了,总是没能找到合适的时机。狗仔队又总是潜伏在各处,令人猝不及防。我给艾利克斯回了一串心形符号,把手机收了起来。

抵达餐厅后,我发现媒体已经到齐了。我留在车里等候其他女孩,这样我们九个人就可以一同入场。OASIS411餐厅高档华丽,美轮美奂,和上回我与恩地去吃的金盏菊之家有天壤之别。这里以高端和富贵为基调,是社会名流的社交场合。不久,队友们都到齐了。无数闪光灯拍下我们入场时相互拥抱问候的场面。大家都不愿匆匆离去,在媒体面前逗留许久,享受着七月的暖风和庆功宴的喜庆。最后,我们还拍了张集体大合照——一字排开,每个人用手搂着身旁队友的腰——以庆祝六周年的来临。最后,我们朝狗仔队挥挥手,走进了餐厅。

一走进餐厅,我们就被带去私人包间。和金盏菊之家不同,这里的包间有落地窗。如果你告诉我狗仔就藏在玻璃门外的草丛里,我也不会意外。门刚一关上,十秒前的亢奋就渐渐变淡,陷入死寂的沉默。过去几周里,大家费尽心机在媒体面前上演姐妹情深的戏码,此刻大家脱下了伪装,感到筋疲力尽。

长久的沉默真是令人尴尬。美娜开口问我:"你是来之前去大采购了吗?"她指了指我椅子边上的购物袋。

"还有时间逛街,真是幸福啊。"莉齐冷冷地说,"我这几天根本连睡觉都没时间,可是瑞秋还有工夫去逛格乐丽雅百货店呢。"

第十九章

我刚想反击,女服务生就走了进来,开始报菜单。

听到"烤比目鱼"这几个字,智允哼唧了一下。我的心沉了下去。为了给大家准备菜单,我可没少费心思,尽量满足每个人的需要。我是记错了什么吗?

"对不起。"服务生一走我就跟智允道歉。"如果大家不喜欢比目鱼,我让厨房再准备些别的……"我真心希望今晚大家能吃好喝好,不是为了媒体,而是为了自己。对女团而言六年是巨大的成就,值得好好庆祝一番。

"不用了,"智允笑着说,"我喜欢比目鱼的,很不错,瑞秋。刚才我只不过是突然想起第三年我们的那条海鲜广告,大家还记得吗?"

"我的天啊!"莉齐说,"我故意把那件事从记忆里抹掉了。"

"是拍活龙虾的那次吗?"永恩问,"仙姬还想带回去一只龙虾当宠物呢。"说完,她戳了仙姬一下。

"我没有……"仙姬开口辩解,不过她还没说完智允就跳了过来:"真搞不懂啊,怎么会有人想出那样的馊主意?"

安里放声大笑,笑得直捂肚子。这时,一位男服务生走进来,开始上菜。开胃点心是油煎面包块,浇头是原种番茄和茄子,搭配酸辣酱。

"确实,拍龙虾广告那次很恶心,不过比拍巧克力棒广告好多了。还记得吗?巧克力棒节[①]那天,我们还在巧克力泥浆里打滚呢,"秀敏说,"真是太脏了。"

---

① 韩国每年11月11日为巧克力棒节。——译者注

莉齐咕哝着说:"我的天,那件事我也早忘了。那真是最恶心的一次。"

每逢巧克力棒节,我和利娅都会相互送巧克力曲奇棒作为礼物。不过在拍广告的当天,我们被打扮成了真人版巧克力棒。在那之后,我再也不想过巧克力棒节了。

"现在看到巧克力棒,我还是有点想吐。"美娜说。说完,所有人哄堂大笑,安里笑得前仰后合,高举着手叫停。

"别说了,我肚子都笑疼了!"她说。

听到这句,大家笑得更大声了。这时,主菜来了。第一道菜是小份的番红花意大利烩饭,用料是墨鱼,摆盘精致。接下来是牛肉南瓜法式清汤煮意大利方形饺,搭配生牡蛎和吞拿鱼。我们一边吃一边回忆过去六年里发生的事情,想起那些有趣的、惊险的、伤心的时刻。

"最惊险的一次,是大家以为仙姬在台北机场走丢了,"我说,说完吃了口牡蛎,发出粗鲁的喷喷声,"飞机都要起飞了,还记得大家多着急吗?我们以为你被绑架了呢,仙。"

仙姬笑了,有点脸红:"对不起啦,早饭吃得不对劲。"

"你跟我们说要去上厕所就好了啊!"我笑着说,"美娜都快要叫空警了!"美娜翻了个白眼,微微笑着,充满怜爱地看着仙姬。

"最吓人的一次是有个粉丝当场昏倒了,说是因为过于激动,"秀敏说,"永恩差点就爬过桌子要给她做心肺复苏了呢。"

"所以啊,急救培训很重要。"永恩认真地说。

"我记得那个粉丝,"安里说,"十秒钟后她自己醒了,尴尬的要死,但我们跟她拥抱合影以后啊,她说那是她人生最棒的一天。"

"很可爱，"美娜说，"我们的粉丝是最棒的。"

"等一下，朱美娜也是有感情的啊？"恩地咧开嘴笑了。

美娜耸了耸肩，用叉子叉了一块方形饺送进嘴里。"这话可不是我说的。"

渐渐地，一个晚上就这么过去了。我们边吃边聊边笑，回忆着共同的往事。真希望媒体能看到我们的这一面——自由放松，稀里糊涂，放下戒心，真心喜欢着彼此。不过，也许正因为稀少，这样的时刻才如此宝贵。今晚属于我们。虽然有时候我很讨厌其他八名女孩，但过去六年里一直陪伴我的只有她们。我们是一家人，不管喜欢还是讨厌。今晚，环视餐桌一周，我告诉自己，我喜欢我的家人。

"对了，我要跟各位说一声，我也要搬回家住了。公司同意了，一周之内我就会搬走。"莉齐说。她的眼睛迅速瞟了我一眼，然后又看向别处，喝了一口酒。

"我也是。"永恩说。她转身看向我，以感谢的语气说："妈妈都高兴坏了。她想请大家一起来餐厅——她都跟卢先生请示了十四次了，希望他能同意。"她露出浅浅的微笑，翻了个白眼。"不管如何，我们都要谢谢你，多亏了你，瑞秋，我以前也想过搬回家住的，不过我没敢提。要不是你提了，我是不敢的。谢谢你给大家带来灵感。"

我如释重负。在这之前，所有人都在说我搬出去会给公司带来多坏的影响，今晚听到这些积极的反馈实在是太棒了。"好消息，"我说，"我真替你们开心，说到灵感……"我把手伸向大购物袋,心跳加速。整晚我都在等待这个时刻。突然间,我紧张起来。"我给大家都准备了礼物。"

我把自己设计的八个包一个个拿了出来。"这些是我设计的包,灵感来源于我生命中的重要时刻。过去六年里,大家见证了我大大小小的所有时刻,所以,我想送给每个人一个包。"说完,我把包一个个放在桌子上,心里有点紧张,可能还有些自豪。桌子上依次排列着:纽约包、练习生包、首次巡演包,还有我最喜欢的——一个黄油般光滑的球型包——如今的瑞秋包。它寓意着如今的我作为歌手周游世界。

大家争先恐后地挑选起来,这让我无比开心,不禁笑了出来。我事前并没有期待会有好结果,毕竟队友的感情有时难以捉摸。看到大家都很支持,我感到特别欣慰。恩地看上了练习生包(就是那款两用包)。她背包的样子让我想起自己七年的练习生生涯。七年里我成长了很多。出道也有六年了,这六年里我同样改变了很多。如今的我是一个更加全面的人。我热爱流行音乐,同时也热爱别的事物。

"全面。"这正是"如今的瑞秋包"最好的诠释。我心里默默想着——要记住这个词,可以当作广告语——不过更重要的是,享受当下的快乐。真难以置信,六年就这样过去了。我环视四周,眼睛有些湿润。其他八位女孩和我一起经历了太多。我举起酒杯:"致在一起六年的我们!"

我干杯。"要一直在一起!"

第二十章

真不敢相信,一切就摆在眼前。

"嘘,不要吵醒她。"

"你过去一点啦。"

"好了吗,倒数三下?"

"发布会日快乐!"

派对号角声把我吵醒。我睁大眼,从床上坐了起来。"我的天,我这是心脏病犯了吗?你们把我吓得魂都没有了!"

大家哄堂大笑。几秒钟后,我终于清醒过来,意识到周围发生了些什么。金色、粉色的纸屑撒了我一头,妈妈正站在门框边上,爸爸坐在桌子旁的椅子上。脚下是利娅、慧利和朱玄,他们紧挨着坐在地毯上,头戴生日帽。

"这是什么啊?"利娅一下子给我戴上一顶粉色金边的生日帽,我笑着问。

"我们在庆祝 RACHEL K. 的生日啊,当然咯,"利娅说,"只有你会在这种日子里睡过头!"

"利娅,现在才八点!"

"是啊,不过!不过我们都准备两个小时了!"

"我和朱玄要走了。"慧利说。看她的打扮是要去实验室了。

她穿一条简单的灰色紧身长裤和长袖外套,胸口上还贴着名牌。"我们就是来祝贺你一下!"

"你一定会很棒的!宝贝。"朱玄边说边给了我个拥抱,"我一会儿跟品牌经理喝个咖啡,把她拉去狎鸥亭罗德奥街[①],我要给自己挑一个包。放心吧,我会全程拍 vlog 记录的!"

"啊,不用买啦。"我淡淡一笑,有点尴尬。

"开玩笑?当然要咯!"朱玄看着我,仿佛我神经不正常。

"还有,"慧利说,"虽然我们是好朋友,不用客气,但我们还是要买,因为你的包实在是太棒啦!"

"好吧,你们非要买的话……"我的笑容变得灿烂。我和赵氏姐妹是四年级的时候认识的,这么多年过去,我无数次想有她们这样的朋友真好。突然,慧利的手表闹铃响了。

"好了,我们该走了,不然真的要迟到了。"慧利从我的床上跳了下去。

"迟点约你喝酒?"朱玄跟着走到门口,回头问我。

老实说,我都不知道要怎么熬到晚上。一想到今天要做的事我就头大。但我还是点了点头,跳下床给两姐妹一人一个拥抱。说完再见后她们就离开了。

房间里只剩下利娅和爸妈。"谢谢你们,太贴心了。"

"你累了这么久了,不能不庆祝一下。"妈妈说着,捏了我的肩膀一下。

"哇!我们的女儿可是设计师呢!"爸爸骄傲地说。

---

① 首尔江南区的著名购物街。——译者注

第二十章

我心潮澎湃。真不敢相信,发布会就是今天,我们——或者说,我——竟然成功熬到了这一天。昨晚我躺在床上,想象着今天的到来,一连想了好几个小时。看到街上有人拿着我设计的皮包,会是什么感觉?要是卖不出去的话怎么办?想到百货商店里一排排的包躺在那里,架子上落满了灰尘,我就辗转反侧,整夜睡不着。虽然说这是我个人的事业,但我的成绩也会影响团队和公司。看到爸爸脸上骄傲的神情,我明白这也事关家族荣誉。不过,我知道无论输赢,爸妈都会爱我如初。话虽如此,我还是很怕,害怕让所有人失望。

利娅吹了声号角,把我从纷乱的思绪里拉回现实。"姐姐,我们给你准备了个特别的早餐!"她说,"鸡蛋芝士牛角包,从对面刚开的那家面包店买来的。"利娅说"牛角包"这个词还特意说了法语。"口感柔软酥脆,超棒——快点来尝尝,趁热,快!"

"我已经闻到黄油的味道啦。"我笑着说,"我还有件事要做,一会儿就出去。"爸爸妈妈和利娅走了出去,我掏出手机打开Instagram。说好了今天要发新照片的。我再次检查了一下,嗯没错,是那张我肩上挂着六款自己设计的皮包的照片,很满意。作为整体,这六款包很有凝聚力,表达着色彩、奇思妙想和美好的人生。作为个体,每一款包又不一样。我要好好想想每款包搭配什么背景和服装最合适。最后,我决定选择简洁的纯白色背景,地板用不同颜色的花朵装饰(对应着不同颜色的包)。至于衣服,我挑了一件时髦的浅色牛仔连体衣。

照片的标题是:"到 RACHEL K. 来挑选你的最爱吧!"同时,我还邀请粉丝关注我们的网站 @rachel.k.shop.

我深吸一口气。

就这样。

点击"发送"。

好了。我的天。发完了。看到照片出现在首页,我立马关机把手机塞到枕头下面,防止自己一遍又一遍查看。如果不这么做,我就会一直刷新评论和留言。我感觉手指头痒痒,想去刷粉丝评论和点赞,于是赶紧放下手机,离开卧室,洗漱后去吃早饭。

以牛角包开启全新的一天,没有比这更棒的了。牛角包的口感确实松软酥脆,就像利娅说的那样。我一口气吃下去半个,差点忘了喝茶。早茶是加了全脂牛奶的伯爵红茶。如果早上时间充裕,我会好好享用这样的一杯茶。我让自己静下心来好好吃饭,充分享受发布会日的喜悦。早饭很快就吃完,造型师十点钟来帮我准备采访内容。不过,我还是因太紧张而无法专心。我提出帮利娅挑选衣服——她们接下来有个粉丝见面会——然后瘫倒在客厅沙发上,无聊地打开了电视。可是,我根本没留意到屏幕上在放些什么。过了许久,爸爸走过来问我为什么要看动物频道,我才一下子醒过来。电视里在播放猫鼬的交配仪式,我也不晓得自己看了多久。

就在我快要忍不住去刷手机的时候,造型师米西到了。她帮我选衣服、弄头发、化妆,于是又是一阵手忙脚乱。此时,手机在房间里,收到新消息的提示音不断响起。

"你要我帮你先看眼吗?"米西问。一切快要准备就绪,米西发现我迫不及待想要去看手机。钟硕五分钟后就到,会载我去附近的一家不错的咖啡馆接受采访。

第二十章
☆

"还好啦,"我说,"我自己看好了。"

如果说出道六年以来我学到了什么的话,那就是你迟早要面对公众的眼光。没有人可以代替你,不管你多么想躲起来。

出门前一秒我拿上了手机。车子已经在门口等待了。上车后,我看见锁定屏幕上的新消息像洪水涌来。

突然,我的胃一阵翻滚,似乎都要把早饭给吐出来了。我从未如此紧张过。我迅速输入密码,解锁,滑下屏幕查看留言。

卡莉·马特森:瑞秋,超爱你的包!恭喜!为你骄傲,替你开心。亲亲。

朱玄:唔,瑞秋,你的系列真是太棒啦!!我正在乐天百货里跟所有人说我是设计师的朋友呢。

慧利:说真的!我刚出来吃午饭,不知道选哪一款好,我都想要!

每秒钟都能收到成千上万的"赞"和评论,我甚至忙不过来——查看和回复。有人说我的包"新颖又实用",还有人说它们"理念独特"。*NYLON* 杂志写道:

RACHEL K. 是首个由韩国偶像歌手推出的设计系列。不出所料,Girls Forever(韩国最当红的女团——关于她们的火速蹿红请阅读这篇文章)的全球粉丝们会为之疯狂。不过,RACHEL K. 的魅力已经超越了流行音乐界。金小姐接下来会收获大批新的粉丝,不光因为她动人的歌喉,更是因为她的新身份——时尚界的后起之秀。

这感觉像是在做梦。我只希望风评不要太差,没想到反馈完全超出了预期。不过,好评并不意味着销量。

如果说看到自己的作品大受好评已经足够梦幻，那么更加梦幻的是在商店里看到实品。我从乐天百货的泳衣专柜眺望，看见一大群顾客拿起包在试衣镜前试了又试。客人都离开后，我走去柜台。看到自己设计的包和普达拉、芬迪摆在同样的位置，沐浴在商店的灯光之下，我感到一阵兴奋。真不敢相信，一切就摆在眼前。

商店用好看的热气球装饰柜台，不过热气球的底部不是柳条筐，而是换成了手提包。气球是水晶做成的，闪闪发光，背后的布景台贴满了金色的亮片。我偷拍了一张照片，发给艾利克斯。

"天哪！是瑞秋！"

听见有人喊我的名字，我回头一看——后面聚集了一堆顾客。

聚集的人越来越多，我的贴身保安于是上前制止。粉丝们尖叫着朝我挥手。"嗨！瑞秋！我们超爱你的新系列！"

我挥舞双手问候大家，笑容僵硬，两颊生疼。"感谢大家的支持，谢谢，谢谢各位！"

我走出人群，与粉丝们一一握手道谢。一个年轻女孩说，她买 RACHEL K. 是为了庆祝自己从法学院毕业。我一直以来都是她的榜样，激励着她追求自己的梦想。一个高中女生说，为了买我的包她最近开始打工赚钱。这是她人生的第一份工作，为了攒钱她甚至加双倍的班。女孩的妈妈站在一旁说，多亏了我，女儿终于有工作的动力了。每个人都热情友善，让我应接不暇。

终于，我回到了车里。此刻我只想换上针织运动裤，躺在床上好好吃一碗红豆刨冰……

手机振动了。把我从刨冰美梦里拉回来。

第二十章

我一看，有三个未接来电——全是艾利克斯打来的。我立即给他拨回视频电话。刚一响，他就接了。

"瑞秋？"艾利克斯的脸庞出现在屏幕上，"终于看到你了！我一直想找你！"

"嗯……你能相信这一切吗？"我边说边用手捂住嘴。我竟然一时语塞，不知道说什么好。

"当然！"艾利克斯绽放出无比灿烂的笑容，"我从头到尾都相信你。你的设计无可挑剔，而且你这么努力。天，我真希望自己能在你身边，和你一起庆祝一下！"

"我也是。"我惆怅地说。过去的几周里艾利克斯一直被困在香港，为了商业谈判费尽了心思。我们彼此忙着各自的事，这样有好的一面也有不好的一面。我很想与他分享当下的这一刻，但今天媒体盯我盯得太紧，我和艾利克斯不可能安全地见面了。

"听着，有个好消息，"艾利克斯说，"从乐天百货的最初数据来看，营业额很棒！"

"真的吗？有多棒？"我问。

"要按照这个趋势发展下去的话，不用几年你就可以自己开店了。"

我自己的店？想都不敢想。兴奋和恐惧来袭，肾上腺素开始分泌。事情已经开头了，发展如此迅速。哦，可不要误会，我感到欣喜万分。不过，这一切又让我害怕。因为我回不去了。一开始我只是想做个小实验，不过现在事情朝着未知的方向滚动着。无论好坏，我都无法掌控未来。

第二十一章

也许我是先眨眼的那个人,
但我不能让她们看见我哭。

发布会之前,我一直觉得自己忙得够呛。现在想想,那时可太天真了。日子一天天过去:Girls Forever 的通告、RACHEL K. 品牌采访、设计新包并跟进后勤、拍新媒体宣传广告……

什么都要的结果就是这样吗?

关于成功,大部分人并不知道的事实是:成功的时刻再让人喜悦,你的日常生活依旧不会有太大的改变。每天早上还是匆匆忙忙洗个澡,赶去开早会,去的一路不断担心着迟到。想赶紧买杯冰抹茶就走,却不得不被困在长长的队伍中间动弹不得。每次见新顾客或是生意伙伴,仍然会为了留下好印象而忧心忡忡。还是时常想念家人。想到未来心里还是没底。未来——啊,对了,关于和那个很不错的男人(他管你叫"女朋友",还把你介绍给了家人——尽管你并没有准备好面对这一切)之间的未来。

我知道,我应该找艾利克斯谈谈。至于我们的关系,"女朋友"这个称呼既让我惊喜又让我焦虑。不过,现在一切顺利,贸然提出这个话题可能会毁了一切。我的个人品牌大受好评。我刚跟队友们庆祝了出道六周年,彼此之间的感情从未如此融洽。我搬回家和家人们一起住了。此外,虽然不能想见时就见面,但我的生命中存在一个很棒的男性。我不想因为艰难的谈话而毁了这一切。至少现在,一切刚刚好——脆弱不堪但依旧完美。这感觉像是同时端着好几个盘子,一不留神就能把所有的盘子打碎。

地球上没有比八月的上海更加炎热的地方了。一出浦东机场的大门,我就感到一股热浪扑面而来。闷热潮湿,皮肤一阵刺痒。我想立刻冲个澡,不过这趟旅程我们不会入住半岛酒店。八个小时后,我们又要返回机场搭乘飞机回首尔。

这周的日程排满了公司安排好的通告,不过我绝不能错过连卡佛上海旗舰店的开幕仪式。再说了,其他人因为个人原因而错过集体活动也是常有的事。仙姬因为广播颁奖仪式而错过了集体演唱会。美娜因为要重拍《当我爱你时》中的几个镜头也错过了当天的七场演出。不过,在洛杉矶演唱会来临之际,我不想错过任何集体宣传活动。我告诉公司自己可以在一天之内来回上海。现在,我只要完成这项任务就可以了。

到了连卡佛门店后,钟硕带我去休息室做准备。西莉斯特已经在那儿了,她帮我又过了一遍流程。与此同时,发型师开始捣鼓我的头发,拧出一个优雅繁复的盘发。弄完一切,我匆匆登台。舞台设置在店铺中央,上面是晶莹剔透的玻璃顶。闪光灯照个不停。穿着 Girls Forever 后援会 T 恤、头戴荧光发带的人群热情洋溢。我给大家介绍了六款包的设计理念,又着重感谢我的队友们。展示过后,我赶紧喝下一杯浓缩咖啡,吃了几口炸饺子,回到休息室接受数家媒体的采访。我流利地用中文、英语、韩语跟各位媒体人士打招呼。然后,这一切忙完我立刻回到浦东机场,办理

第二十一章

登机手续打道回府。

车子就要开到爸妈家门口时，我突然醒了。

"晚安，瑞秋！"下车前钟硕与我道别。"明天见。"

我几乎没听清他的话。我半睡半醒，拖着沉重的步子走到公寓楼下，按下电梯。床在呼唤我，就像大海上唱歌的美人鱼。不过爬上床睡觉之前，我还要坐在竹面桌上给西莉斯特发封感谢信——谢谢她策划了今天的活动。不过，还没等打开电脑，我就昏睡了过去。

刚出道那年，有一回我们几个人连夜坐了五个小时的大巴，从首尔赶去全罗南道参加粉丝签名会。平时我们会搭飞机，不过当天遇到飞行员罢工，所有的航班都延误了。公司不会允许错过签名会，于是我们连夜赶到全南。在后来的照片里，我的脑袋全是歪着的——整晚靠着大巴的玻璃窗睡觉，脖子都压变形了。

今天早上，脖子的痛感是那次的十倍。

醒来时，我发现自己趴在桌子上睡了一夜。脸上粘了张笔记本里撕下来的纸，纸上全是口水。

天。几点了？

我昏昏沉沉摸了摸手机，发现手机关机了。

当然了。昨晚没有充电。我从随身包里掏出充电器，插上手机线，焦虑地等待手机开机的瞬间，迫不及待想要告诉艾利克斯昨天发生的一切。上次发布会后我们聊了会儿关于销量的问题，从那以后好像几个星期都没有聊天了。我只是想听听他的声音，看看他的笑脸，即使是隔着屏幕也可以。终于，手机复活了。我正要按下艾利克斯的号码，突然看到一条新消息：

今天早上九点——GF@永恩家的餐厅

我愣了一会儿，恍然大悟。六周年庆功宴时永恩说过的，她妈妈想请我们所有人去她家的餐厅吃顿饭。

公司同意了，安排在这周。

原来下车时钟硕说"明天见"就是这个意思。

手机的电越充越满，收到的消息越来越多。三个经理打来的未接来电——时间分别是8：45，8：50，8：55。

现在是8：57。

"该死，该死。"我一边叫喊一边用手理了理乱糟糟的床头（或者说是"桌头"——毕竟我在桌子上睡了一夜），从房间里冲出来，换上耐克运动鞋。

"不要说脏话，女儿！"出门时听见妈妈的声音。

我冲出公寓大楼，发现钟硕的车子在外面等了很久。"对不起！对不起！"说完我"砰"一声关上车门。钟硕没有开口，而是从后视镜看了我一眼。我深吸一口气，瘫靠在座椅上，让钟硕快点开，不要管什么交通规则了。

终于赶到了餐厅。我一边冲进去一边做好了被骂的心理准备。没错，大家又要因为迟到而挖苦我了。不过，当我见到大家的时候，她们似乎心情都很不错。我是说，真心很不错。大家笑容灿烂，招呼我过去，这让我反而感到不安。

我找了个窗边的卡座坐下，感觉自己像是恐怖片里的小女孩，不知道前方是否有个电锯杀人狂在等待我。

"嗨！大家好，永恩，这里看起来真不错！"我说。每个桌子上的玻璃瓶里都插着小野花。

"谢谢,公司答应在这里拍照,所以妈妈就精心布置了一下。"

突然,我发现有好几位摄影师——DB 的摄影师——在周围忙着拍所谓的"偷拍照"。啊。我终于明白为什么大家心情如此愉悦。

笑容灿烂的原因是镜头啊。

窗外,一小撮粉丝聚集在对面的咖啡馆里,时不时朝我投来注视的目光。虽然咖啡馆离餐厅还有段距离,听不清屋内的谈话,不过这距离并不足以保护我们的隐私。我看见一个粉丝一边往拿铁咖啡里倒糖,一边用余光扫射过来。有人用手捂着嘴和朋友窃窃私语,有人投来八卦打探的目光,被我发现后又假装低头看时间。很显然,我迟到的全程都被围观了。

餐厅里,我和其他女孩假装兴高采烈地闲聊。十分钟过去,我实在是痛苦难耐。这时,摄影师说拍够了,可以收工了。

摄影师一走,永恩立刻转过身子朝我看。

"到底怎么搞的,瑞秋?你到底去哪了?"

永恩的厉声厉气着实吓了我一跳。平日里,永恩一直是那样谨慎克制,深思熟虑,我从未见她发这么大的脾气。

"对……对不起,"我开始结巴,"我昨晚刚从上海飞回来,回到家实在是太困了,忘了定闹钟。真抱歉,我迟到了。"

"你知道的,这家餐厅对我来说很重要。"永恩的双臂交叉在胸前,"大家支持你发展时尚事业,可为什么我需要支持的时候,你偏偏这么不上心?"

"不,永恩,"我心里一惊,"我没有骗你,我是说真的,对不——"

"给你。"永恩朝我扔来一个小袋子,包装袋上系着彩带。"我妈妈给每个人做的。大家轮流拿着它拍了照片。我是说,其他人,我们这些没有迟到的人都拍了。"

我低下头。那是一块饼干,上面装饰着漂亮的糖衣。是我。这个饼干小人是我。我环顾四周,看到其他人手里都拿着以她们为原型的饼干小人。莉齐的饼干小人是浅黄色的,代表着她的金发。仙姬的小人面色红润。真不敢相信,永恩妈妈竟然如此用心准备了这一切。我抬起头看着永恩,不知道说什么才能表达心里的歉意。我没能说一句话,她就气鼓鼓地冲向厨房去了。

我耷拉着肩,坐下来自己一个人喝咖啡。卡布奇诺已经变凉了,咖啡的苦涩味尤其突出。美娜走了过来,撕开包装袋取出我的瑞秋小人饼干,我没有制止她。"所以,"她轻声说,"你的时尚事业不会影响团队咯?我就知道。"说完她咬了一口饼干,把小人的头给咬了下来。

我在永恩家餐厅的厕所里待了整整十三分钟,思考该怎么做以及可能的后果。我该出去面对大家吗?还是继续藏在这里。粉丝们又该多想了——我的肠胃到底该有多不好,去厕所那么长时间还没有回来。最终,我决定出去跟大家谈一谈,接受惩罚。我睡过头了。虽然这是意外,但深深伤害了永恩,我必须道歉。走去就餐区的路上,我听见窗边的卡座那里传来谈话声。

"我真的很……震惊。说实话,就几个破包?"莉齐说。

"没想到她能做得这么好。"

我瞬间僵住了,赶紧靠墙站,其他人都看不到我。

"呃,我知道,"恩地叹了口气,"包是挺可爱的,没错,不过也不至于这么疯狂吧。"

我浑身发冷。

"垃圾就是垃圾。"美娜说。我几乎能想象她翻白眼的样子。"公司竟然同意她这么干,我爸爸超生气的。这和拍戏、演音乐剧根本不一样,简直就是第二职业嘛。"

"她不如转行吧。"智允说,语气中带着一丝恶毒。

"我想说,她要是想做时尚,可以,"永恩说,"但她凭什么总能得到公司的特殊待遇。我想开个小小的 YouTube 频道公司都不让,她凭什么可以在全球开公司?你们听说了吗,她的包还拿去香港卖了?"

"听说了。老实讲,我本以为她会以团队任务为重,可是感觉她好像本末倒置了?是吧?"仙姬语气中有些难过。

"我早猜到会这样。"安里洋洋自得地说。

秀敏深深叹了一口气。"这句话可要对她保密啊。不过,我有时候在想,凭什么她做什么都一帆风顺呢。好像她根本都没有努力过,什么便宜都让她占了?"其他人窃窃私语,表示同意。

"对了,你们都看了早上的电视采访了吗?说她是 Girls Forever 这个 Girls Forever 那个的。说真的,她真是对团队忠心耿耿吗?感觉她就是利用团队为自己谋取利益而已。"莉齐说。

我藏在角落,脸颊因为心痛而涨得通红。我惊讶地发现,自己竟然流下了几滴眼泪。美娜和莉齐会这么说我一点也不意外。但是,我本以为自己和恩地关系变好了的……至于其他人……我不敢相信,她们竟然说我那句'感谢大家给了我灵感'是在利用大家为自己牟利。我不敢相信，自己被她们想象得如此不堪。这简直太低级了。

我感到被人揍了一顿，想转身离开。这时莉齐说："别担心，大家想个计划。"

说到"计划"两个字，莉齐降低了音量，后面的内容我听不清了。我往前靠了靠，想听清楚她在说什么。不过就在那一刹那，美娜抬起了头，我们四目相对。该死。

美娜用手肘戳了莉齐一下，暗示她不要再说话了。我努力忍了下去，现在没有必要躲着了。我快速擦了擦眼泪，从角落里走了出来。

"嘿，瑞秋，"美娜扬起眉毛说，"经理十分钟内就要来接我们了。你不会再迟到了吧？"

我盯着她看了一秒，想让她自动放弃攻击。不过，美娜朝我盯了回来。

最后，我扭过头去不再看她，朝大门走去。"我去外面等。"

也许我是先眨眼的那个人，但我不能让她们看见我哭。

第二十二章

一个人搞砸了,所有人都会搞砸。

"嘿。是我。最近我们好像总是在给对方语音留言。嗯，跟你汇报下我的生活进展啊：公司差不多确定要跟谢尔森银行合作了，我终于能有自己的生活了。嗯……奶奶很喜欢你挑的那件猫咪毛衣。不过埃尔维斯太胖了，穿不进去。没事，给它减减肥就好了。最近奶奶都喂他减肥猫粮。嗯，最后一件想跟你报告的事是，我很想念你。你有空了给我打电话哦。"

在 DB 大楼等利娅时，我把艾利克斯的留言又听了一遍。虽然只是一则语音留言，但他的声音给我带来了宁静。这些天我太需要宁静了。幸好的是，昨天那场餐厅的灾难是本周最后一项任务。再次和她们见面以前，我有几天的时间可以喘口气。那件事像是狠狠抽了我一顿。一方面，我为自己错过饼干拍照时刻而感到懊悔，觉得自己像个傻子；另一方面，我又感到被大家深深伤害，仿佛后背被人砍了一刀。

一直以来，我都担心自己的设计作品会失败。美娜的那句"一个人搞砸了，大家就都搞砸了"一直在我脑海中反复回响。可是我并没有料到，大家会嫉妒我的成功。我想起上次和俞真喝咖啡时她说的话——"再亲密的团体也会因内部矛盾而瓦解。"我们之间上演的一切也是如此吗?

正想着,主楼梯传来一阵脚步声,一群人走了下来。我抬头,以为能看到利娅和她的队友们。她们一大早要去录音,我答应了利娅商店一开门就买红豆甜甜圈给她送来。但我看到的人不是利娅,而是一群怒气冲冲的陌生男女。

"——最好给我认真对待。你知道过去几年里,我给了他多少钱吗?他两次回家度假都是我付钱的!"穿蓝色西服的男人说。

"是啊!更不要提我给他老婆做的双眼皮手术了,只收了一半的钱!"一个留着波波头、厚刘海的女人说。这个人有点眼熟,不过我想不起来了。

"姐姐!"我听见利娅的声音,转身看到她和队友已经来到了大堂——她们走了另一侧的楼梯。"告诉我,你买到了!"

我笑着挥了挥手里的甜甜圈盒子。"可逮到你咯!"

我正打算离开时,手机响了。我把甜甜圈塞到利娅手中,手忙脚乱地掏出手机,期待看到艾利克斯的号码。不过并不是他。是一个陌生的国际号码。平时我从来不接这类电话,而是直接转入语音信箱。不过,有个声音告诉我,也许正是艾利克斯呢——他用了另一个号码打来。于是我逃离了 DB 大楼,找了个路边的椅子坐下,接听了电话。

"你好?"

"嗨,是金瑞秋吗?"一个操着英式英语的女士问。

"是的。"我说。

"很高兴,终于找到你了。我是辛西娅·巴恩斯,"她说,"我是 Discipline 的高层。"

第二十二章

我从椅子上坐直了。Discipline体育用品。是奥利弗·马特森——卡莉的丈夫——所创立的运动品牌。"你好，请问有什么事吗？"

"我们打算去瑞士阿尔卑斯山拍摄滑雪服广告，想邀请你担任我们的广告模特。"

去阿尔卑斯山拍广告？奥利弗·马特森的品牌？我几乎是想都没想，立刻就答应下来。"是的！我非常感兴趣！"

"太棒了，"辛西娅说。"如果一切顺利的话，我们想安排你和奥利弗参加粉丝见面会，当然咯，还希望你能为大家献唱。"

拍广告？单独的粉丝见面会？接下来她是不是还要说，会给我终身免费提供巧克力派吃啊？照这个趋势来看，没有比这更好的事了。

"很抱歉直接联系你，打扰了。"辛西娅说。哦，我的巧克力派梦破碎了。"早些时候我联系过你的老板，不过听说所有人都在开会，所以我就直接打给你了。我等不及了，时间很紧迫。九月十五号之前你需要抵达瑞士。我知道，这样的要求是有点太突然。"

"唔，是有点赶，"我咬着嘴唇说，"最好还是通过公司来协商，看看我的日程安排是不是有空档。"

"好的，确认好之后麻烦你叫公司尽快与我们联系。"

挂了电话后，我盯着手机看了好一阵，头有点晕。我不敢相信。这一切是真的吗？

我快速把消息跟利娅说了一遍，立刻跑去公司总部大楼。这是一个月内的事了，我不能再浪费任何一秒。

"抱歉，卢先生？"我轻轻敲了敲办公室敞开的门。"对不起，我没有找到您的助理,钟硕也不在,他带宠物狗去了医院……"

"嗯……是。"卢先生抬头看了我一眼,像是思路被打断的样子。他示意我进去。"进来吧,瑞秋。"

"刚刚 Discipline 运动品牌给我打了个电话,说想找我拍广告。"我一坐下就开门见山。"他们要我九月中旬去瑞士拍。公司能安排我去吗?"

卢先生坐直了身子。"我没听 Discipline 跟我说过这件事。"

"他们刚刚直接给我打电话说的,"我小心翼翼地措辞,"他们说早上您在开会?"

卢先生低头看了眼桌上的文件,气氛一度尴尬。然后,他果断把文件翻过去扣上。

"是的,唔,"卢先生说,"我需要确切的日期。九月十三号大家要动身去洛杉矶,不能让任何事与这件事起冲突。"我点点头。"不过,"卢先生继续说,"如果时间合适的话,你又答应了他们,我也没有理由拒绝,不是吗?"

我终于松了口气,鞠躬表示感谢。"太感谢了,卢先生。"

我转身打算离开,卢先生伸出一只手,示意我先不要动。

"提醒你一下,瑞秋,"——卢先生的眼珠子在镜片后亮了一下——"希望你能搞清楚主要任务和次要任务,不要把二者混淆了。"

主要任务。接下来的几周里,这个词在我脑中不断盘旋。

我合理地把精力分配给所有的任务了吗?好消息是,其他八个女孩异常地安静——这给了我片刻的安宁。上次,她们的话狠狠伤害了我,不过我已经能克制住自己不再去想。谢天谢地,我因为太忙而没有工夫胡思乱想。不过，自从听到她们要在背后偷偷搞些神秘的"计划"，我就感到隐隐不安，等待着事情哪天爆发。现在，我有点怀疑这只不过又是一出无聊的戏码而已。我决定把精力放在其他事情上。以前，这样的戏码可多了去了。

听说我要去瑞士给 Discipline 拍广告，大家的反应都很淡然——这十分出乎我的意料。

"Discipline？是奥利弗·马特森的运动品牌吧？酷。"智允挤出一丝微笑。我感到困惑。其他人更是只关心自己的日程，对我的事毫不在意。我想，或许是大家跟我一样忙碌，没有心情再演什么戏了。

也许我的担心是多余的。

也许大家那天在餐厅只是发泄不满情绪而已。

不过，我内心有什么东西在蠕动……作为 Girls Forever 的一员，我知道事情永远、永远不可能这么简单。

"嘿，钟硕。"在去公司练歌的路上，我开口问。

"什么，瑞秋？"

"你觉不觉得，最近大家的表现都……有点奇怪？"如果真要有什么坏事发生，钟硕应该听到些风声的。

"奇怪？"

"你也知道的啦。最近大家都不跟我吵架了，不像以前那样。"说完，我给了他一个会意的微笑。我从后视镜里看到了钟硕的眼睛。他笑了笑。钟硕可能是所有经理里见证过最多人际矛盾的一个。不过，他的嘴巴一直很紧。我从来没见他凶过谁。任何情况下,他都能保持冷静。这么多年来,我总是找他安排自己的日程和交通。

"呃,也许是因为大家的父母让她们都太忙了吧。要超越自己的成绩不容易啊!"

"父母?什么意思啊?"

钟硕笑了。"就在你的发布会后,其他女孩和她们的爸妈某天来了一趟公司。都气呼呼的,耳朵在冒烟呢。"

听钟硕这么一说,我立刻想起等待利娅时看到的那群人——从楼梯上怒气冲冲走下来的人,那位似曾相识的梳着波波头、留着厚刘海的女士。回想起她那愤怒的面容,我恍然大悟。那犀利的眼神和莉齐生气时一模一样。

钟硕解释说:"她们因为你发布会的事愤愤不平,说你没有提前通知大家。"

"哦,我的天。"真不敢相信她们竟然这么说。明明每个人都知道的。我从来没有隐瞒过任何事,短信聊天记录可以作证!突然,我一下子明白所谓的"计划"是指什么了……大概就是指这个。"公司怎么说?"我问。

"公司解释说你是在得到许可后才进军时尚业的,还说每个人都是自由的,如果想做生意的话可以自己去尝试。"说完,钟硕耸了耸肩膀。

"哦!我……哦。"我喃喃自语,充满了意外。"呃,好吧。听起来还不错。"我仔细想,这是最好的办法了。每个人都自由选择自己的追求。如果我能被允许从事时尚行业,其他女孩也可以做她们想做的事。当我们其中一个人成功,其他人也同样获得了成功。不是吗？

"今天就到这里，大家再见！"声乐教练宣布晚上的练习结束。为了洛杉矶演唱会，我们刚过了一遍演唱列表中的新歌。"大家的歌声很动听。"

说得没错，我们的歌声是很美妙。今晚和其他几个女孩一起练歌，这感觉像是重修旧好。不过，想着钟硕告诉我的那件事，我就感到难以释怀。没错，我和她们之间还有些事情要解决。幸好，她们也这么想。

排练结束后，仙姬来找我。她有点羞涩地靠近我："嘿，很久没见了，大家感觉再也见不到你了呢。你今晚怎么没有来别墅？莉齐要来的，永恩也会来，她还要做炒年糕呢。你也来吧，就像以前一样。"

"好吧。"我说，挤出一丝微笑。趁这个机会，正好能和大家开诚布公地聊聊。也许是我误会了什么，又或者是钟硕搞错了。希望今晚的见面能扫除疑云。"听起来是个好主意，我现在就回家冲个澡，一会儿见！"

"太棒了。"仙姬朝其他女孩看了一眼。其他人都已经上车，就等仙姬了。"已经等不及了。"

几个小时后，我出现在别墅的门口，手里拿着妈妈给我的麻花。我跟妈妈说永恩会做炒年糕，吃的东西很丰富。不过妈妈就是妈妈（或者说，至少我妈妈是这样），绝不会让你空着手去做客的。"大家，我来了！"我喊了一声。

里面一片死寂。奇怪了。她们是出门了么?仙姬在车上的时候我就给她发了短信,告诉她我什么时候会到的……

我走进客厅,差点没吓昏过去。所有人站在客厅中央,双臂交叉放在胸口,看起来是在等我,要找我的茬。这感觉有点像是走进了反乌托邦电影的片场,说是恐怖电影也行。所有人眼睛死死地盯着我看。我在人群里找到仙姬,朝她看了看,发现她羞愧地背过脸去不再看我。

这不是聚会。这是埋伏。

"瑞秋,你坐下来吧,"美娜快速开了口,"我们谈谈。"

她示意我去沙发坐下。我缓缓坐下,放下了手中的麻花盒子。

"怎么了?"我抬头看着大家,心跳加速。八个人齐齐站好的样子就像一堵墙。我从未感到如此被孤立。

"我们一直在商讨这件事,"莉齐说,"大家都认为你无法再履行对团队的承诺。"

"不是这样,"我说,"我知道自己最近一直在忙别的事,不过团队活动一直以来都是我最重要的任务。从来没有变过,未来也不会改变。"

"可是大家都不这么想。你需要向我们证明。"美娜说。她看了其他人一眼,又看向我,"你必须暂停你的个人品牌。"

我一定是听错了。

"暂停?"我反问。

"是的,"美娜坚定地说,"直到你和公司解约之前,都要暂停。"

我一阵反胃。合约到期还有四年。我的个人品牌才刚刚开始。我不可能现在就暂停一切活动,生意才刚起步。一旦暂停,我的品牌就必死无疑。必死无疑。她们是在给我发最后通牒吗？是让我在时尚和团队之间二选一？

"我和你，这有点太夸张了，不是吗？"我说。

"大家考虑的是集体利益，但是你一直以来只考虑自己的利益。"莉齐说。

"这不公平，"我被这句话伤到了，"你们都有副业啊。美娜拍电影，安里唱音乐剧，再说了……"说着说着，想到大家对我的要求，刚刚受伤的感觉变成了厌恶。"你们和你们的爸妈应该都知道，公司是允许我这么做的，允许我拥有自己的时尚系列。"

莉齐看了眼美娜。我想，大概她们还不知道我已经说了几个星期以前她们找公司的事。"这不是重点。"莉齐说。

"还有，"秀敏开口了，"我们可不像你一样过着奢华的生活，全球旅行，参加时尚晚会，还拍广告。你不是几天后又要去瑞士了吗？就在演唱会之前，你又要走了吗？"

"一整个夏天你都在迟到，"安里叉着腰说，"简直太没有礼貌了，是不是，永恩？"

我尝试着辩解——除了在永恩家的餐厅聚会那次以外，其他活动我并没有迟到过。就算是迟到，最多是一两分钟的事。说到这个，她们中也有人因为私事缺席整场演出和排练呢。为什么只针对我？与此同时，我心里也知道，发布会以来我确实把有限的精力分配给了太多的任务。处理私人品牌的业务确实占据了我大部分的精力和时间。除此以外，要不要和艾利克斯正式确定恋爱关系的事也让我绞尽脑汁，虽然我一直逃避着不去想它。没错，团队活动确实是我的主要任务，但也许，我同时做好几件事情的能力并没有自己想象的那么强。也许，大家的指责也不是毫无根据。

"你最近一直筋疲力尽，"永恩冷漠地说，"你的事太多了。迟早你都要放弃掉一些事的。"

"很抱歉，瑞秋，但大家是对的，"智允耸了耸肩膀，"你不要觉得我们是在针对你。你必须做出选择了。"

仙姬咬了咬嘴唇。我以为她要替我说几句话，不过她并没有作声。

"所以，"美娜扬起眉毛，"你打算怎么做？"

我看着所有人，一脸不可置信。

听她们的口气，似乎是在让我做选择题。但我绝不可能选择退团。我十一岁起就选择了音乐和偶像的人生。一旦退出，一旦离开所有人，我就什么都不是。我曾经说过，我们的团队就像是一块叠叠乐积木。一旦我离开，大家也会受到损害。这不是我所希望看到的。美娜总是说，一个人搞砸了，所有人都会搞砸。如果我退团或者终止时尚事业（个人品牌刚发布一个月就暂停）的话，整个团队一样会蒙受损失。现在，也许我们是最受公司力捧的女团，可是一旦哪天人气下滑，或是因为内讧导致关系变差，公司不会有一丝一毫的犹豫就解散团队的。她们如此逼我，是真的想看到解散的那一天吗？

"听着，我需要些时间想想。"我说。

莉齐刚想反驳，美娜就制止了她。"好。等你想清楚自己首先该干什么，就通知我们你的决定。"美娜说。

首先该干什么。

又是这句。

第二十三章

我们躲开狗仔后,开车从小巷飞驰而过,一起对抗这个世界。

"简直是鬼扯,瑞秋!"

"利娅!"我叫了一声,放下手中的高光粉刷,转过身来。"你吓了我一跳!"利娅靠在洗手间门框边上。现在时间是早上六点,我本以为自己离开前利娅是不会醒的。我要搭乘早班机飞去瑞士。

"不,是你吓我一跳。我是来跟你说再见的,祝你一路平安,拍摄顺利。你这几天一直提心吊胆的,怎么搞的?"

我耸了耸肩膀,继续收拾化妆品。"没事啦,就是一直没休息嘛。最近总把舞步序列搞错,公司很不爽,"我说,"公司说如果再不认真训练,就要取消洛杉矶演唱会。我们得加把劲儿了,尤其是现在,你也晓得啦,发生了这么多事。"

利娅同情地点点头,坐在合上的马桶盖上。"是的,不容易。不过姐姐,这句话不是想冒犯你,但你看起来像是被一辆双层旅游巴士给撞过。你这几天真的有睡觉吗?"

我"哼"了一下,被她惊艳的比喻给逗笑了。"呃,谢谢你啊,利娅。"

她笑了。"我就是很担心你啦。老实跟我说,你真的还好吗?

真的没有隐瞒什么事没告诉我吗?"

该死。为什么姐妹之间的第六感这么强烈。我当然对她隐瞒了一些事情。距上次我收到其他女孩那友好的、小小的警告（又名"最后通牒"）已经过去四天了。我的胃一直绞痛，像打了个死结似的。我竟然还能吃下去饭，也是出乎意料。利娅猜中了——这几天我一点觉都没睡。

我叹了口气，转身看着利娅。"好吧，其实有点事。"

"我就知道!"她跳起来，坐在水槽边上，表情有一丝洋洋自得。

我拍了一下她的膝盖。"我没告诉你是因为我自己还在消化吸收。"

"你要永远都吊我胃口吗？消化吸收什么啊？"

于是，我把所有的事都告诉了她。所有的事。包括我在永恩家餐厅听到的所谓的"计划"，包括家长去公司的事。当然，不能漏掉最重要的一件事——关于那个"最后通牒"。大家是因为我第一个开公司而不爽吗？还是说，大家真的很担心我的心理健康，怕我兼顾太多、忙不过来？

还有，最糟糕的是：如果大家是对的，这重要吗？

"哇，哇，瑞秋，慢点说，"说到这儿，利娅有点惊讶，"不是我说，你也太在意其他人了。太在意了。只有你自己有资格判断什么叫'兼顾太多'。没错，她们是你的队友，你应该照顾她们的情绪。不过，你又不是给她们干活，你根本不需要理会她们。你的老板是公司，不是她们。你是为自己工作，不是为她们。你自己觉得手上的任务太多了吗？"

第二十三章

"我不知道。"我跟利娅坦白，说完，喉咙一紧。该死。现在不能哭。现在要是哭了，眼泪干掉之前都没时间补妆。"最糟糕的是，我不晓得自己该怎么想。过去的几天真的很难。或者说，几个星期以来，我一直都很煎熬。对不起，我什么都没告诉你。我不想搞砸了，我不想让任何人失望。"

这件事给我的打击是——我深深意识到在过去的十年里"成为偶像歌手"是我唯一的人生目标，不过也只有这个而已。一旦确立了目标，就确立了人生的轨迹。我按部就班地做好别人交代给我的事，成功和命运都不由自己说了算。我只要听话、守规矩，那么就能前进一步，离成功更近一些。可是现在，前面的路已经没有人指导我了。我只能自己给自己画地图，不断尝试着往前走。可是现在……

"利娅，"我说，"我这几天一直很恐慌。我害怕失去自己所拥有的一切，搞砸一切，也害怕让大家失望，害怕自己不是最棒的。我压力太大了。我真的不知道自己接下来要做的事是不是最正确的选择。"说完，我感到某种巨大的解脱，不过沉重感也随之而来。

"唔，艾利克斯怎么说？他的看法一直都很中肯。"

"我……"我的声音有些发颤。不过，也没有什么可隐瞒的了，尤其是对利娅。

"瑞秋，"利娅温柔地说着，抓住了我的双肩，"你和艾利克斯……分手了？"

"不，没有。"我赶紧否认，"不是分手了，而是——我什么也没跟他说呢。"

"为什么?"利娅问,"我不明白了。你为什么不跟他说——"

"因为!"我一不小心喊了出来。我放下手中的眉笔,靠在水槽边,和利娅等高。"因为,"我语气温和地说,"我更了解我的队友。我和她们认识了几乎快半辈子。而艾利克斯没有。我应该自己解决,自己想清楚这件事,这是我欠大家的。"一直以来,艾利克斯都支持我追求自己的梦想,也全心全意支持我的团队。不过,我知道其他女孩并不这么看。如果由艾利克斯替我做决定的话——不管结果是什么——大家会不会拿结果作为攻击我的把柄?

"所以呢,就因为你没有办法解决这些事,所以你就一直躲着艾利克斯咯?"说这话时,利娅冷静而现实的语气和妈妈简直一模一样。

"有点那个意思。"实际上,我这阵子搪塞艾利克斯的借口都是:"现在超级忙,回头再说"或者是"哈哈,绝对的",要么是"要走啦"这类话。艾利克斯不可能没有感觉,不过目前为止他也没有刨根问底。我太思念他了,但通过短信讨论这些沉重的话题并不合适。

"你难道不应该告诉他吗?他没有这个资格吗?他可是你的男朋友啊,不是吗?"

利娅一下子问到了我的痛点。这真是个百万美元的提问。不是吗?很显然,艾利克斯愿意成为我的男友——或者说,他已经把自己当成我的男友了。我的想法也一样。不过,一旦考虑到现实因素——我的现实——那么"男朋友"这个标签就太危险了。念高中的时候,朱玄曾说过,在朋友、好成绩和睡眠中间,你只

第二十三章 ☆

能选择两样。很显然，在偶像歌手的世界里，队友、梦想和爱情也只能三选二。这问题像是问一个人"你选择砍掉哪根手指"一样。可是，最终你还是要明确自己的首要任务是什么。

"我——"我克制住自己没有再说下去，"我要迟到了。谢谢听我说这些，爱你。"

"我也爱你，瑞秋，"利娅轻声说道，"你会想明白的。你一直都能想明白。"我于是离开洗手间，带上行李匆匆出了门。

"飞往日内瓦的 872 航班，现在开始登机了。"

快走到登机口，我和钟硕听到了广播。我们赶紧办理好登机手续，走下过道。

今天一到机场，我就发现狗仔人数是平时的两倍——哦不，三倍。自从 RACHEL K. 品牌发布会举办之后，狗仔就紧盯着我不放。我走到 Nature Alley 店门口想买杯杏仁牛油奇亚籽奶昔——我常常在上飞机之前喝杯这个——可差点被狗仔吓一跳。我穿着一件白色丝绸衬衫，咖啡机后面突然跳出个人，吓了我一大跳，几乎要把奶昔洒得全身都是。平时，如果是一个人出行（而不是跟团队一起赶时间），我很喜欢在机场逛逛，买本杂志留着飞机上看，或是囤点口香糖。而今天，幸亏时间紧迫。我只想尽快登机。

终于上飞机了。我戴上耳塞，头靠最爱的靠枕，正打算在手机上听些舒缓的音乐，突然读到一条写着我的名字的突发新闻。我犹豫了一下——要么设置成飞行模式，下飞机后再看好了？可是抵挡不住好奇，我还是滑开了手机。

金瑞秋的地下男友？

哦。老天。

现在我必须读下去了。

"数月以来，网民们一直怀疑 Girls Forever 的领唱金瑞秋有位神秘男友。今年春天的某个夜晚，金瑞秋被目击入住首尔某酒店。对此，公司并未给出解释或澄清。此外，有消息指 Girls Forever 另名成员申恩地和宋权宇的恋情被曝光的当晚，金瑞秋亦出席了聚餐。尽管尚未被拍到与神秘男友的互动，多方线索均指出金瑞秋正处于热恋当中。如果如传闻所言，那么这位男子究竟是何方人士？据金瑞秋身边的消息人士透露，该名男子的真实身份是韩裔美国人、商业大亨艾利克斯·权。粉丝爆料指出，金女士和权先生数次于同一时间抵达同一城市，包括新加坡、巴黎和香港。金瑞秋曾在新加坡拍摄《1、2、3 赢！》，远赴巴黎出席妮尔·克莱默时装秀并前往香港与连卡佛高层见面。值得一提的是，权先生所在的公司正是金女士个人品牌的投资人之一。由于尚未有亲密照片流出，我们无从知晓这段关系究竟是商业往来还是另有隐情。不过，内部人士向记者证实，两人确实已经交往许久。各位读者，大家怎么看呢？这位艾利克斯·权真的是金瑞秋的真命天子吗？"

如果说读这篇文章以前我的胃算是打结的话，那么现在，它就是一块僵硬的石头，里面塞满了奇亚籽和恐慌。

所谓的"内部人士"……我身边只有两组人知道艾利克斯的存在：我的家人朋友，我的队友。家人绝对不会向小报泄露任何关于我的隐私。

第二十三章 ☆

难道，真的是队友吗？是她们其中的谁不小心说漏了嘴吗？

又或许，有人认为我该放弃的不仅仅是时尚事业。

有人认为我应该连艾利克斯也扔掉。

想到公司会逼我与艾利克斯分手，我一下子有点想吐。至于那条最后通牒，无论我做出何种选择，都必须直面它，阻止事态变得更加严重。我已经看到了未来，势不可挡的未来。这就是我的人生，不管好坏，我都要独自面对。没有人可以替我做决定。

抵达采耳马特的酒店时，已经是晚上十点。我的身体还在过着韩国时间（第二天早上六点）。大脑晕头转向，像是行驶在另一条轨道的行星。采耳马特是个没有汽车的小镇。出机场后，我们坐了四个小时的火车，然后换缆车上山。酒店坐落在山中，广告拍摄地是离酒店不远处的一间小木屋。Discipline说出机场后会安排电瓶车来接我们，不过我拒绝了这个提议，决定坐火车去。我想感受火车沿途的万家灯火。此时此刻，我一阵懊悔，自不必多说。不管是身体上还是心理上，我都筋疲力尽，心情极度烦躁。现在只想泡个热水澡，好好睡一觉，根本无暇顾及壮丽的美景。窗外，皑皑雪山在夕阳的照耀下泛着红光，天空中布满一道道桃红色和薰衣草色的霞光。即使是在九月，白雪也覆盖着山顶。

门童一走，我就打开行李箱，打算取出搭配好的羊绒毛衣和卫衣——它们在行李箱的某处呼唤着我。我翻来翻去，脱下毛衣，解开上衣扣子。

咚咚咚。

什么鬼？我抬起头。难道是我叫了上门服务？好像没有吧……不过，我实在太累了，可能是神不知鬼不觉叫了薯条还是什么东西，一边泡澡一边吃。

我打开门，开了个小缝。门外一个人都没有。要么是鬼来了，要么是我实在太缺觉了。

咚咚咚。

等下。不是敲门声，而是……衣柜？

我往衣柜的方向走去，途中拿起床头柜上的那只插满紫菀的花瓶，心想，难道是有人躲在衣柜里？是狗仔吗？是的话我就拿花瓶砸烂他的头，然后立刻跑出去喊人。可是，转念一想，这也太疯狂了，我绝对不会采取如此极端的手段，不管我有多讨厌狗仔队。

再说了，也不排除真正的鬼此刻就躲在衣柜里。对付幽灵，蛮力根本没有用。

我深吸一口气，一下子拉开衣柜的门。

"你打算拿那个砸死我吗？"

"天！"我惊讶地松开了捂着胸膛的手，上衣飞开了一两秒，我又立刻捂住胸口。

"不对，不是'天'。我的名字是艾利克斯·权。我们以前见过的。不过，别人见了我，确实常常是这个反应。"他调侃着，伸出手与我握手。此刻，艾利克斯正漫不经心地倚靠在门边——原来那不是衣柜，而是隔壁房间的门。

"我以为你是鬼——狗仔呢。"说着，我放下了花瓶，揉了揉眼睛，还没能明白眼前发生了什么。

至少，艾利克斯很有礼貌，没有指责我刚刚用胸罩闪瞎他的眼睛。

第二十三章

他扬起眉毛问:"你是想说'鬼'这个词吗?"

我脸红了一下,翻了个白眼,双臂绕上他的肩膀。"哦,天哪,见到你我可太高兴了!"我惊讶地发现眼里涌出了幸福的泪水。我们已经很久没有在一起了,过去几周的生活压得我喘不过气。看到他在这里,闻到他那熟悉的古龙水香味,我紧绷的神经立刻舒缓了下来。

我紧紧地抱着他,他都喘不过气来了,"我想给你一个惊喜,"他笑着说,"我们都好几个月没见了,我就不能来吗?"

"什么啊?当然可以了!"我看着他,好像他长了三个脑袋。为什么不可以呢?然后,我想起了那篇《揭露》杂志的文章《金瑞秋的神秘男友曝光》。看来,我身边圈子里的某个人向媒体透露了关于我和艾利克斯的细节。"我很高兴你来了,"我说,轻轻地再抱了他一下,"但是,没人看到你,对吗?有一篇文章……显然有人发现我们在一起了。"我瘫倒在床上,系上刚解开的纽扣。羊绒运动服一会儿再说吧。

"嗯,"艾利克斯走到我的床边,找了个角落坐下,"我看到了,不过,是下午到了日内瓦之后。"

日内瓦。小报记者一定又嗅到什么了,轻而易举就能把我俩串联起来。

"艾利克斯……"我喊了他一声,声音低沉。然后,我把脸埋进枕头里。

"我立刻就把社交网站给注销了。"艾利克斯把一只手搭在我的肩膀上,安慰我说,"放心吧,我的 Instagram 粉丝只有七个人,都是家人,所以不用担心,什么内容也没有。不过,我知道自己应该更小心。"

我情不自禁地翻了个身,笑了起来。他有种能让我开心起来的能力,哪怕我们周围的世界变得越来越疯狂。

我抬起头,看着他的眼睛。他的神色中除了关怀和真挚外并没有其他的感情色彩。艾利克斯很小心的。我知道的。但狗仔和小报会不择手段地搜罗出我生活中任意的小细节,曝光给全世界看。

另外,经历了"最后通牒"事件以后,我脆弱又不知所措。我努力兼顾所有的事情。这时,他的到来就像一个意外的礼物。

"谢谢你。"我轻声说。

他的语气很温柔,"我们俩一起对抗这个世界,对吗?"

艾利克斯充满期待地看着我,等待我回应他的上句话。我的心想要说'对',可是我的头脑无论如何也不允许我说出口。在香港的时候,说出这句话再理所当然不过。我们躲开狗仔后,开车从小巷飞驰而过,一起对抗这个世界。可是最近,世界已经把我打趴下了。

"好吧……"他最后说,"所以,明天拍摄的时候,咱们还是保持低调吧?'神秘男友'可以在酒店里待着。"说完,他给了我一个干瘪的笑容,再次证明了他有多关心我——为了和我在一起,他可以委屈自己。

"不,你来吧,"我脱口而出,"奥利弗和卡莉见到你一定会很高兴的。我们坐不同的车去……"

"在小木屋那儿会合。"他好像会读心一样,接上了我的话。

"没错。"

第二十三章

"好，晚安吧，瑞秋。"

艾利克斯犹豫了一下，好像是想亲吻我，但又不敢那么做。

"别担心，"我上前一步，说道，"我们不会遇到鬼的，也不会遇到狗仔队的。"

艾利克斯回我以一笑，俯下身来，我们的嘴唇轻轻擦过。我仍然陶醉在这一刻，闭着眼睛，不过他没有再靠近，而是后退几步，回到自己的房间，关了门。

我叹了口气。"晚安。"我喃喃自语。

我打算睡觉。从行李箱取出羊绒睡衣后，我洗漱一番，放弃了泡澡的计划。今天从早忙到晚，实在太疲倦了。可是，真正躺在床上时，我又睡不着了。我睁眼躺着，辗转反侧，脑海中还在想着艾利克斯，不断重复刚才的对话。他在这里，这是最好的惊喜。几天来，我第一次感觉到我终于可以再次呼吸了。但现在他在酒店墙壁的另一侧，我感觉到我所有的焦虑又涌了上来。

我要是告诉他关于最后通牒的事就好了——这是压在我胸口的哑铃，让境况愈加复杂。我真希望他就躺在身边，而不是在另一个房间里。我真希望我们能相拥而眠。我真希望……我真希望……我真希望……

我以前从来没有这种感觉。这种全心全意、坚信不疑的感觉——他是我的那个他。那个人就是他。这让人既兴奋又害怕。没错，我脑海深处有个声音在警告我：不要被媒体逮到，不要毁了十几年的努力和心血——但至少现在，我不会让这种恐惧压倒我。当我翻过身，把枕头堆成更舒服的形状时，这只是我脑海里诸多情绪中的一种。除了紧张之外，我还有喜悦、困惑、兴奋，最重要的是，我感到深深、深深的疲惫。我用毯子把自己裹得更紧，想着艾利克斯的酒窝、时髦的运动服和柔软的雪，在我意识到之前，我渐渐睡去……

第二十四章

现在，我回归了自己本真的样子。

搬回家住以后,利娅首先跟我开了个玩笑。她悄悄登录我的手机,把闹钟铃声设置成她的声音。于是,今天早上,沐浴在瑞士晨光里的我被一阵利娅的声音给吵醒——"姐姐,该起床啦!姐姐,该起床啦!姐姐,该起床啦!"——这声音没完没了。

我嘟哝抱怨着,伸手去关闹铃。安静以后,我点开未读留言,一下子清醒了。每天早上醒来,我都会第一时间看看艾利克斯有没有给我留言。今天没有。他就住在隔壁,有什么话想说可以敲门。按理说,离他这么近,我应该很高兴才对。不过,我还是感觉……心神不宁。一旦你认定了某人是那个他,你接下来该做什么?我觉得这个巨大的问题又沉了下去,但我没有时间在这一切意味着什么上犹豫。我还得去拍照呢。

我赶紧起来,洗漱一番。九月的天气还算暖和,要趁积雪融化之前拍完广告,所以一大早就得进山。看着镜子里的自己——眼睛下面有两道深深的黑眼圈——我一阵烦躁。该死。化妆师要有得忙了。

Discipline 安排了车子来接我去拍摄现场。我坐在车上,收到一条短信。

仙姬：瑞秋，我看到《揭露》杂志那篇关于艾利克斯的报道了。你还好吗？

听她这么问，我叹了口气。实际上，我已经开始盘算这件事了。不过，仙姬发来短信安慰我，真是让我有些意外的感动。换句话说，如果她是那个无情出卖我的人，那么她是不会来安慰我的，不是吗？我刚想回她，又收到一堆新的文字。

仙姬：你要公布恋情吗？

仙姬：公司知道这件事吗？

仙姬：你要分手了吗？

仙姬：你读了这个吗？

紧接着，她又甩来一个链接。我点开链接，但手机的加载速度很慢。

当然。我应该想到的。她并不是真正想关心我。她只是八卦。这让我不禁怀疑，八个女孩里究竟谁是泄露秘密的那个人。不过首先，我要看看"这个"是指什么。我突然很紧张，生怕看到我和艾利克斯在一起的照片或是恋情的"实锤证据"之类的内容。不过幸好，加载完毕后，我发现那只不过是个普通的论坛而已。网民在讨论我的恋情，揣测背后男友到底是谁。有人说，希望尊重艺人隐私；有人说，我和艾利克斯很般配；甚至还有人言之凿凿地说，我已经和某位美国流行明星订婚了。老实说，这些讨论的语气都很温和友善，我甚至有些感恩粉丝如此优秀。突然，我读到关于艾利克斯的内容——大概仙姬指的就是这个——全是恶意中伤和诽谤。网民的结论是，艾利克斯不过是因为我的名气才选择了我。

第二十四章

我刚想给仙姬回短信，告诉她不用理会这些流言蜚语，但我犹豫了一秒。关于艾利克斯，满天飞的谣言确实令人不适——毕竟他不是公众人物，我才是。可是，如果我出面澄清的话，这不就正好坐实恋情了吗。我和艾利克斯都没有做好面对公众的准备。我叹口气，放下了手机。如今，我算是成熟了些，明白沟通至关重要。今天再见到艾利克斯，我要好好跟他谈谈。

抵达拍摄现场后——一间精巧的马特洪峰附近的滑雪小木屋——我就被推进拖车准备妆发。然后，我穿过拖车进入主休息室。今天要拍摄的服装是一件 Discipline 即将推出的金属橄榄绿冬季派克大衣，设计理念为"高端时尚与高端功能的结合"。造型师给大衣搭配了简单的黑色紧身裤和看起来像是军靴的靴子。Discipline 冬日系列主打强韧有力、敢于冒险、前卫不羁的风格。我的广告形象是位飞驰在高级雪道的滑雪健将，滑完雪回到山坡的五星级餐厅喝一杯饮料。走去拍摄现场的一路，我铆足了干劲儿。

"瑞秋，你来啦！"身穿黑色大衣的卡莉·马特森走进了休息室。今天我将和卡莉一起担任广告的女主角。想到自己会和卡莉穿同款大衣一起拍广告，我立刻焕发了神采。

一见面，卡莉先是吻了吻我的两颊，然后指着身后的大胡子男人说："这是我丈夫奥利。奥利，这是金瑞秋。"

"能与你合作真是太高兴了。"奥利说话带点瑞典口音。他伸出手，温暖友好地和我握了握手。"我听说了不少关于你的事情，真是太精彩了。"

"很荣幸见到你。"我说。真想知道他都听说了些什么。是艾利克斯说了什么吗？对了，艾利克斯现在去哪儿了？

我匆匆环顾四周，看见艾利克斯正好从门口走进来。

"大家，早上好啊！"艾利克斯说道。如果说我的黑眼圈很重的话，那么此刻艾利克斯看起来就像是一只小浣熊。他一定也没睡好。艾利克斯朝我笑了笑，不过他眼神涣散，酒窝也没有露出来。我还没能走过去打声招呼，艾利克斯就去问候钟硕了。然后，他又与片场的工作人员相互寒暄起来。我的胃打起了结，一阵焦虑袭来。又发生什么事了？又一篇文章？

我向艾利克斯走去，手指紧张地来回拨弄大衣的帽子。他和工作人员刚聊完，现在开始忙着捣鼓手机。我站在原地不动，生怕打扰了他的工作。不过，他突然把手机塞进口袋里，离开了小木屋。我还没来得及去追，摄影师就喊我工作了。"准备好了吗？瑞秋？"

"当然！"我回答，声音仿佛由没感情的机器人发出。

我努力把注意力集中在灯光和衣服上，告诉自己只要去想这件可爱的短款大衣和保暖长裤就好了。但时不时，我的内心总在开小差。身旁的卡莉动作轻巧自如，神态活灵活现，一会摆出弓箭步，一会用靴子踢积雪。我可真是羡慕她。相比之下，我就像个机器人一样僵硬。

"女士们，让我们动起来！现在试试滑雪板，好吗？"摄影师喊道。不久，摄影师宣布暂停。休息时间里，我们要升级器材和装备，艾利克斯和几位高管则回了酒店。不久，我们抵达了雪道。实际上，这里只是普通的练习场地，雪花都是人造的。尽管如此，陡峭的山坡看起来和真正的高级雪道没有两样。

第二十四章

"瑞秋，要更从容些，我们是来度假的，不是来参加奥运比赛的！眉毛皱那么紧干什么？"摄影师对我大喊。我被他的幽默逗笑，努力让自己更放松，但两条腿就像灌了两吨铅一样沉重。我整个身体都僵硬如机器人。面向卡莉时，我努力去找平衡，试图把重心压在右滑雪板的内侧，这样我不至于飞出雪道……我努力保持静止状态，让摄影师找到好的角度拍摄。不过，这种所谓的"静止状态"看起来既痛苦又僵硬。这一切真是关于平衡的糟糕比喻。

"让我们来感受下新鲜的雪山空气，现在是放松时间，这是——瑞秋？"

刚听到"放松"两个字，我右侧的滑雪板就跑歪了。我手忙脚乱地想要站直——说实话，我其实算是个滑雪老手呢，站直根本不算难题——但是，这一切来得太突然，我两条腿开始朝两个方向叉开，越叉越远，越滑越快。我使劲儿往下滑，最后，右脚的靴子终于被我从滑雪板上扯了下来。

我吓得不轻，想缓缓神安定下情绪。突然，我发现自己把右脚踝给扭了——伤势还不轻呢。我刚想站起来，右脚就抽着疼。老实说，伤势并没有严重到要叫救护车的地步，不过工作人员还是立马包围了我，一个个前来询问我的伤势。"没事，伤得不重。"我用不同的语言跟所有人一一重复这句话，大家都把我当成了玻璃人。两位男士把我抱了起来，抬进屋子里。卡莉紧跟着我，钟硕从服务台叫来了冰袋。

我真想再要一个冰袋，好把我那甜菜一般红的脸给埋起来。最好一辈子都埋起来。辛西娅说过，"如果一切顺利的话，我们还会安排一场粉丝见面会！"好吧，按照目前的局面来看，单人粉丝见面会怕是要泡汤了。我多么想表现好一点，给卡莉留下个好印象。她非常耐心体贴，尽管我基本上算是把今天接下来的拍摄计划给毁了。我真想变成一团皱巴巴的纸，独自哭泣。我太累了。几个星期以来，我都没怎么睡过觉。也许正是因为这个，我双腿才不听使唤。或许，这就是所谓的过度疲劳吧。我想，或许，其他女孩说得没错，如果我继续身兼多职，那么我一定什么事都干不好。

也许，一切已经开始了。

卡莉肯定看出了我的沮丧和失望。她要求暂停几分钟，建议我们在休息室穿着刚才的大衣随便拍些照片。"今天不算一无所获，不是吗？"她说，"我还挺上镜的呢，你觉得呢？"

轮到工作人员休息了，于是休息室只剩我和卡莉两个人。我们坐在阳光房的皮沙发上（沙发早些时候被清空），我穿着一双雪地靴，双腿搭在玻璃咖啡桌上。

"你真的没事吗？"卡莉问。耀眼的阳光给她的脸庞带来一圈圣洁的光环。啊，这间阳光房真是最佳拍摄场所。真希望能在这里拍出几张像样的照片。

"嗯。没想到那么平缓的坡都能把我打败，我好丢脸。除此之外，其他都还挺好的。"我冲卡莉微微一笑。"说实话，我感觉很丢脸，我真希望自己没有搞砸。"我的声音有些颤抖。

"搞砸？哦，不不不，"卡莉随意地甩了甩头发，"那我应该跟你讲讲上次拍滑水橇的事。"

"哈哈，我很愿意听，不过说真的，你不用刻意安慰我的。"

第二十四章

"哦，亲爱的，我不是刻意安慰你。只是那个故事太精彩了。哦对了，我都不用讲了，你自己看 YouTube 就知道了。"说着，卡莉给我播放了一段七年前的视频。影片中的主角先是疯狂地摇摆一阵，然后双腿打战，从板上硬生生地跌倒，最后身上的比基尼都快要掉下来。这一切发生的时间只有短短十七秒钟。有人还把影片做成了动态图，跌倒的动作以慢动作的方式一遍遍回放。真的……很糟糕。

也很好笑。

"你还是会笑的嘛。"卡莉看看我——眼前的她是一位如此成熟、多才多艺的时尚巨星，是我梦寐以求的人生偶像——我又看看她，我们俩不约而同地放声大笑起来。

在工作人员和摄影师回来之前，我们俩擦干了笑出来的眼泪，又赶紧补了个妆，为今天最后的拍摄工作做好准备。

"你很勇敢，"在拍摄工作结束的时候，卡莉说着给了我一个拥抱，"脚踝还疼吗？"

"已经好多了，谢谢。"我咧开嘴笑了。至少，我心里感觉好多了。我不再像个机器人，挣扎着表现出优秀的模样。现在，我回归了自己本真的样子。不管喜欢不喜欢，我只能是这个样子。我环顾四周，问了句："艾利克斯呢，你们看到他去哪儿了吗？"

"艾利克斯？"奥利此刻走了过来，站在卡莉身旁。"他回酒店了，说是有项工作要完成。他让我告诉你晚上八点在九霄云见。"

"九霄云？"卡莉的眼睛一下子亮了起来，"那里很美，食物也超级好吃。瑞秋，你要好好打扮一下！记得穿一双低跟的鞋子哦,你离开之前可不能再出意外了。奥利,记得让她签一下免责声明书!"卡莉开玩笑说。

我笑了。心里油然而生一股迟疑。今晚可不能被抓到。"我会去的,"我对卡莉说,"谢谢帮我转达消息,奥利,谢谢对我的耐心和包容。这次能与你们合作,真是太感谢了。一切都难以形容地棒极了。"这是真心话。虽然我犯下重大失误,但和卡莉在一起,我从她身上学到的东西让这段经历无比值得。即使以后他们不会再找我拍广告,我也没有遗憾了。

最后。九霄云餐厅。八点钟。

是时候跟艾利克斯开诚布公地谈谈了。我要把自己的所有想法都告诉他。

是时候说出真相了。

不过在那以前,我要做出决定。

出发前,利娅告诉我,"你会想明白的。你一直都能想明白。"

希望她说得没错。

第二十五章

我的心意是……

现在时间是7：56。我房间的地板上丢着5071件衣服。还有四分钟就到和艾利克斯约好的时间了。可是，此刻我还穿着内衣，犹豫着到底该选哪件衣服最好。手机震动了。

估计是艾利克斯。他肯定是想问，我是不是打算开溜，或者，我是不是神志不清了。可能他已经听说了今天雪道上的事故，对我失望了。今天室内拍摄那会儿我又恢复了士气，不过可能只是被卡莉的好心情给传染了。我忘了自己捅了多大的一个篓子。见艾利克斯以前，我还要弄清自己的想法，关于时尚，关于与他的关系。可我根本没法想清楚。我已经快要崩溃了。

我嘟哝了一声，滚到床上滑开手机屏幕。现在时间是7：57。不过，短信并不是艾利克斯发来的。是妈妈。

妈妈：女儿，你还好吗？我来爬山了，所以想起你了。你很喜欢下雪天，不是吗？在雪道上可要小心。爱你。

我的眼眶湿润了。我没能忍住，立刻拨了回去。"妈妈，"一听到妈妈的声音，我就喊了出来。妈妈问："瑞秋，一切都还好吗？"

我半哭半笑，鼻子抽了一下："我挺好的。你居然还没睡！"

"才三点呢。"她不屑地说,好像她熬了整晚只是为了打个电话算不上什么大事。我想我不应该惊讶。妈妈总是在我最需要她的时候出现。"现在,告诉我你怎么了?"妈妈在电话另一端耐心等我。我几乎能想象出来她眉头紧锁的样子——握紧的双手,放在大腿上。

"他就是我的那个人。"我脱口而出。

她沉默了片刻,发出一种轻轻的声音,介于感叹和轻笑之间。"女儿,我为你感到高兴。"

"这就是你和爸爸之间的感觉吗?"在她回答之前,我就停不下来了:"艾利克斯对我来说非常重要,但我吓坏了。只是有时候,好像世界不希望我们在一起。发生了那么多的事情,我真的不知道怎么做才好,我不知道如何告诉他,而且……"

我没有继续说下去,因为此时妈妈放声大笑起来。

"妈妈!你是在嘲笑我吗?我可是认真的!"

"我知道,我知道你是认真的,不过我的回答是:没有人能明确知道任何事。"

"什么?"我从床上坐了起来,开始捶床。"那你一直都在对我撒谎咯?"

妈妈"啧啧啧"地笑了:"不是,瑞秋,我没有对你撒谎。我是在心里想明白了的,我爱你的爸爸。但爱不意味着整个世界都会和你作对。相信你自己,相信自己的感觉。不用在意别人怎么说。你无法用头脑想明白,你只能用心去感受。"

我感觉自己就像一个任性又愚蠢的小孩子;刚被告知"除非吃完正餐否则没有甜点。"现在已经是 8:02 了。艾利克斯,哦,

第二十五章

伟大的艾利克斯，他让我的人生从一百万零一个方面发生了变化。可是，一旦被偷拍到和他在一起，我的世界就都毁了。而此刻，他就在楼下的餐厅等我。

"妈妈，我要和艾利克斯一起吃饭，我快迟到了。我不知道该怎么说，该怎么做，甚至也不知道该穿什么衣服！"我一下子意识到，自己就是个婴儿。可是，我还是不想挂电话。

妈妈轻声笑了。"我不能替你决定说什么，做什么，你不是很懂时尚的嘛，我可不懂。至于该穿什么……不知道该穿什么的时候，就穿小黑裙吧。现在快点去准备吧。不要让帅哥等太久。"

说完，我的妈妈——尾声女王——挂了电话。

身为韩国最受欢迎的女团成员，我去过不少全世界最好的餐厅。不过，没有一家餐厅能与九霄云相提并论。这家餐厅能俯瞰瑞士阿尔卑斯山脉的乡村。我一到餐厅，服务生就领我走向餐厅后面一处隐秘的室外露台。此时夕阳斜照着群山，眼前一片绿荫延绵不绝。屋檐上悬挂着一串串灯泡，给温暖的露台带来浪漫的气息。户外就餐区域很小，我只看到其他三张桌子，一个人也没有。我恍然大悟，刚刚服务生领我走进来的一路，餐厅里面的桌子也都没有客人……

艾利克斯此时正在角落里的一张座位上等我。他打扮得颇为老到——一件清爽的白色衬衫搭配银蓝相间的紧身领带。看见我，艾利克斯立刻起身。我走近时，他眼睛变得明亮起来。我穿一件皱褶领 Miu Miu 小黑裙，裙扣是水晶的，搭配心形水钻皮带。头发绑成麻花高盘发，搭配吊坠珍珠耳环和高跟鞋。

艾利克斯愣了很久，一言不发。我有点怀疑自己，不安地摆弄裙子的袖口。

"你看起来很美。"终于，艾利克斯开了口。我几乎是异口同声说："领带很适合你。"

我们都尴尬地笑了，各自入座。空气凝固了一秒钟，我们俩都不知道该如何开口。

"我听说这里的菜品特别棒。"他说。

"风景也很棒，"我说，"真的很漂亮。"

"唔……"

又是一阵沉默。哦天，真是尴尬。我的胃一片翻腾。我开始拨弄餐巾，差点就开口讨论起天气来。我差点想说，"今晚的天气真是好啊。"这时，艾利克斯终于开口了。"我点了瓶波尔多葡萄酒，希望你不要介意。"

"当然不了，"说完我松了口气，"我很喜欢喝红酒。"哦天哪，长点心吧，瑞秋。这是该主动的时候了。我要告诉他我的感觉。我要告诉他我爱他。我要让他知道他就是我的那个他！但首先，我要告诉他关于最后通牒的事。还有我所有的心事。我要做决定了。

真希望酒能快点儿送过来，这样我就不至于空着手了。从艾利克斯的眼神里，我看出他也有话要说。可我们俩都不知道该如何破冰。

"听说拍摄的后半段很顺利。"艾利克斯说。这时服务生前来开瓶倒酒了。他品了一口酒问："你的脚踝还疼吗？真不敢相信我竟然没在现场。你还好吗？"

第二十五章 ☆

谢天谢地,艾利克斯并不在场——在雪道中央劈叉,裤子后面撕裂,全程被设计师围观——这估计算我人生十大尴尬时刻之一。我想起以前吐到李杰森的鞋子上的事。

"练舞的时候还摔得更惨呢。"我笑笑,想打消他的担心。我看了眼菜单。肉类的选择大概有一百万种吧。各种腰肉。我点了意大利团子——这听起来还清淡点。我的神经如此紧绷,能不能吃掉一整份正餐都是问题。

嘿,服务生,我能点一份'我快要吓死了'土豆泥,搭配'要么我还是退出时尚界吧,趁没有输光之前'沙拉吗?

点完餐,我和艾利克斯寒暄了一会儿,说起小时候滑雪的事。我说自己是在卡兹奇山学会滑雪的,他说自己是在基灵顿山。说这话时,我全程控制着自己不要发抖。我说小时候和利娅总是会把瑞典和瑞士搞混,于是爸妈管这两个国家叫"肉丸"和"芝士"。艾利克斯礼貌地笑笑。我知道自己是在没话找话,于是又喝了一口酒。喝完,我惊讶地发现整杯酒已经被我喝下去四分之三。好吧。是时候谈正事了。也许不存在所谓礼貌自然的或是不尴尬的开场白。这次我一定要说了。

"嘿,今天拍摄的时候你去哪儿啦?"没错,我临阵脱逃了。我给自己的酒杯加满,顺便也给艾利克斯添了点儿酒。想说的话一直在脑海中盘旋。我需要小心。今晚的谈话可不是"芝士"或"肉丸"这么简单。这是我有生以来最为重要的人生决定。不过,我还没有决定好。我又呷了一小口酒……

"唔,事实上,我是在处理这件事。"艾利克斯掏出了手机。他的手指在键盘上输入了些什么,然后滑开手机给我看。我眨了眨眼睛,十分意外。那是一页各大新闻媒体发送的电子邮件链接,收件人全是艾利克斯。我读了其中一些,看标题立刻就明白了。原来,媒体已经开始轰炸艾利克斯了,要他回答一系列提问,例如我们俩的真实关系,例如他是否参与投资我的个人系列,等等。社交媒体上大概有一百万个新消息提示,全是网民的痛批和怒骂,说艾利克斯要求我与他同居,因此拆散了 Girls Forever 整个团队。

"哦不,艾利克斯⋯⋯"身为偶像,这类辱骂我已当成家常便饭。可艾利克斯不是名人。他只是普通人。用美娜的话说——"一介平民"。他从来没有对付过媒体的狂轰滥炸,而且也没有义务这么做。"真对不起。"

艾利克斯伸出手摸了摸我的下巴,让我昂起头看着他。"说真的,不要替我难过。网上的东西就是胡扯嘛。但我知道我们得小心。我请奥利弗帮我包下了整个餐厅,这样我们就不会被狗仔队打扰了。今天你去拍摄的时候,我问了问在媒体界工作的几个朋友,听听看他们怎么说,我是不是要发个声明之类的。对我来说只有你最重要,你的名声最重要。我不想说错话给你带来麻烦。所以,我想还是先问问你。"他尴尬地笑笑,神情很快变得严肃起来。"不过,这让我明白了一件事,那就是我们要对彼此坦诚。不光是此时此刻坦诚,而是永远坦诚。如果我们不能对彼此坦诚,那么将来还会有更多的误解。"

是的。误解。好比说,其中一个人飞越大半个地球为了去看另一个人,而后者差点拿花瓶砸碎前者的头。

"好,关于昨晚⋯⋯"我终于要说了。我把话题抛出来,希望艾利克斯可以接住它,不过他没有。他在耐心地等我说下去。

"旅途让我很疲倦，还有，最近因为 RACHEL K. 的事和队友们也有些不愉快。我知道，这些话早就该跟你说的，压力不该转嫁给你。我想说，我真的很抱歉。你能一起来瑞士，这实在太重要了。这样，我就能把心里郁闷已久的话通通都告诉你了。"

"我懂了。"艾利克斯说。我知道，他确实懂。"看来，作为《揭露》杂志所说的'神秘男友'，突然出现在你隔壁房间并不起作用啊。"艾利克斯微微一笑，"我希望你知道，我非常理解你的谨慎。我让奥利弗替我包下整间餐厅就是不希望别人打扰我们的晚餐。今晚不会有狗仔的。老实说，我也隐隐约约知道，你并不是太希望我来瑞士。不过，我也一直在逃避，因为我实在太想见你了。"说完，艾利克斯双颊泛红。

我立刻说："不，我也想见你的。"——不管接下来会发生什么，这句话是真心的。"虽然小报写了那样的文章，但我还是很开心在这里见到你。谢谢你拍摄的时候也能来。认识你之后，我的人生发生了改变，艾利克斯。我只是……"

"瑞秋，我要告诉你一件事。"

"晚餐来了！"这时，女服务生走了过来。晚餐是意大利团子和龙虾，搭配香槟酒调制的酱汁。

"谢谢。"艾利克斯的表情有一丝尴尬。

服务生离开后，我和艾利克斯隔着桌子四目相望。

"刚才你想说什么？"我问。

艾利克斯的眼神有些疲倦，朝我做了个手势，"不，不，是我打断你在先。你刚想说什么来着？"

今晚赴约的目的就是与艾利克斯开诚布公地谈谈，可是此时此刻，我竟然不知该如何开口。我要先说关于最后通牒的事吗？还是说关于暂停时尚事业的事？又或者，我是不是应该告诉艾利克斯，其他八名女孩认为我和他的关系妨碍了团队？从哪里开始说好呢？心里浓重的不确定感是不是意味着我的任务太多，而我确实无法兼顾？还是我想太多了？

看着眼前的艾利克斯，我没有感到一丝犹豫。我知道他就是我想要找的那个人。不能确定心意的人是我自己，不是他。我又想起妈妈的话。你无法用头脑想明白，你只能用心去感受。

"不不。"我回答，给自己争取多一点时间。我要搞清楚自己真实的想法，"我，唔，我忘了自己要说什么了。你先说吧。"

"好吧。"艾利克斯变得严肃起来。他伸出双手，示意我抓住。我抓住了。"我想说的是……我想说的是，我爱上你了，瑞秋。"说这话时艾利克斯的眼睛一直盯着我。

那一瞬间，我的呼吸停止了。

他爱我。

他捏了捏我的手，绽放出最美丽的笑容，神采熠熠生辉。突然，我心中的疑惑和不安都消失了。被艾利克斯这样看着，我立即把"应该如何如何"抛在了脑后。实际上，我大脑一片空白。这就是妈妈说的"用心感受"吗？

我发现自己笑了，笑容灿烂。我已经很久很久没有这样放肆地笑过了。这笑容与拍广告时那机器人般的笑容全然不同。我情不自禁。艾利克斯的笑容感染了我。我爱他眼周的皱纹。我爱他左脸颊的酒窝。我爱他沙哑又温暖的声音。我爱他的一切。

我爱他。

第二十五章

事情就这么简单。而现在,这一刻降临了。我要说出来。我要告诉他我心里的一切,我一直以来的感觉。哦,天哪。我有好多的话。好吧,深吸一口气。把它说出来吧。

"艾利克斯,我……我……"我想说的是——很抱歉跟我约会给你带来这么多麻烦。我不知道现在自己是在干什么,但我很确定一件事,那就是——你很完美。我们俩一起对抗这个世界,艾利克斯——可实际上我却开口说了句:"艾利克斯,我爱……我爱这杯酒!"

我不能表白,我内心知道我不能。话一旦大声说出口,就是不可辩驳的证据。我还没有准备好。幸好,艾利克斯化解了此刻的尴尬。他表现得很自然,似乎并没有失望。相反,他好像是得到了肯定的回答一样。如果说他受伤了或是很难过,那么此刻他掩藏得很好——脸上的酒窝依旧明显,还让我尝尝看他的龙虾。我试图在他的眼睛里看出失落。我想用眼神告诉他,虽然我没有说出口那三个字,但我心里真是这么想。此时此刻,我无比清晰地知道,我不能再让流言蜚语或队友阻碍我和艾利克斯了。我不能丢下自己爱的人。

我准备把所有事都向艾利克斯坦白。

喝了些水,头脑更清醒了。我一股脑儿把最后通牒的事和心中对时尚事业的疑虑全说了出来。

艾利克斯手中的叉子掉了下来。"最后通牒?你是在开玩笑吗?听起来像是阿诺·施瓦辛格的电影。老天,瑞秋,这些女孩们不是你的姐妹吗?她们竟然让你在最爱的两样事物中做选择?"

不是两样,是三样。我想纠正艾利克斯,但我没有。

"嗯，是啊，听你这么一说，确实很糟糕。"

艾利克斯死死盯着我看，一脸严肃："听着，如果你因为太累或是太困难而想要放弃时尚事业，没问题。不过，如果仅仅是因为你害怕冒险，或者更糟的是，因为害怕被其他女孩孤立，我认为那就大错特错了。听着，如果我们总是因为恐惧而不去追随内心的话，我们永远不可能得到真正想要的东西。我妈妈一直都这么说。"

"我觉得我们的妈妈会很合得来的。"我笑着说。

"我只想问问你，时尚令你开心吗？"

"你也知道答案的，"我说，"非常开心。只不过……"

"我知道，我知道。你已经习惯了遵守别人立下的规矩。"

就是这样。"就是因为守规矩，我才得到了今天所拥有的一切，艾利克斯。我不能否认这一点。"

"我绝对不会让你守规矩的，瑞秋。你要追随自己的快乐。不要再去理会别人怎么想了。你要搞清楚自己的心意。"

天呐。一开始是妈妈，现在是艾利克斯。是不是除了我以外，每个人都收到了一份《如何倾听自己的心声》手册？

我的心意是——我想摸摸他的脸。

我的心意是——我爱他。

我的心意是——如果能兼顾，为什么要自我设限。

"我也想按照自己的规矩来做事，"我说，"我应该去做自己真正喜欢的事。我要去做自己真正喜欢的事。"

"喔！"艾利克斯挥舞着拳头，仿佛他支持的球队得分了一样。如果餐厅里还有别人的话，这场景看起来是有些丢人的……

第二十五章

我只笑了笑，如释重负。

"为我们俩干一杯，"他笑着振作起来，"我相信我们能战胜一切。狗仔队，网络霸凌，酒店的鬼。地铁上和雪道上的意外事故，还有任何危及生命的事。所有一切。我们俩，金瑞秋，我和你，一起对抗这个世界。"

我笑了。"你可真老土。"

"可不要让我站起来和你碰杯，"他警告说，"我不想让你丢脸……"他朝着空空如也的露台看了一眼，叫了声"玛尔塔！"然后朝女服务生点了点头。

"好啦，好啦。"我笑着举起了酒杯。看着艾利克斯的眼睛，我感到一股力量。其他的一切都不重要了。和他在一起，我知道自己是安全的。虽然我并不总能想明白自己的心意。也许，我不需要把什么都想明白。"致我们俩。"

回到酒店，我们互道晚安后各自回了房间。还没过两分钟，我就走到艾利克斯的房门口敲了三下门。

"希望不是鬼吧，"他回应着，开了门，"听说这酒店闹鬼呢。"

"哈哈。"我说。

艾利克斯笑着扯了扯领带。我咬了咬嘴唇。为什么，他扯领带的动作如此性感？我靠在门框上，一只手搭在臀部。

"我有个请求。"我说。

"说吧。"

"能帮我把拉链拉下来吗？"我一脸无辜地问，转过身去把披肩的散发捋到肩膀前面来。

我明显感觉艾利克斯倒吸了一口凉气。

"当然。"说着他伸手去摸拉链。他的手指很暖和,拉下拉链时我浑身起了鸡皮疙瘩。

"今晚我到餐厅的时候啊,你看到我的裙子后怎么那么久都没反应啊?"我故意问,"我可是刻意打扮的呢,你不喜欢我穿的这身吗?"我转过头,一脸无辜地看着他。

他嘴角扬起微笑,走近我,将一只手搭在我的腰间。"不,我很喜欢。太喜欢了。你让我失语了。"

"油嘴滑舌。"

"真心话。"艾利克斯又靠近了些,嘴唇离我只有几英寸的距离。他闭上眼睛,用双唇吻我的脖子。我浑身一阵战栗。"你穿什么都好看。"

艾利克斯亲吻我脖子的时候,我叹了口气,双臂抱紧他的肩膀,裙子只剩一半没有拉开。他于是吻向我的双唇,我也亲了回去。一开始,只是轻轻柔柔,然后,干柴烈火。他吻得越深,我的嘴唇就越柔软。

艾利克斯一下子放开我,后退一步,眼神充满了欲火。我拽着他解开的领带,把他拉进了房间。他轻轻关上隔壁房间的门。我们俩滚到了床上,双唇紧紧贴着。

昨晚,我思念了他一整个晚上。我在想,是不是我所有的决定都是错误的。

今晚不会这样了。

今晚不会了。

第二十六章

有时候你就是不被邀请的那一个人。

一出机场,我甚至没有先回家,而是让钟硕直接载我去了别墅。

和我设想的一样,我到的时候大部分女孩都聚集在餐厅吃周末早餐——香蕉薄饼。我于是很快召集齐剩下的几个人。巧的是,永恩和莉齐也正好过来吃薄饼了,于是大家都凑在了一起。

"你想好了吗?"大家一坐好,美娜先问了起来。

"是的。"我一开口,感觉所有人都猛然抬起头,专心听着。

"最近几天,我想了很多,"我继续说,"我决定了。"

一片沉默。

"我不会放弃时尚事业,也不会退团。"

那个瞬间,我听到大家一个个呼气,叹息声就像是多米诺骨牌从房间这头倒到那头。有人看起来如释重负,有人看起来很同情我,还有人看起来十分不爽——比如莉齐和美娜。

莉齐翻了个白眼:"看来,你是压根没明白大家的意思?"

"相信我,我完全明白大家的担心,"我说,"但我实在没有办法割舍其中的任何一个。我没有办法二选一。作为团队的一员我一直尽心尽责,不想让大家失望。"

又是一阵沉默。最后,安里没能忍住。

"所以你是说,你决定无视我们的想法喽?你要继续我行我素吗?"她问道,"然后你觉得这样一点关系也没有,一切照旧?"

我几乎快要笑了出来。想起上次接受那个愚蠢的电视采访时我那股同样不服输的劲儿。

"是的吧,我想,"我答,"就是这个意思。"

我想起利娅的话来。她说,"你根本不用回答,你又不是她的员工。"

"为什么我们不能相互支持呢?"我说,"老实说,我很希望这件事就这样过去,实在不值得大惊小怪。"说完,我清了清嗓子,"还有,我很感谢大家对我私生活的关心……"我顿了顿,没想好该怎么说。我并不想直接发飙,斥责某个人把我和艾利克斯的恋情卖给了媒体。但我必须要说清楚,这种事我不会容忍——"但是,请你们从我的私生活里滚出去!"——这样的话我能说么?显然不能。于是我说:"我想说的是,我并不希望我和艾利克斯的关系成为大家茶余饭后的话题。我们想公开的时候,自然会公开的。"说完,我扫视一圈,想看看谁的表情不自然,能不能趁机挑出那个告密者。但大家都受过演艺训练,表情管理无懈可击。

我叹了口气。真想一下子躺倒在沙发椅上。但我不能这么做,因为这里已经不属于我了。我还想拿起一盘薄饼,倒上满满的糖浆,和大家一起聊聊韩剧。我真希望一切能回到从前。

我希望大家都能开开心心。

就这么简单。

"我只希望大家都能开心。"我大声说。

"说真的，我只是在做自己喜欢的事而已。然后我希望大家都能开心。"虽然我内心很大一部分是沮丧、失望的，但这句话却是真心实意。"我们现在一年只发一张专辑，我们有更多的时间和奢侈去追求自己的激情，每个人都能做自己喜欢的事，这不好吗？你们也可以发展其他副业，也可以进军时尚行业啊。我会百分百支持大家的。所以，也希望大家能够支持我。"

没有人说话。我看到仙姬的眼睛湿了。也许，我的心意已经传达给大家了？至少部分人是明白了的。

此时，美娜用尖厉的声音说："但你已经抢了机会，我们再做就很难了。只有占据先机的人才能成功，不是吗？你应该想到这些的。"

我叹了口气。也许她说得没有错——但我们各自已经在不同的领域占了先机，不是吗？美娜第一个拍戏，仙姬第一个做广播节目。再说了，我也没有打压过任何人。关于这一点我已经解释厌了。

"老实说吧，瑞秋，你真是够自私的。"恩地一边说一边流露出不屑一顾的高傲。"你要进军时尚业，那么其他手提包设计师还会找我们拍广告、做代言吗？这不是最直接的利益冲突吗？我敢打赌，你根本没考虑到这点。"

"就是啊，"莉齐点点头，"如果我们早知道你在搞这些，肯定不会同意的。"

"但你们明明一早就知道的！"我喊了出来，把自己也吓了一跳。和大家说这些话时，我一直试图保持冷静。但我不能让这些人再继续撒谎，说她们不知道我个人品牌的存在。"我不知道为什么你们要撒谎,说不知道我在做时尚品牌。我一早就告诉大家了。说完,我浑身都在发颤。

我深吸一口气,想冷静下来。大家盯着我看,脸上写满震惊与紧张。我顿了顿,等什么人发言,可是没有。于是我说:"我还有行李要收拾,先走了。"

转过身,我走出了大门,身体发抖。我不敢相信自己竟然说出了那样的话。但我又为自己能够挺身而出而感到骄傲,坚持说出真相而没有畏惧。那种感觉就和上台表演差不多——镁光灯倾斜而下,我充满紧张和期盼。不久,音乐响起,我停止思考,用心歌唱。我感到自信满满。可是和其他女孩在一起,不知道为什么总是没法按下"播放"按钮,我只能留在原地等待音乐的响起。

接下来的十天里,大家没有再为难我。我离她们远远的,她们也离我远远的。我趁着排练的空档和艾利克斯去了趟济州岛,让头脑清醒些。不过,我没有办法一直躲避大家。两天后就要出发去洛杉矶了,剩下的时间里我们还要一起最后排练一次。

最后一次排练被安排在早上六点。我6:02准时到了练习室,发现其他人和舞蹈教练都到齐了。我匆匆进门,她们齐刷刷转过头看我。

"你迟到了。"美娜语气尖锐。

"真对不起。"我边说边大口喘气,刚刚一路跑来让我有些窒息。

"你昨晚是出门了么,还是怎么搞的?"莉齐问。

我犹豫了一秒,想要撒谎——直觉告诉我,她们不会接受事实真相的——不过我还是决定说实话。"昨晚我在弄个人品牌的

第二十六章

广告,"我老实承认,"但大家都还没开始排练呢,不是吗?"

我朝恩地看了看。此刻,恩地还在系她的彪马运动鞋鞋带。安里和秀敏还坐在地板上拉伸,刷着手机看 Instagram。

"我们有没有开始并不重要,"美娜怒气冲冲地说,"这就是规矩。我们都知道洛杉矶演唱会有多重要。我们都按时到场,可是你呢,你就可以慢悠悠,想几点来就几点来。"

换作平常,我会选择息事宁人。不过今天,美娜的虚伪惹怒了我。"那你呢?你为了拍电影缺席七次的事呢?我们都迟到过,也缺席过,不是吗,美娜?"我朝其他女孩看去,希望有人能帮我说说话。不过大家都沉默了,要么低头看自己的脚,要么相互使个眼色。虽然没有人开口,但我明白大家要么支持美娜,要么像往常一样不敢违背她。

"算了,"美娜说,"开始吧。我们不能再等瑞秋公主了。真浪费时间。"

又是这个绰号。我一阵难受。有些事似乎永远不会变。我想起上次周年庆晚宴的场景,想起美娜举杯敬酒的样子——大家相互碰杯,一饮而尽。我们能回到从前吗?我叹了口气,准备排练。现在,我需要证明自己的心思确实是在团队上。我不能让大家以为我为了品牌的事分心。

"我准备好了,"说完,教练开始放音乐,"一起来吧。"

在接下来的两个小时里,我们练习了最新的一支舞曲。这支曲子是演唱会前一个星期刚加进来的。不骗人地说,这次排练是几年来最惨不忍睹的一次。我们九个人配合得特别差,要么换队形时撞到彼此,要么谁跟不上节奏,大家的舞步不一致。教练一遍遍喊停，让我们从头再来。一次次失误后，教练也完全失去了耐心。

"你们是在认真练吗？"教练吼了出来，声音大的盖过了音乐。

我是认真的。大家也都是认真的。只不过，今天的团队氛围很奇怪，似乎每个人都在开小差。这么多年以来，我们一直是数一数二的女团。演唱会之前的排练如此不协调，这可真是前所未有。

"不行！你们真是世界上最棒的女团吗？看起来就像一群毫无经验的练习生，唔？再来一次！瑞秋！这次要认真了！"

期间，韩先生走进练习室来旁观。我们从头又跳了一遍，想要一遍就过。到了大家分成四组，形成"#"字形队列的部分时，我又站错了。又错了。莉齐伸手拽我的肩膀，把我猛推到正确的位置上去。这对我而言简直是场灾难。我一直出错，大家明显已经很不耐烦。教练按了暂停键，美娜"刷"一下转过身来看着我。

"瑞秋，你搞什么鬼啊！"她几乎是大喊大叫。"记住你要站的队列就这么难吗？"

她有没有搞错啊？我并不是唯一出错的人。刚开头那段，安里跺了三次左脚，而实际上她应该跺右脚才对。第三次她还用胳膊戳了永恩，我看见永恩疼得都快流眼泪了。我想张嘴还击。不过我忍住了。我把话咽了回去。算了，瑞秋。

"什么？说啊，"美娜讥讽道，"我知道你有话要说。"

"我没有。"我撒了谎，不想跟她吵起来。

"你就是有。"

第二十六章

"我没有。"

"算了吧,瑞秋公主。你要是能少想点别的事,说不定就能专心排练了。"

"好了,各位。"韩先生开口了。他的神情既失望又担心。"休息十分钟。喝点水,冷静下。今天的训练看起来会很漫长。"

美娜愤怒地盯着我,走过去拿起水瓶夺门而出。剩下的人三三两两地喝水、吃零食,我径直走去厕所洗了把脸。韩先生说得对。我需要冷静下来。我擦干脸上的水,看了看镜子中的自己,又一个人练了会儿舞步。自己一个人的时候,我一点儿错也不会犯。我能做好的。我应该专注于舞步,而不要去想美娜。我要专心点儿。为了洛杉矶演唱会。为了大家。

我走出厕所,想去走廊里的贩卖机那儿买一根蛋白棒。不巧,我差点撞上美娜和她的父亲。我赶紧后退几步,回到角落里,靠墙躲起来。美娜和她父亲沉浸在交谈中,并没有看到我。

"投资人说要撤资,不会继续投资了,"朱先生呵斥道,"他们说,刚推出的墨镜跟你设计的款式一模一样。不要告诉我你是抄袭了。朱家人不可能犯这种低级错误。"

"我没有!只是巧合而已,我发誓!墨镜能有多大差别啊?"美娜翻了个白眼。朱先生盯着她看了一眼,美娜变得怯懦起来。

朱先生嘲讽地说:"金瑞秋就不会发生这种事。"

"求你了,爸爸,把墨镜的事忘掉不行吗?我想拍戏。我很会拍戏。"

"不行,"朱先生粗暴地打断女儿,"你必须解决这件事,美娜。朱家人从来不会输。"

说完，朱先生扭头就走。美娜留在原地，一脸颓唐。

我赶紧后退几步，不能让美娜发现。我心想，算了，就不买蛋白棒好了。本来我打算排练开始前补充点能量的。大家再次回到练习室时，气氛莫名紧张。美娜最后一个回来，脸上写着"决心已定"四个大字。我们又开始排练，专心于舞步。时间一点点过去，我们终于能熟练跳完。我没有再犯错，练了一次又一次，感到越来越游刃有余。

"今天到此为止吧。"韩先生宣布排练结束。"接下来的两天，大家连睡觉时也要练习。睡个好觉，飞机上见。"

晚上，我躺在床上刷手机。平时，我睡觉前都会跟艾利克斯视频聊天。不过今晚，他在陪客户喝酒——是 RACHEL K. 潜在的香港客户，不能怠慢——于是，我给他发了个短信。

我：希望你玩得开心！要注意喔！亲亲

我钻进被子，叹了口气。想到今天排练的压力，又想到接下来的一周还要倒时差——下周要过美国时间了——我就一阵胸疼。我想艾利克斯了。

也许小东西能让我开心点儿。我点开手机里的互动地图。这听起来可能有点傻气，但我时不时喜欢点开手机里的互动地图，看看我和艾利克斯各自的坐标——这让我感觉离他更近些。我打开了手机里的地图，本以为会看到艾利克斯的坐标，但并不是他。是其他八个女孩。她们在同一个地方聚集着。

我皱着眉毛从床上坐了起来。我以为大家排练后都回家了。现在只有小部分人还住在别墅里，所以八个人聚齐并不正常。难

第二十六章

道,她们决定抛下我集体出去玩了吗?

我放大屏幕,定睛一看——原来,她们并不是在别墅里。她们是在公司总部。

我立刻想,难道又有什么排练吗?

韩先生明明宣布解散了的。大家都准备离开了,这都过去几个小时了。是大家又都留下来了吗?

我赶紧给钟硕打电话,爬下床穿上袜子。要是有临时新增的排练,我得赶紧赶回去。

"嗨,钟硕,我是瑞秋。今晚是有预约要排练吗?"

"今晚?不,没有。今晚只有练习生和一些刚出道的新人组合有排练,像是 Crown Jewel 和 F/MK 他们。"

我说了声谢谢,挂上电话,又回到床上,松了一口气。幸好,我没有错过排练。不过,这可太奇怪了。如果不是在排练,那么她们这个时候出现在公司是做什么呢?我又点开地图看了看。没错。八个人聚集在三成路。不过手机地图也不一定准啦。几乎一半的时间里,艾利克斯都被定位在维多利亚港的海水中央呢。别墅离公司不远,可能是地图搞错了。又或者,她们要么是在家,要么是在家旁边的酒吧。以前每次排练完,辛苦一天后,我们都会去酒吧喝酒解解乏。

她们八个人一起喝酒而没有叫上我,这让我有点受伤。我吸了一口气,心想算了。有时候你就是不被邀请的那一个人。每个人在一生中都有过类似的经历。可能这次正好轮到我了。再说了,不被邀请也没什么大不了的,只要大家关系还可以就算了。

我关上灯,让自己不要再多想,迷迷糊糊睡了过去。我现在需要的是睡眠。比以往任何时候都需要。

不过，我注定无法睡个好觉。第二天一大早，我还没清醒过来，还没来得及去想收拾行李准备出发的事，就被手机短信的提示音叫醒了。我睁眼一看，胃部开始痉挛。

是卢先生。

卢先生：紧急。立刻到DB总部大楼会议室报到。带上你母亲。

这是卢先生第二次亲自给我发短信。上一次是找我谈关于恩地和权宇恋情曝光的事。我还没有吃早饭，但已经感觉要吐出来了。他们一定是知道我和艾利克斯的关系了。一定是这样。收到这种短信不可能有其他意思。

我感到莫大的恐慌和悔恨。突然，一阵眩晕，我快要昏过去似的。我深深吸了几口气，赶紧上网查看是不是我和艾利克斯的新照片流了出来。从瑞士回来后，我上网查过了的。网上什么照片也没有。我以为成功地逃过去了……

肯定是我想错了。

我又慌张地查看新闻和谷歌新消息。什么都没有。没有新闻提到我和艾利克斯。我叹了口气，如释重负。不过，这并不代表没有事。也许，我一走进卢先生办公室就会看到另一家小报发来的照片，威胁我要是不分手就把照片登出来。

不过，我是不会因为胁迫而分手的。我不会的。我和艾利克斯两个人可以抵抗这个世界。我们可以战胜这一切。

我努力去相信自己，但内心已经恐慌成结。还有另一个让人不安的细节——为什么要把妈妈也带上？我爸妈并不像其他人的

第二十六章

父母那样爱插手孩子的事业。我都记不清上回他们来公司是什么时候的事了。

我一边给上班的妈妈发消息,一边保持情绪的稳定。我穿上皮裤和粉色西装外套。无论多少回,这总是让我感到自信有力的一身打扮。不管有什么样的困难在等待着我,我都要打起精神,鼓起勇气。

到了公司大门口的时候,我发现妈妈已经到了。她摸了摸我的手,和我一样感到困惑。在走去会议室的路上,我收到一通电话。是仙姬打来的。我按下静音键。不管她有什么事,都只能待会儿再说。

我敲了敲会议室的门,走了进去。

卢先生、韩先生以及其他几位公司高层都在场。此时此刻,我的心已经跳到了嗓子眼,根本无法咽下去。怎么会有这么多的高层在场?我立刻想起来,还是练习生的时候,有一回我央求高层再给我一次机会证明自己,就是眼前同样的场景。不过那次,我身边有俞真支持我。今天,妈妈在我的身边。这让我感觉更加不妙,深深的恐惧朝我袭来。

"您好。"我鞠了个躬。

"谢谢你们今天来,"卢先生开了口,"坐吧。我们要求谈话全程不得录音。"

我缓缓坐下,浑身的关节变得僵硬起来。我从来没有被如此要求过。我也从来没有想过要录下谈话。究竟发生了什么?我看了眼妈妈,不过她和我一样迷茫。

卢先生表情严肃,面露憔悴。而且,让人意外的是,他看起来竟然有些不知所措，仿佛也不知道该如何开口。他清了清嗓子，双手合十放在桌面。其他的高层一动不动，没有说一句话，神情凝重地看着我。我看了眼卢先生的桌面，期待看到我和艾利克斯在采尔马特车站接吻的照片。但桌面空空如也。

"你们好，金太太，瑞秋。"卢先生说着看了我一眼，然后又把眼神撇开。我从未见过如此不自然的卢先生。"叫你们来，是想商量些重要的事，"他的声音很奇怪，几乎算是哽咽，"从明天开始，你不需要参加任何团队活动了。我很抱歉，但还是要通知你，没有别的办法了……"他目光殷切地看着我，似乎是期待我能明白他的意思。但我不明白。一点儿也不。没有别的办法了？卢先生又深深吸了一口气，"对不起了，瑞秋，不过你已经没有可能继续留在 Girls Forever 团队了。"

第二十七章

作为偶像歌手，我的事业到此结束。

我的大脑一片空白。

无法理解卢先生的话是什么意思。

我呆呆望着他,似乎他在讲一门我听不懂的外语。我试着从零星的几个能听懂的词来推测整句话的意思。

没有可能继续留在……

"我——什么——"我刚开口,就再也说不出别的话来形容这一刻的心情。

"这是什么意思?"妈妈替我开了口,声音如钢铁般坚硬。"您的意思是,瑞秋被开除了?"有妈妈在身旁实在是太好了。不过想到妈妈要见证这一切,我就感到万分惊恐。妈妈为了我的事业放弃了自己的人生。可如今——什么?我的事业完蛋了?

妈妈目光坚定地盯着卢先生,卢先生也看着她,但没有说话。他似乎不愿意说出口,但从他脸上的表情来看——妈妈猜中了。我被开除了。

"很抱歉搞到这一步,不过实在是没有别的办法了,"卢先生说,"当然,你还可以继续留在公司。你和公司的合约还有四年才到期,所以……"说到这儿,他就不再说下去。

一时间,我被荒谬和震惊所包围。我坐在旋转椅上,摸着椅子的皮革,看着油亮的红木桌面上反射出会议室那亮晶晶的灯光,仿佛一切像是场梦。噩梦。我不知道该哭还是该笑,于是做了个啼笑皆非的表情。沈女士把眼睛挪过去不看我,留下她那古怪又高傲的鼻子的侧影。

所以说,这是真的。我已经不再是 Girls Forever 的一员了。我的大脑终于理解了这句话的含义。于是,我迫切想要知道为什么。

突然,我脑海中闪过姜吉娜的脸庞。作为 Electric Flower 组合的一员,当时,姜吉娜的事业正如日中天。一夜之间,她就被开除了。我想起宣布解约当天她的样子——刚喝完烧酒,浑身醉醺醺,双眼像是发了疯似的盯着我看,跟我说"他们会他妈的毁了你"。

她说对了。

是因为艾利克斯吗?姜吉娜是因为偷偷交男朋友被开除的。可是,上回恩地约会被偷拍之后,她只是被公司警告而已。最后,这件事以公布恋情的方式不了了之。公司好像认为丢掉代言和全民盯梢已经是足够严厉的惩罚了,因此放过了恩地。为什么有的人能有改过自新的机会,可有的人却直接被开除呢?六年来,我为了公司兢兢业业:无数次错过假日和生日;为了演唱会只睡一个小时(而门票屡屡售罄,公司赚得盆满钵满);有次还顶着38℃的高烧赶去表演现场。没错,公司确实也给了我很多:实现梦想的机会、环球旅行、结识各行各业的人的机会。没有公司,我不可能认识这些人。当然,这其中也包括我们的粉丝。六年了,我和 DB 一起完成了艰辛的工作，做出过艰难的选择，一直相互支持体谅。为什么仅仅因为我谈恋爱了，公司就要立刻抛弃这一切？

有人从桌子斜对面扔过来一盒纸巾。我抬起头，看见是韩先生。他脸上的表情似乎是懊悔，也像是厌恶，仿佛我是他养的猫咪，而我刚刚给他带回来一只受伤的鸟儿。他眼神中流露出些许同情，于是我鼓起勇气问："请问，我能问问开除的原因吗？"

"是你的队友。"卢先生开了口，给我一个猝不及防。

我本已做好恋情被曝光的心理准备——期待看到《揭露》杂志的偷拍照，或是一两句关于公司禁止谈恋爱的简短说明。此刻，我的大脑又不听使唤了。我不敢相信自己的耳朵。队友？

"她们和这件事有什么关系？"妈妈替我问出了心中的疑惑。

卢先生朝韩先生点点头，似乎是示意他来做坏消息的公布人。或者说，卢先生要把最棘手的部分丢给韩先生来做。韩先生一脸为难，似乎解释说明是他最不愿意做的事。不过，这个屋子里的所有人都要听卢先生的。他决定的事没有人可以反对。

韩先生叹了口气。"昨天晚上八名成员来找我们，投诉你只顾自己时尚品牌的事。嗯……她们说，如果你也要出现在洛杉矶演唱会的话，她们就要罢工。"韩先生一脸歉意地看着我，肩膀塌了下去，"真是抱歉，瑞秋，不过，如果其他人都不愿意跟你同台的话，你在团队里也是没有容身之处了。"

这感觉像是被人狠狠地捅了腹部一下。我浑身淤青，无法呼吸。眼泪情不自禁滚了下来，感到一阵厌恶。我可不想在高层面前哭。现在不行。不能以这种方式。可是，我没能忍住。

最后通牒。和上次一模一样。上次她们失败了，这回她们决定利用公司的力量在背后袭击我。她们威胁公司孤立我的手法和卢先生威胁所有人孤立 N&G 的做法如出一辙。突然，我想起手机地图的事。没错，昨晚她们八个人就是来了公司。在我睡觉的时候，她们悄悄聚集在这间屋子里，目标只有一个，那就是要毁了我的事业。这太令人震惊。我们之间的姐妹情谊就这样完了。

我曾以为，所谓的"最后通牒"不过是吓吓我，让我放弃时尚事业而已。没想到，实际上她们是要逼我退团。我又回想起自己好几次跟艾利克斯和利娅解释说，队友们并没有恶意。我也是这么告诉自己的。我选择相信她们。从她们的角度来理解她们。现在，我真不知道自己是极度幼稚，还是一直在装糊涂——我早已预感到了事情的真相，只是无法接受而已。

可是，不，我不能接受这个结果。我从来没有预感到这样糟糕的局面。我怎么可能预料到这些？这是前所未有的事！从来没有听说过的事！极度残忍的事！

我捏紧拳头，指甲深深嵌在手心里。我忍下所有的情绪——伤心、难过、愤怒——让我的生存本能发挥作用。我理了理粉红色外套的袖子，看了眼妈妈，希望从她那里汲取些力量。我要稳住妈妈。我要用实事求是的态度解决这件事。

"对了，我要跟你说清楚，瑞秋。"卢先生的语气中微微有一些恐慌，"公司还是希望你好。所以，我们会出面解决这件事，保护你的公众形象。你还是公司的一员，大家庭的一份子。"

大家庭。这个词惹恼了我。是啊，我还管其他人叫作姐妹呢。虽然我们之间也存在嫉妒和斗嘴，但我从来没有想过她们竟然会如此背叛我。我无法言喻内心的冲击和伤害。我只是知道，如果

第二十七章

我让自己一直沉沦下去,沉浸在震惊的情绪中,那么我将被彻底击垮,无法恢复。

一踏进办公室的瞬间,我就感到了卢先生的犹豫。很显然,他并不想做这件事,他也是迫不得已。虽然他一直在安慰我,但这些安慰的话语不过是空洞的承诺。

卢先生合上了牛皮文件夹——这是他宣布会议结束的标志性动作。其他高层们纷纷站起来,准备离开。卢先生突然又开了口,高层们于是又坐了回去。"还有,瑞秋,你们,我是说,她们,其他人这段时间里会飞去洛杉矶完成演唱会。她们明天就出发……"她们。不是我们。"你就留在家里,告诉大家你生病了。剩下来的事公司会帮你处理的。"说完,卢先生从椅子上站起来,大步流星地走出了会议室。其他高层们也跟随他离开了。

结束了。
没有洛杉矶演唱会了。
没有 Girls Forever 了。
作为偶像歌手,我的事业到此结束。

九月三十号。
我原先计划好要和队友们一起飞往洛杉矶的日子。
可现实是,这是我被开除后的第一天。
汉江上晨曦微露,爸爸、妈妈、利娅和我坐在客厅里,盯着手机一言不发。妈妈和我把事情告诉了家人。真不知道到底谁更伤心。我?还是大家?

"要发吗?"我问,"要发条状态,说自己生病了吗?"

卢先生让我发条状态说自己生病了。这是缺席洛杉矶演唱会最好的借口。当然，我知道公司叫我撒谎的原因。卖票时明明说好演唱会有九个人的，少一个人算什么。如果我缺席，除非理由说得过去，否则公司不会轻易脱身。但我要撒这种谎吗？

我看着家人，真心希望谁能告诉我该怎么做。我们就这样静静坐了一整个晚上，现在仍然不知所措。时间一点点过去，队友们应该已经要出发了。本来今天一大早就要飞去洛杉矶的。我必须做出决定了。

"说吧，暂时就说你生病了，"爸爸温柔地说，"你需要好好休息，瑞秋，这是最简单的借口了。媒体也不会纠缠你。况且，你确实状态不大好啊。"此刻，我的内心已是伤心欲绝，可是我并没有表现出来。如果爸妈看出来的话，一定会惊慌失措的。当然了，爸爸就是爸爸。他关心我的身体健康甚于一切。

"我不知道，爸爸，"利娅用怀疑的语气说，"也许这样会招来更多麻烦，媒体会盯着不放的。媒体会说，正是因为姐姐把心思全放在个人品牌上才会累垮，才会没有办法参与洛杉矶演唱会的。"

果然还是利娅懂得偶像世界的生存法则。她身为其中的一员，显然比爸爸要老练得多。利娅的语气十分委婉，以尊重的口吻给爸爸提出自己的看法。妹妹已经这么成熟了，我一阵惊讶。

"真是不敢相信，公司竟然屈服了。"艾利克斯的面容出现在电脑屏幕上。昨晚我给他打了视频电话说了这件事，让他也加入家庭讨论中来。整个晚上，他都陪着我和家人。艾利克斯愤怒地指责公司不作为——他认为，公司作为生意人，本该能化解这次

第二十七章

危机。"换作我，我就会对其他八个人说：'不去可以。明天一大早飞机照样起飞，如果你们到场，很好。你们完成了工作的任务。如果你们没有出现，那么你们自己去跟粉丝解释，为什么要缺席演唱会。'公司但凡能说出这句话，队友会立刻乖乖听话，什么事都解决了。"

一直以来，我习惯了身后有艾利克斯的默默支持和包容。看到平日里好脾气的男朋友（好吧，现在已经没有必要避讳这个称呼了）如此愤怒，我还真有点不习惯呢。我终于明白为什么艾利克斯年纪轻轻就如此成功——他有敏锐强大的商业直觉，而且有足够的魄力来落实原则。

我看了看窗外。太阳慢慢升起，不久后其他女孩们就要抵达仁川国际机场了。今天她们将要飞往洛杉矶。要不了多久，在机场等候的粉丝和媒体就会发现我不在场。要是我不提前说些什么的话，公司一定会先发制人，把想好的说辞透露给媒体。那时候，无论公司说什么，我都只能默认。

想到这里，我的胃一阵绞痛。如果粉丝们读到我因为做副业"过度疲劳"或是对团队"不闻不问"，他们会怎么想？如果小报说我的心思早已不在表演上，甚至，早已不在粉丝上，那么粉丝会作何感想？他们一定会很失望。想到这里，我就一阵难过。这比被队友背叛更痛苦。我不能让粉丝们失望。我不能。

可是，我还能怎么做呢？

"你要说出实话，瑞秋。"身后的妈妈开了口。她一直安安静静地坐在椅子上。平日里，妈妈几乎从来不插手我的事业，连讨论也很少。很多年前我们达成了共识，从那以后妈妈一直支持我追求梦想。不过,在我刚成为练习生的时候,妈妈就毫不避讳地表达过她对偶像行业的担忧和顾虑。我知道,妈妈一直都替我感到骄傲。但我也知道,妈妈更希望我能选择一条容易走的路。从公司会议室走出来后,我一直在等待妈妈说"我早就警告过你了",不过她没有。她绝对不会这么说。我身体前倾,看向妈妈,渴望从她身上获取些力量。"你要把真实的想法说出来,"妈妈说,"不要让别人替你开口,你想说什么,就说什么。"

"可是,我不想再惹来什么麻烦了。"说完我蜷缩在沙发上。是真的。经历了公司和队友的背叛,我仍然不愿意报仇。"可能最好的办法还是闭嘴,公司让我说什么我就说什么。"我的声音无比虚弱,就像一只小蚂蚁,随时能被人一脚踩死。我用手掌捂着双眼。我太疲倦了,不只是昨晚一整夜没有睡的缘故。这种疲倦已经深入骨髓。也许,我应该一言不发,让事情自己结束。

"不,不,不,不,"爸爸察觉出我的沮丧,开始安慰我,"如果你愿意的话,说自己生病了是没问题的。可前提必须是你愿意,而不是公司要求你做什么你就必须照做,不管这要求有多么不合理。我平时怎么告诉你来着,当对手的拳头打过来时,我们可以躲避,但是永远不能停止战斗。"

"可是,如果我说了实话,公司绝对不会放过我的。"说完,我艰难地吞下了这句话——"公司主动提出解决这件事,后果由他们来处置。如果我说了实话,那么就相当于和公司对着干,这样一来的话……"

我没有再说下去。我不敢再往深处想。大家都明白的。

这样一来的话,会怎么样?

第二十七章

没有公司的背景,我能独自闯出一番天地吗?

我想到了 N&G。解约后他们立刻被公司封杀,再也没有出现在电视上。

现在说实话的话,万一毁掉了将来的机会,那可怎么办?

"不管你决定怎么做,我们都会支持你的,瑞秋,"艾利克斯说,"你要相信一切都能解决的,你会解决的。你会继续往前走,你的前路会更加顺畅,比你想象得更加美好。"

"他说得对。"利娅点点头,而我此刻竟然露出了微弱的笑容。

"艾利克斯说得对,"妈妈也点点头,"你最好的时光还在前面呢。最好的时光并不是过去的时光。你是我优秀又坚强的女儿,不管生活给你多大的磨难,你都会越挫越勇的。"

我深深吸了一口气,让自己相信这些关心的话语。虽然公司和队友放弃了我,但我可不能放弃自己。"谢谢,谢谢你们。要是没有你们,我真不知道该怎么办。"

"要给你出一道选择题帮你决定吗?"艾利克斯温柔地问。

我摇了摇头。"我知道自己该怎么做了。"

我几乎是逆着自己所有息事宁人的本能做出了这个决定。但我知道,这个决定是正确的。

和艾利克斯挂了视频电话后,我拿出手机,在 Instagram 上写下一段文字。

正如妈妈所说的那样,我要说出自己的心声。至少,我要把自己心里认为可以说的话说出来。亲爱的粉丝们,我的心情无比沮丧。作为 Girls Forever 的一员,团队始终是我生活的重心,我的人生挚爱。可是现在,在没有任何正当理由的前提之下,我被

告知退团……

　　我又打了几段文字,边写边流下了眼泪。我提醒自己,这么做是为了粉丝。写完,我放下手机,等待世界的狂轰滥炸。我的世界已是一片废墟。

第二十八章

在黑暗中,
强大的女性会走过来伸出援手。

七十二小时过去了，这感觉像是过去了七十二周。时间已变得没有意义。时间一点点过去，我整日整日窝在家里不出门。我闷在家里什么也不做，穿着最宽松的运动裤，连澡也不愿意洗。当头发变得油腻腻的，我就把头发扎起来。外面的世界显然陷入一片疯狂。小报激动万分，扑上来撰写各种匪夷所思的报道。我试着全然不去理会这些。一开始，爸妈都很理解宽容。后来，他们变得有点担心，叫我至少去洗洗澡。

　　自从我在 Instagram 上写下那段文字以来，我的生活就堕入了舆论的大便中（对不起，我想不到更好的字眼）。刚开始，粉丝们都以为我在开玩笑。有人说我是被盗号了；有人说公司绝不可能把我踢出团队，这件事的可能性只有百万分之一。后来，当其他女孩出现在仁川机场，唯独我没有出现时，粉丝们才知道我说的是事实。

　　舆论炸了。DB 立刻发声明说是我自己选择了退团——我为了时尚事业主动放弃偶像歌手的身份。呵呵。真是够家人的。读到这样的弥天大谎真让人伤心，不过我也不是太意外。我反驳了公司的声明，不过媒体还是沉迷在谣言中。艾利克斯的名字也被三番五次提起，有人说就是因为他我才要退团，因此给他起了个骂名叫"Girls Forever 的小野洋子"。为了躲避媒体的兴风作浪，我叫艾利克斯留在香港，小心自己的安全。现在可不是逞英雄来保护我的时候。虽然，我是多么希望此时此刻他可以陪在我身边。

"不要再看那些文章了。"艾利克斯说。我开始新一轮的抱怨，斥责小报里关于他的内容完全是捏造的谎言。"读这些东西对你一点好处都没有。"

他说得没错。我不该再读下去。

不过我好像一点也忍不住。

每天，我都花好几个小时阅读网上的新闻和评论。不管是商业新闻还是网民留言，我都要仔仔细细地读一遍。读到 DB 股价大跌的新闻时，我感到起码的一丝安慰。我最忠实的粉丝们一直坚定地挺我，读他们的留言时我流下了眼泪。不过也有粉丝指责我给所有人添了麻烦。

我也不知道自己为什么要读这些东西。读得越多，我越难受。不过我就是停不下来。

这时，公司宣布成立新的二人组合 LM——莉齐和美娜。我瞬间跌入谷底。这件事肯定在好几个月前就开始筹划了。新专辑的曲目列表也公布了……主打歌竟然是《黑暗中更加闪耀》。这首歌是我和美娜一起创作的。专辑里的其他歌曲也都太熟悉了。

《照亮你》

《今天我将要》

《火箭船》

每一首歌都是从我那本蓝色笔记本里抄来的。

第二十八章 ☆

每。一。首。歌。

我以为智允把笔记本撕破那件事只是个意外。那天晚上我抱着她，而她因为失恋哭得很伤心。现在我终于明白了。她肯定是把有歌词的那几页撕下来拿去给美娜和莉齐了。我应该永远都不知道真相了。就像我永远都不会知道究竟是谁偷拿了我的巴黎世家皮包一样。我也永远不会知道是谁跟小报记者泄密，说了我和艾利克斯的事。不过，这些事还重要吗？最后我还不是落到这个下场。

还有，我也知道这是怎么一回事。严格说来，在合同期间，艺人创作的所有音乐作品都归公司所有。这意味着虽然我是词作者，但作品的版权属于公司，因此公司可以任意将作品分配给他们认为合适的人选。

这次，公司把这些歌给了 LM。

公司又凭主观意愿来分配工作了。不过这次，真是欺人太甚。

可我又能怎么样呢？在社交媒体上揭露公司的运作方式？有人会信吗？

"我要是你的话，我就把手机放下，至少两个星期都不看。最好一辈子都不要再看。"卧室门口传来一个熟悉的声音。我已经很久很久没听过这声音了。我抬起头，惊讶地丢掉了手机。

在我能够想象到的所有人里，最不可能出现在门口的人出现了——增田明里，我练习生时代的老朋友。她曾是我在公司最亲密的朋友。她被公司卖走之后，在她处境最艰难的日子里，我没有陪伴她。可是，不知道怎么搞的，在我需要人陪伴的时候，她竟然出现了。就像幻觉一般。

"明里?"

"利娅发短信和我说了你们家的新地址。是你妈妈让我进来的,她还让我尝了尝炉子上煮的嫩豆腐汤呢。插一句:汤真是很好喝。"明里走进我的卧室,在我床边坐下,动作自然的好像她已经这样做过千遍万遍似的。这可是她第一次来我爸妈的新家,这也是六年来我们俩第一次近距离交谈。上次和她碰面还是在拍《1、2、3赢!》的时候,不过那时我们一句话也没来得及说。坐近了看,她和以前的样子既一点没变,又全然不同了。她的五官不一样了,发型也换了个风格。现在的明里看起来更成熟自信。不过她的精神和性格一点也没有变,连她最喜欢的百香果喷雾剂的味道也和以前一模一样。

我想起往日的时光。当我们还是练习生的时候,也会像这样瘫倒在我旧家的床上,拿出手机一起看YouTube视频,或是吐槽训练的辛苦,说完一起放声大笑。想到这些,一阵浓郁的怀旧涌上心头。

"不错呀,"我平淡地回答,"过去几个星期,妈妈煮饭的次数比我整个童年她煮饭的次数还要多。不过,我一点胃口也没有。"我穿着运动裤躺了好几个小时了,一直在刷手机看网友评论,大脑一片呆滞。现在我需要努把力才能想清楚明里来我家是要做什么。

不过,明里自己替我回答了。"我读到新闻后立刻就想来看看你。这真的很糟糕。我知道你肯定崩溃了。"哦。可不要告诉我明里是来落井下石、往我伤口上撒盐的……我可承受不了这个。

第二十八章

"明里,我知道我们俩没能好聚好散,可是——"

她转过身看着我,脑袋歪向一边,眼皮上的眼影在发光。"别担心,瑞秋,我可不是来戳你痛点的。不过,说实话,是的,作为朋友,你确实不怎么样。"明里的口气里有些懊悔。她一开口,我就有些害怕了。不过我还没能道歉,她又继续说:"我来找你说这些的原因是,我能理解你的痛苦。"

哦。没想到竟然是这样。不过谁能想到明里会来呢?此时此刻,她就在我的卧室里,用手指拨弄着我枕头上的流苏。

"谢谢你。"

"这行确实垃圾事太多。"她说。

"跟我说说吧。"我小声说。

"我早就知道的。"她说。这一瞬间的时光是那么脆弱,好像轻轻一碰就会破碎一样。明里叹了口气,肩膀塌下去,对我敞开心扉说起往日的回忆。这让我着实吃了一惊。我只不过是随口说说罢了,没料到她当真了。"我还在DB做练习生的时候,就不是特别顺利。后来DB把我签走之后,生活就更艰难了。本来我就要出道了,成为TeenValentine的一员,可临时又被踢出局了。妈妈去求公司让我出道,主动说要自费给我做整容手术。"

"喔喔。我并不知道这些。"

"很多人都不知道。就是这样。我全都整过了。后来,我就出道了。妈妈逼着我整了眼睛、鼻子、额头。可是,我心里一直有件事,对谁也没有说过,我妈妈也不知道的。"

明里的眼神充满了悲伤和深沉,我几乎无法呼吸。

"你想告诉我吗?为什么?"我由衷感到好奇。我的胃已经打了结。虽然整容在行业里不算什么秘密，但明里以如此脆弱受伤的语气说出这件事时，我感到真正的悲伤。自愿选择做整容手术和被强迫做手术完全是两个概念。不接受的代价是放弃自己的热爱。

"我也不知道为什么。可能是因为，这么多年过去，我也有很多懊悔吧。我不知道。也许是因为很久之前我是那么需要你，可是我不敢承认这一点。我们疏远了以后，一切又太迟了。"

我突然有个冲动，想要抱抱她。不过我没有这么做。

"我在听着呢。"我说。

"这话我从没跟人说过，不过我做完手术，度过了恢复期后，竟然得了术后创伤。没有人愿意说这件事，但这其实很常见。尽管是正规医院做的手术，也很常见。好几个月里，我都无法接受自己的样子，照镜子的时候……我感觉自己身体的某个部分被割掉了。那个部分就是我的灵魂。我似乎不再是一个完整的人了。我认识的那个自己，已经被撕掉了。出道后，生活很忙碌，不过忙碌没有让我减轻焦虑，因为忙碌意味着我有新的身份了。以前的那个我和以前的生活变得无影无踪，我的心灵没有任何支柱了。你也不在我身边。"

"哦，明里。"听完这段话，我差点哭出来。最近我一直感觉脆弱，但眼下的时刻是明里的，不是我的。我要坚强，才能安慰她，而不是反过来。"真对不起。我要是知道这一切就好了。要是知道的话，我会在你身边陪着你的。我应该陪着你的。那就是朋友的责任，不是吗，可是我没有做到。对不起。"对我而言，说出这些话并不容易，因为首先必须承认自己的过错。我并不是一个习惯于认输的人。我并不很习惯承认自己做错了，尤其是在这么重要且意义深厚的事情上。"所有的一切，我想跟你道歉，"我说，"尤其是伤害你这件事。如果时光能倒流，一切可以挽回的话，我绝不会伤害你的。"我低下头，感到沉重的悔恨。承认自己的过错让人心痛，不过说出内心的悔恨却很治愈。"我真希望在你难过的时候，我能陪着你。"

她清清嗓子，"没事的，真的没事。我不是来听你的道歉的。至于以前的事，我真的已经翻篇了。"说完，明里把短发捋到耳朵后面，看着我的眼睛说："我去做了心理咨询，很管用，帮我走了出来。"

在偶像界，讨论心理健康问题仍然是一项禁忌。这是这个行业陈腐的一面，令人愤怒而且痛心。听明里说自己做了心理咨询，我为她感到无比骄傲。

"总之，"她说，"接下来我们要出新专辑了，目前收到的反馈都很不错。所以，我现在的状态可以说比以前任何时候都好。"她的眼睛仍然有些湿润，不过她坐直了身子，朝我笑了笑。这个笑容是明里的招牌笑容。"这就是我来找你的目的。我要告诉你，我是个坏女孩，现在混得超级好！"说完，她开心地打了个响指。

我意外地笑了出来。"很棒啊，我真替你开心。抱歉，我现在的心情没有办法更好地恭喜你。"

"哦，瑞秋，你没听明白我的意思，"她握住我的手，"这就是我想说的话。我知道跌入谷底意味着什么。我经历过，体验过，憎恨过，也想过要报仇。我对整个行业感到愤怒，觉得自己被欺骗了。然后，是一阵迷茫。我不知道未来该怎么办，也不知道这一切意味着什么。我也一度没有办法再相信任何人，因为没有人真正因为我本身而喜欢我。但是，你看看现在的我。我又活蹦乱跳了。谷底之后，一切会变好的，我就是最好的证明。相信我，不只是更好，而是大大大大大地好。"

我笑得更灿烂了。明里能走出阴霾，我真为她感到骄傲。要是我也有这样的自信就好了。"我不知道，明里，可能这是因为你真的是个女孩吧。我不知道是不是每个人都能走出来。"

"嗯，是的，我确实是个不普通的坏女孩，"明里虚张声势地说，这让我又情不自禁笑了出来。"我可以向你保证，生活一定会变好的，尽管人很脆弱。事情是这样的：当你终于面对最可怕的结果时，当你面对最深的恐惧时，你一下子也就自由了。如果你这次活了下去，那么后面就没有任何事可以打倒你。你能明白吗？我现在很喜欢全新的自己，我感到很自由，这种自由是小时候体验不到的。以前我们还是练习生的时候，我总是活在你的阴影里。可是现在，我绝对不会允许这种事发生。哈哈哈。"

我们都笑了。最近几周以来，这是我第一次感到内心的黑暗中亮起一道曙光。我看到了希望。没错，明里的外貌是改变了很多，她的五官变了，不过这种变化更像是精神性的。她成熟了。自信、从容。

"谢谢你，"我轻轻说，"谢谢你能跟我说这些。"

突然，手机响了，我们俩都吓了一跳。这些天来，几乎没有人给我打电话。我看了眼来电显示，立刻扬起了眉毛，一脸惊诧。

"是卡莉·马特森。"我说。

"天啊！她有什么事啊？"明里说。

第二十八章

"不知道,"我实话实说。我的胃沉了下去。我最害怕的事情发生了。卡莉一定是想告诉我,Discipline 与我的合约取消了。发生了这一切以后,他们肯定不愿意再跟我合作。

"呃,来吧,去迎接吧。我要走了。今天见到你真好。"明里匆匆抱了我一下。这拥抱不是那种深深的、温馨的、来自好朋友的拥抱,而是甜蜜的、告别式的拥抱。这拥抱似乎是告诉我,明里要走了。

"你好?你好?嗨!卡莉!你还在听吗?"在对方挂电话之前,我赶紧接了电话,有点上气不接下气。我还没从和明里的对话中缓过神来。

她笑了。"还在呢。"

"听到你的声音真是太棒了。"我故作欢快地说。我逼自己深吸一口气,等待坏消息的来临。

"我听说了你的事,想问问你还好不好。你还好吗?"

"很……煎熬。"我的声音有些颤抖。我又深深吸了一口气。"总体来说还算可以,现在也变得乐观了。"这是真的。现在我的想法是,也许生活会变好的,也许我能熬过去,也许我很幸运,至少我有关心我、爱我的人陪伴在身旁。

"真的吗?"卡莉问。"那就太好啦。因为你要准备准备,我们还有个活动要弄呢。"

"什么?"我尖叫起来。我完全、完全没有料到会是这样。"我以为活动取消了,因为……"我没有说下去。因为我的生活发生了巨变,我的名誉一夜之间毁于一旦,我以为 Discipline 不会再考虑和我合作。

"当然不会。我打电话就是想说这个。我要告诉你,我们百分之百挺你。瑞秋,我们喜欢你、选择你是因为你的个人魅力,而不是因为你是 Girls Forever 的一员。相信我,我也经历过一模一样的事,媒体对我的口诛笔伐可比这厉害多了。不止一次地口诛笔伐。可我的事业没有毁掉。你的事业还在等着你呢。你的品牌不是做得很好嘛!你一定感到骄傲吧,面对这一切垃圾事,自己的品牌业绩却很优秀。"

虽然这话有点狂妄,不过卡莉说中了我的心思。我的品牌在风风雨雨中成长了起来。我本来担心自己被退团会影响品牌的声誉,让最初的成功功亏一篑。不过,我的名字被媒体反复提及后,品牌的生意反而越来越好,知名度越来越高。来选购皮包的顾客越来越多,找我洽谈生意的百货商店也越来越多。合作伙伴们甚至找我商量推出新的眼镜系列的事。

"是的,"我回答,"就像雾霾中的一道光。"

"雾霾会散去的,"卡莉说,"痛苦不会一直持续下去的。相信我。"

这话和明里的话有异曲同工之妙。身为女性,听到比我遭遇过更多不幸的她们这么说,我感到由衷的钦佩和尊重。关于"跌入谷底"这件事,还有一个教训明里没有提到。那就是,经历过黑暗,你才能知道生命中哪些人是真正重要的。真正重要的人是那些把你看成独立个体的人。在黑暗中,强大的女性会走过来伸出援手,告诉你她也曾经历过这一切。

"我相信你。"我笑了。

第二十八章

"我想说的就是这个。嗯,不对,我撒谎了,还有一件事。"卡莉还是一如既往语速很快,乐观雀跃,"我打电话来最主要是想说,我们想和 RACHEL K. 合作,在亚洲开展活动。你觉得怎么样?"

我觉得怎么样?我以为自己搞砸了。谢天谢地,上次我摔跤劈叉的样子没有被网友制作成动态图。我自己可没少回忆这段惨痛的经历。拍摄事故,外加我被公司退团后的舆论旋涡……卡莉说了很多善意的话,但老实说我也不知道为什么他们还愿意继续与我合作。

"可是要怎么合作呢,还有,为什么?"我脱口而出。我猜自己的声音一定很怪异,就像我在雪道上的表现一样。

"嗯,第一个原因是,冬日系列的广告反馈很好。"

"很好?"这段时间以来,我的注意力全给了媒体和退团的报道,几乎没有关注过 Discipline 冬日系列的广告。我不知道衣服已经上市了,更不知道衣服还卖得很好。这阵子我的大脑稍微有点空,我就忙着确认皮包交付时间,跟进制作眼镜的事。

我一边和卡莉聊着,一边赶紧打开电脑搜索广告照片。看着看着,我的眼睛都睁大了。原来 Discipline 没有采用雪道上的照片,而是拿我和卡莉在室内拍的照片当宣传照了。照片中我们俩笑得很自然,阳光穿过玻璃窗洒在我们身上,我们像老朋友一样。我一下子明白——也许,只有失败才能带来最好的结果。那时我才真正放松下来,不再害怕搞砸,因为我已经搞砸了。等待我的只有放松和闪耀。

可是……

我从来没有开过个人演唱会。

没错,还是 Girls Forever 成员的时候,我是独自唱过几首歌,但是我从来没有一个人开过演唱会,没有尝试过靠自己从头到尾撑下来整场演出。我一阵头晕。

至于粉丝……在网上发言力挺我是一回事,愿意买票亲自来演唱会现场支持我又是另一回事。举办个人演唱会是项重要的声明。也许,有人会把它视为某种背叛。粉丝会认为我背叛了大家吗?会将个人演唱会视为我退团的真正理由吗?而事实上,我从来没有这么想过。公司会有什么反应呢?

"我……我需要仔细考虑一下。"我诚实地回答。

"当然,考虑多久都可以,"卡莉说,"可是啊,瑞秋?"

"嗯?"

"不要考虑太多。"

"什么意思?"

"你有没有听过这样一句话:'此路非彼路'?"

"唔,听过,可是?"

"没错,作为 Girls Forever 的一员,目前为止你的人生很成功。不过,有时候命运会故意踢你的屁股,是为了告诉你还有更好的机会在等待你。如果你一直不做出改变,那么你就不会拥有新的成就。现在有人逼你做出改变,可以说你将得到全新的机会。明白了吗?"

卡莉这么一说,好像被退团是命中注定一般。要接受这句话显然并不容易。我想起在瑞士时,我紧张难过的时候妈妈说的话。妈妈说,要学会用心去感受,而不是用头脑思考。过去,我把所有事都安排得妥妥当当，一丝不苟。我所做的一切都是为了让别人高兴。

结果呢，我走到了如今的地步。

"瑞秋？"

"还在呢，嗯，是的，我想，我明白你的意思了。此路非彼路。我懂了。"

"太好了。你决定好就给我打电话。"

说完，卡莉就挂了电话……我突然意识到，未来尽在自己的手中。也许，一直以来我关心的方向都是错误的——别人会怎么想？公司会怎么看？——也许，我应该问问自己，我自己怎么看？

我要做出决定了。究竟是让这件事把我打倒吞没、一蹶不振，还是站起来洗洗头，穿上带给我力量的衣服，走出自己的一片天地呢？

第二十九章

我的内心如此丰盈，满溢着爱与鼓励。

我在仁川机场的行李认领处等待艾利克斯的到来。他见到我时一脸惊诧的样子真是太有意思了。突然，无数闪光灯亮起来，我朝艾利克斯飞奔而去，一把抱住了他。这时，艾利克斯的脸色说是极度震惊也不为过。

"瑞秋！"他惊讶地大喊，然后在我耳边悄悄说，"宝贝，这里到处都是人啊，狗仔到处都是，我们被包围了。"

"我知道，"我轻声说，"我不在乎。我们俩一起对抗这个世界，不是吗？"

艾利克斯后退一步，盯着我看了一秒……然后放声大笑，把我也弄笑了。

"不如，让我们表演给他们看看！"说完，我走上去亲了艾利克斯一口。这时闪光灯和人群朝我们聚拢。"哦，还有，"刚亲完我又说了句，"我爱你，艾利克斯·权。"

艾利克斯瞬间僵住了。他的眼睛慢慢睁大，然后做了个挥舞拳头的动作——那是我见过最傻气的挥拳。

于是我又亲了他一口。我怎么能不这么做呢。

方才聚集的人群此刻一片沸腾。我知道，当照片流出来的时候（一个小时之内），肯定会有人因此大为恼火，肯定也会有品牌拒绝找我代言，甚至，肯定还会有因此抛弃我的粉丝。

这么做确实有风险——不过我将一一笑纳。

如果有人不喜欢真实的我，那么一定也有人喜欢真实的我。每次生命给你关上一扇旧门，就会为你打开一扇新门。

就像明里说的那样——当你直面内心最深的恐惧后，你就获得了自由。她说得没错。新闻已经把我描绘得如此不堪，我还会害怕更糟糕的报道吗？我已经黑无可黑。但是，我的品牌活了下来，生意蒸蒸日上。是 DB 的股价在暴跌，并不是 RACHEL K.。

让人们说他们想说的。我不会再活在恐惧之中。

此路非彼路。

我牵着艾利克斯的一只手，他用另一只手把行李包扛在肩膀上。"来吧，"我说，"我们回家。"我们从人群中走出，一边挥手一边微笑，假装是一对皇室夫妇。

也许我并不清楚未来会如何。但是，当闪光灯围绕着我们，发出火花一般耀眼的光芒时，我知道，我的未来一定是一片光明。

第二天早上，我醒来后做的第一件事就是拿出手机。

"嗨，卡莉？我是瑞秋。"我深吸一口气。来吧，迈出信仰的一大步。"上次你说的合作，我们来商量看看吧。"

离开了 Girls Forever，我是谁？

被踢出去，靠自己能成功吗？

粉丝还会支持我吗？

过去四个月以来，这些问题一直在我的脑海里盘旋。说实话，我并没有答案。至少现在还没有。不过，每往前走一步，我离答案就更近了一些。

今天是我和 Discipline 合作的第一天。我坐在休息室里，等待着登台表演。这是我人生第一场个人演唱会。按照计划，我会演唱我最喜欢的歌手郑宥娜的经典曲目，演唱完毕后是粉丝签名会和拍照活动。为了今天的硬照拍摄，我会穿上 Discipline 的运动鞋搭配我亲自设计的包，主题是"忙碌中的时尚"。奥利甚至说要与我合作设计一款运动型腰包，不过那是以后的事了。今天的任务是穿上五颜六色的运动鞋。至于包？嗯，虽然我对自己设计的所有包都很满意，但为了 Discipline 我特意设计了一款新的包。这就是"新的瑞秋包"——一款可爱的迷你单柄手提包，包封上有个正无穷符号。卡莉曾说过，秀场永远不会停。爸爸也一直说，我们可以躲避敌人的进攻，但我们不能停止战斗。

我的心一阵狂跳，掌心开始流汗。最后一次检查妆容——确保睫毛膏没有花，口红没有掉。独唱和签名会阶段的造型主要是为了突出发带，那是一条闪亮的黑色发带，经典中带有一点点闪亮。有时候，一点点就足够了。

有人敲了敲门。保安伸了个脑袋进来："金女士，我们准备好了。"

我深吸一口气，站了起来。

自从答应卡莉的邀请后，我与自己约好——无论今天有多少粉丝到场，我都要全力以赴。即使只有一名粉丝，我也要保证这场演出是他看过的最棒的一场。我学到了忠诚的力量。在经历这一切后，如果还有人对我不离不弃，那么我将回报十倍的热情和爱。今天如此，今后的每一天都是如此。

我跟随保安走向舞台。我暂停了一下，用手按住胸口——心脏由于期待而快速跳跃着。这次不仅仅是因为紧张，而是兴奋。

我思念这一切。

我走到舞台下的平台，那里有一个活板门直达舞台中央。我再次深呼吸。工作人员帮我按电梯并倒数。

3，2，1。

上方的舞台开始显现，灯光从开口处倾泻而下。

然后，电梯缓缓升起。

顷刻，观众爆发出雷鸣般的掌声。镁光灯晃得我睁不开眼，以为这是幻觉。并不。这是真的。

人山人海，延绵不断。一浪又一浪的观众尖叫着、欢呼着、挥舞着手里的旗帜，穿着自制 T 恤、头戴荧光 LED 发带。

这可不是普通的发带。我辨认出发带上的名字，心里一阵激动。上面写着：瑞秋。

"瑞秋，我们爱你！我们非常想念你！"我听见粉丝的呼喊。很快，呼喊声淹没在人群的欢呼声里，伴随着跺脚和拍手声。我充满了感恩，一下子热泪盈眶。我的内心如此丰盈，满溢着爱与鼓励。

这让我想起曾经的一天，那是我刚出道没多久的某一天。当时，一个粉丝告诉我，我改变了她的人生。我哭了出来。我想，有些事从来不会变。

也许，也许，有些东西是永恒的。

我的粉丝仍让我感动落泪。他们是最棒的。

他们改变了我的人生。

我克制住眼泪，走向麦克风，朝观众一笑。我知道，他们最爱这个笑容。这是一个发自内心的笑容。一个真心的笑容。

尾　声

"你觉得这个摆在哪里好看？"

艾利克斯拿着画框问我。画面中有两位头戴皇冠的仙女，正在踢足球，口喷火焰。

"唔，哪里都不好？"我刚想这么说，可及时住嘴了。

"是我表弟和表妹刚从西雅图寄来的。"艾利克斯骄傲地说。啊，原来如此。"这是诺拉和杰里米的原创，我买了个画框，不过，还要去鉴定一下艺术品的真伪。"艾利克斯指着画面角落里一个潦草的署名说。

"哦，是的，最近小学里艺术品造假很猖狂。"我以同样认真的语气开玩笑。艾利克斯咧开嘴笑了。"必须摆在书架上，正中央。"

"收到。"

现在时间是早春，我正帮艾利克斯搬到首尔的新家。艾利克斯在我家远程办公了一阵子之后，发现工作完全可以在韩国完成。于是，他决定调来首尔。最近这些日子以来，我忙着帮他搬东西，他则忙着适应我的生活节奏。

我的个人品牌 RACHEL K. 在国际上的声誉越来越好。我开始写歌，为下一张个人专辑做准备。不过写着写着，我遇到了写作瓶颈。每当我想集中注意力的时候，总忍不住去想以前那个被撕掉好多页的蓝色笔记本——那里曾写满了歌词。不过，这也没有什么大不了的。我试着不要给自己太大的压力。现在，我需要重新爱上音乐，找到属于自己的创作声音。除了个人品牌和专辑的事以外，我也忙着给利娅准备礼物——一个剪贴簿。SayGO 的单曲已经三次夺冠，我想恭喜利娅，鼓励一下她。利娅和队友们关系很好，她很可能会和队友们一起庆祝。DB 也很可能会开庆功宴——毕竟，刚出道一年就拿下三连冠，这可不是什么不起眼的成就。不过，我不希望利娅过于依赖队友或公司的支持。我们都知道，这种支持可能会瞬间消失。只有家人会永远支持你。

艾利克斯整理书架的时候，我翻看着电脑上的旧相册。艾利克斯一直在哼唱着《冰雪奇缘》主题曲——他好几次晚上和表弟表妹一起看电影，而表弟表妹拒绝看《冰雪奇缘》以外的电影——这首歌完全印在了他的脑海里。公寓是全新的，但已经有点家的样子了。我来过好几趟，这阵子一直穿梭于艾利克斯的公寓和爸妈家之间。

看到 Girls Forever 几年来所有的演唱会照片时，我停了下来。照片真是太多了。我和美娜、莉齐、恩地、安里、秀敏、智允、永恩还有仙姬一起拍的照片比和任何其他人都多得多。以后再也不会有我们九个人同时出现的照片了。想到这里，我心头一紧，喉咙有些哽咽。

公司把我踢走之后，我和队友们一次也没有联系过。想到她们我仍然会心痛。不过，时间一天天过去，伤痛也在慢慢平息。

尾声 ☆

我终于理解卡莉的话了——雾霾会散去,痛苦会消逝。妈妈也这么说过的。我最好的人生不是过去的人生。我最好的人生还在等待着我。有时候我很坚强,有时候我没那么坚强。不过我已经走到了这一步,而且我会继续走下去。

我点开几张演唱会的照片,放大仔细看,感到一阵怀旧。我最喜欢集体大合照了。粉丝们散发着能量,闪耀着光芒。我看到不少粉丝头上戴写有我名字的发带。我笑了。

一直以来,我都很感谢我的粉丝们。今年,经历了这么多风风雨雨以后,我对粉丝的感恩之情愈加深厚。是粉丝让我走出最黑暗的时刻。是粉丝鼓励了我,我希望我也能鼓励他们。

手机响了。一条新信息。我吓了一跳,赶紧合上电脑。如果是利娅的话,礼物的事就要露馅儿了。我看了眼手机屏幕,是一个未知号码。

"不要以为一切都结束了。还有些账没有算清楚呢。如果我是你,我会小心做人。另:你妹妹不还在DB干么?叫她最好也小心点……"

我一边翻白眼一边删掉了短信,尽管有那么一丝害怕。收到这样的文字,不害怕是不可能的。我时不时会收到这样的短信,但一直不知道是谁发的。每次收到威胁短信,我总会感叹,要往前走并不是那么容易。

我打开电脑,又看了看粉丝合影。每次收到恶意攻击,我都会看看那一束束光亮,好让我找到回归自我的路。然后,我朝客厅的大窗户看去。此时,阳光正穿过玻璃窗,照耀着房间。粉丝就像阳光一样,能驱走阴暗。我想起自己做艺人的初衷,这给我继续努力的勇气。看着一张张粉丝照片，我知道前面会有路走下去。

突然，灵感就像突如其来的闪电击中了我。写作瓶颈一下子消失了。我抓起一支笔，随便拿起一沓被艾利克斯扔得满桌都是的备用法律稿纸，翻到全新的一页，开始写起来。

我首先想到的是歌名——《金色的天空》。

这是一首致敬粉丝的歌曲。他们比任何的星星还要耀眼。

献给你。

致　谢

像过去一样，我首先要感谢我的 Golden Stars。你们对这个系列一如既往的支持、热情和爱意伴随了我的整个创作过程。谢谢你们成为我的灵感。

我也要将无穷的感谢送给 Simon & Schuster 出版社的整个团队。我的编辑珍妮弗·温（Jennifer Ung）和亚历克萨·帕斯托尔-詹（Alexa Pastor-Jen），感谢你们所有精辟的注释，感谢你们引导这个故事走过漫长的旅程。亚历克萨，感谢你加入并将我的设想推动到最后。我的营销和公关团队——克里斯·诺（Chrissy Noh）、凯伦·马斯尼卡（Karen Masnica）、安娜·贾沙（Anna Jarzab）、埃米莉·里特（Emily Ritter）、丽莎·莫拉莱达（Lisa Moraleda）和米莱娜·吉恩科（Milena Giunco），感谢你们所做的一切，也感谢你们继续把我的书送到读者手中。感谢保罗·奥克利（Paul Oakley）提供了令人惊叹的新作，完美地捕捉了瑞秋在这两本书中的内心和现实旅程。

我也非常感谢我在 United Talent Agency 的团队——我非常感谢马克思·迈克尔（Max Michael）、艾伯特·李（Albert Lee）、梅雷迪思·米勒（Meredith Miller），是他们把这些书送达我在世界各地的粉丝手中。我也要对Inkwell Management的经纪人们说声谢谢——斯蒂芬·芭芭拉（Stephen Barbara）从一开始就支持这个项目，我对此心怀感激。

感谢Glasstown Entertainment公司杰出的女性们——没有你们，我无法完成这本书。我要感谢莱克萨·希利尔（Lexa Hillyer），她用想象力将我所有的想法落地。感谢詹娜·布里克利（Jenna Brickley）在情节策划上的聪明才智和敏锐的洞察力。感谢奥利维娅·刘（Olivia Liu）的辛勤工作和对细节的关注。我也要感谢为把这个故事搬上银幕而不知疲倦地工作的劳拉·帕克（Laura Parker）和林利·伯德（Lynley Bird）。当然，我还要特别感谢萨拉·苏克（Sarah Suk）——经你之手的文字都闪闪发光！

我要将感谢送给我的家人——我非常爱你们。有你们在，我才有今天。感谢我的父母——感谢你们无条件的爱和支持。感谢秀晶，你是最棒的妹妹和我最爱的拉拉队队长。

最后，我想感谢泰勒（Tyler）。若没有你在，这本书以及其他许多梦想都不可能实现。谢谢你在这段旅程中一直伴我左右——除此之外，我别无他求。

图书在版编目（CIP）数据

生来闪耀. 不负星光 /(韩)郑秀妍著；刘杨译
. -- 北京：中国友谊出版公司, 2022.8
ISBN 978-7-5057-5449-2

Ⅰ.①生… Ⅱ.①郑… ②刘… Ⅲ.①长篇小说—韩国—现代 Ⅳ.①I312.645

中国版本图书馆CIP数据核字(2022)第056731号

著作权合同登记号 图字：01-2022-1854

Text © 2022 by Jessica Jung
Simplified Chinese edition copyright © 2022 Ginkgo (Shanghai) Book Co., Ltd.
All rights reserved.

本书中文简体版权归属于银杏树下（上海）图书有限责任公司。

书名	生来闪耀：不负星光
作者	［韩］郑秀妍
译者	刘 杨
出版	中国友谊出版公司
发行	中国友谊出版公司
经销	新华书店
印刷	天津中印联印务有限公司
规格	787×1092毫米 32开 12.25印张 260千字
版次	2022年8月第1版
印次	2022年8月第1次印刷
书号	ISBN 978-7-5057-5449-2
定价	69.80元
地址	北京市朝阳区西坝河南里17号楼
邮编	100028
电话	（010）64678009

生来闪耀

歌手、演员、时尚设计师
郑秀妍 JESSICA
跨界出道小说，2020 全球多国畅销榜首！

☆　☆　☆

亲情、友情、爱情、生活
要牺牲多少珍爱的事物，
才能迎来发光的时刻？
为了追求成为歌手的梦想，十七岁的瑞秋有很多规则要遵守：
高强度的训练，保持可爱、神秘和完美，不谈恋爱……
她在激烈的竞争中拔得头筹，却发现自己沦为公司炒作的牺牲品。
心灰意冷之际，瑞秋得到了期待已久的机会。